LE ROYAUME DU CONDOR

LES LECTRICES ONT AIMÉ !

« Une belle découverte ! L'intrigue est dynamique et rythmée et la plume, fluide et très agréable. On découvre de nouveaux paysages, un mode de vie et un quotidien différents, une culture et un rapport à la nature très atypiques et intéressants. J'ai vraiment apprécié ma lecture qui est originale, dépaysante avec tout de même un sujet fort et poignant autour de la maladie. C'est une lecture apaisante remplie d'espoir et d'amour. »
Clara, de @lecturedepetiteplume

« J'ai profondément aimé ce dépaysement fait de sources d'eau chaude, de grands espaces, d'animaux sauvages… Un voyage silencieux où l'air et l'environnement sont purs, où l'on peut aisément admirer la beauté du monde. J'ai été touchée par les personnages débordants d'humilité et d'humanité. C'est un merveilleux roman sur l'acceptation, le pardon et la renaissance. Une lecture émouvante remplie d'espoir ! »
Pascale, de @entredeuxpages

« L'autrice aborde un sujet douloureux avec une pudeur et une douceur infinie. Entre déconstruction de la société moderne, initiation à un mode de vie basé sur les ressentis, l'instinct et l'amour, ouverture d'esprit, résilience et acceptation, ce roman nous fait voyager jusqu'en Bolivie. C'est un pari réussi pour l'autrice, bravo ! »
Julie, de @julie_jelis

« Je me suis laissée porter par toute la spiritualité et la bienveillance que dégageait ce roman. Merci pour ce beau voyage, pour ces mots choisis avec soin, pour ce message important, pour cette histoire qui me marquera, c'est certain. »
Angélique, de @mme_chacha_lit

« Un roman très émouvant qui redonne goût à la vie et à l'espoir. L'autrice démontre bien l'importance de la vie et a une grande faculté à nous décrire les paysages, qui est très appréciable. »
Caroline, de @cacobouquine

« Une belle histoire, j'ai aimé découvrir cette culture qui m'est complètement inconnue. Très peu de romans se passent en Amérique du Sud et ça m'a fait plaisir de voyager avec Mirella. Les personnages sont touchants, surtout Mirella mais aussi Charlotte, qui a été très forte. »
Émilie, de @leslivresdemilie

LES LECTEURS ONT AIMÉ !

Jeanne-Marie Sauvage-Avit

LE ROYAUME DU CONDOR

Roman

CHARLESTON

De la même autrice aux éditions Charleston :

La Terre des loups, 2020
Céleste, la fille de Perline, 2019
Cueilleuse de thé, 2017

10, place des Cinq-Martyrs-du-Lycée-Buffon
75015 Paris – France
www.editionscharleston.fr

ISBN : 978-2-36812-843-5
Maquette : Patrick Leleux PAO

Pour suivre notre actualité, rejoignez-nous sur Facebook (Éditions.Charleston), sur Twitter (@LillyCharleston) et sur Instagram (@LillyCharleston) !

Charleston s'engage pour une fabrication écoresponsable ! Amoureux des livres, nous sommes soucieux de l'impact de notre passion et choisissons nos imprimeurs avec la plus grande attention pour que nos ouvrages soient imprimés sur du papier issu de forêts gérées durablement.

« Le chamanisme suppose que certains humains
savent établir à volonté une communication
avec l'invisible. (...) Ce sont les chamanes.
Ils sont désignés et élus par le monde-autre. »
Michel Perrin, *Le Chamanisme*

« Le terme chaman ne doit pas être appliqué
à n'importe quel magicien ou guérisseur
traditionnel... »
Mircea Eliade, *Le Chamanisme
et les techniques archaïques de l'extase*

PROLOGUE

TOUS LES TROIS MARCHAIENT depuis le matin sur le sentier emprunté depuis des siècles par les éleveurs des hauts plateaux. Ils avaient quitté la ville d'Uyuni avant l'aube, avaient laissé leur 4 × 4 à la sortie de Tarija et commencé l'ascension. Les sacs tiraient sur leurs épaules sans vraiment freiner leur progression. Le murmure de l'eau au fond du canyon les accompagnait. Devant l'homme, les deux adolescents plaisantaient, insouciants de l'avenir qui allait se jouer un jour prochain, cette nuit peut-être, si les esprits de la nature le décidaient. Le rire de Ricky montait parfois dans les aigus, s'élevait jusqu'au sommet des arbres, affolant les oiseaux mais dénonçant une jubilation certaine, le plaisir de l'aventure qui les sortait de leurs habitudes : le collège, la pension, ces mois d'études entrecoupés par les dimanches au village où les travaux des champs, les soins à donner aux bêtes, ne laissaient guère le temps de s'amuser. Le rire de Jhonatán, plus réservé, ne démontrait pas moins de joie. Pedro les entendait. Ils parlaient de la classe, des copains, de leurs diableries d'écoliers.

— J'ai bien failli me faire renvoyer cette fois-ci, s'esclaffa Ricky.

— J'ai senti que ça allait mal tourner, répondit Jhonatán.

J'ai vu, j'ai senti. Les mots de Jhonatán. Ce pour quoi il était là.

Jhonatán n'avait que sept ou huit ans quand, pour la première fois, Pedro avait remarqué cette aptitude à *voir*. Quelle sottise, ce jour-là, la bande de gamins avait-elle encore faite pour obliger Maria à sortir en courant de la maison, agitant son torchon à bout de bras, le secouant en hurlant après eux ? Ricky avait pâli d'effroi, les autres chenapans qui l'accompagnaient s'étaient figés sur place en tremblant. Seul Jhonatán avait souri.

— Elle n'est pas en colère. Elle fait semblant.

Quiconque assistant à la scène s'y serait laissé prendre. Les foudres de Maria étaient célèbres au village et, dans ces cas-là, mieux valait se tenir à l'écart. Jhonatán avait souri. *Elle fait semblant.* À partir de ce jour, Pedro s'était intéressé au gamin. Cela faisait partie de sa mission : préparer sa succession. Les filles n'étaient pas écartées et, durant toutes ces années, il avait observé les jeunes du village jusqu'à n'en retenir que deux ; ces deux-là qui marchaient devant lui, deux amis, deux fils de paysans avec qui il avait déjà partagé une partie de son savoir : les herbes, les étoiles, les tambours… Sa préférence allait à Ricky, un gamin qui, dès son plus jeune âge, savait parler aux lamas, amadouer les plus rétifs, conduire une caravane à travers les collines. Une personnalité aussi, un meneur. Chez Ricky, l'autorité était innée. Manquait encore la maturité, celle qui vient avec l'âge et l'apprentissage. À la différence de Ricky, Jhonatán restait trop en retrait. Il s'engageait peu, parlait encore moins. L'homme hésitait entre les deux adolescents : l'un qui agissait, l'autre qui *voyait.* Incapable de trancher, il avait confié le problème à la Terre Mère, la Pachamama, c'est elle qui aurait le dernier mot.

Ils montaient à travers la Yunga. La forêt transpirait. Sa sueur sentait la mousse, les feuilles décomposées, le cycle de la vie et de la mort. Les bosquets frémissaient de mille bruits, transpercés de cris d'oiseaux et de stridulations d'insectes. À nouveau, le rire de Ricky s'éleva, effrayant un singe capucin qui s'enfuit, traînant derrière lui une pluie de feuilles.

La trouée s'ouvrit soudain devant eux, en surplomb du ravin. Ils s'arrêtèrent, plongèrent leur regard au fond du canyon.

Plusieurs centaines de mètres en contrebas, le cours d'eau charriait des flots boueux. Les pluies de janvier avaient dévalé les pentes, qui donnaient naissance à des cascades éphémères entaillant les versants. Ils restèrent plusieurs minutes en contemplation, subjugués par la beauté du site, l'impressionnante force d'une nature insoumise.

— Comment s'appelle ce fleuve ? interrogea Ricky.

— Une simple rivière, le *río* de Tarija.

Il marqua un temps avant de poursuivre :

— Ses eaux iront grossir un fleuve, avant d'atteindre, à des centaines de kilomètres de là, le Pacifique, le but de son voyage.

Après un silence, Ricky demanda :

— Et toi, Pedro ? Quel est ton but ? Pourquoi nous as-tu amenés jusqu'ici ? C'est parce que tu n'arrives pas à choisir qui va te succéder ?

L'homme se détourna, posa son sac au sol.

— J'ai fait ce que j'avais à faire. Ce n'est plus à moi de décider maintenant. Allons, fils ! Demandons à la Terre Mère de nous accueillir ici.

Ils élurent un coin près du ravin, formèrent un triangle et commencèrent à creuser un trou en enlevant quelques touffes d'herbe. Pedro préleva trois feuilles de coca pour lui et en tendit trois autres à chacun des garçons. Elles étaient vertes, fraîches et brillantes. De belles feuilles de coca. La Pachamama ne se sentirait pas négligée. L'un après l'autre, ils récitèrent les incantations à voix basse, soufflèrent sur l'offrande avant de la déposer au fond du trou, qu'ils recouvrirent de terre avec leurs mains. Puis l'homme versa dessus quelques gouttes de vin tirées de sa gourde.

Le rituel terminé, Pedro prépara le feu tandis que les garçons rassemblaient des branches pour dresser la cabane dans laquelle ils passeraient la nuit.

— Qu'est-ce qu'on fait de la viande ? questionna Ricky en tirant de son sac une grosse boîte métallique soigneusement emballée.

— Partage-la avec Jhonatán et allez chacun enterrer votre morceau dans un trou. Pas trop profond tout de même. Cette nuit, les bêtes viendront.

— Si je fais un trou profond, c'est que je ne veux pas devenir chamane.

— Les esprits ne se laissent pas influencer par de si médiocres stratagèmes, gamin. Fais ce que je te dis !

Mais Ricky ne bougeait toujours pas.

— Quelles sont les bêtes qui vivent ici ?

— Des oiseaux, des rongeurs, toutes sortes de mammifères...

— Le puma ?

— Oui, le puma.

— Il pourrait venir manger ma viande ?

— Si un puma choisissait ton morceau, tu serais le protégé de la Pachamama.

Ricky se tourna vers le ravin, leva les bras au ciel comme un appel.

— Et le condor ? Pourquoi pas le condor ?

— Alors là, gamin, si c'est un condor, je n'aurais plus qu'à m'incliner devant toi. Je te l'ai appris, le condor représente le monde d'en haut, l'oiseau du dieu suprême, Hanan Pacha.

— N'importe quel animal peut manger les deux portions, hasarda Jhonatán.

— Il peut aussi craindre un piège et ne pas venir. Surtout s'il sent notre présence.

— Tout est possible.

— Alors ?

— Alors ça voudra dire que la Pachamama ne veut pas s'en mêler. Je devrai trancher moi-même.

Après qu'ils eurent avalé leur soupe et leurs sandwichs, Pedro éteignit le feu avec soin, se glissa sous le toit de branches et se roula dans son poncho. Les deux jeunes, plus modernes, mieux équipés, avaient des sacs de couchage. Lui estimait cet accessoire intéressant, mais n'avait pas encore jugé bon d'en acheter un. À cinquante ans passés, la notion de confort le laissait indifférent.

— Pedro ? C'est vrai que tu es un descendant des Incas ? souffla Ricky dans le noir.

— Tais-toi et dors !

Quelques heures plus tard, Pedro émergea de son sommeil, réveillé par une sensation étrange. Sa main fureta dans le noir. Le sac de couchage de Jhonatán gisait à plat, vide. Il se glissa sans bruit hors de la cabane. La nuit était claire, le croissant de lune brillait dans un ciel constellé d'étoiles. Il faisait un froid glacial. Pedro serra son poncho autour de lui et aperçut alors la silhouette du garçon à quelques mètres de lui, au milieu d'un fouillis de branches.

— Qu'est-ce que tu fais là ?

Sa voix n'était qu'un chuchotement.

— Je l'ai vu.

— Qu'est-ce que tu as vu ?

— La bête.

— Quelle bête ? Un puma ?

— Non. Le gros chat sauvage, celui avec des oreilles pointues.

— Le lynx ? Tu es sûr ? Tu l'as peut-être imaginé, rêvé...

— Je l'ai vu de mes yeux, s'emporta Jhonatán dont le ton était monté. Je n'ai pas rêvé. Je l'ai vu. Il était là, à déterrer la viande...

— Tu avais mis la viande ici ? Si près de la cabane ?

— Je voulais l'entendre, tu comprends. C'est ce qui est arrivé. Je l'ai entendu... Et quand je suis sorti...

Ricky se matérialisa soudain à côté d'eux.

— Qu'est-ce qui se passe ? Vous m'avez réveillé.

— Ricky, j'ai vu un lynx. Là. Il m'a regardé trois ou quatre secondes. C'était... Je ne sais comment dire... magique. Puis il a pris la viande et il est parti. Il ne s'est pas enfui, il est parti tout simplement, sans aucune inquiétude. Je vous jure que ça s'est passé comme je le dis.

Ricky n'écouta pas la fin de la phrase. Déjà il courait vers l'emplacement où il avait enterré son offrande. Il en revint dépité, avec un morceau de viande que seules les fourmis avaient attaqué.

— Jette-le dans le ravin, lui dit Pedro. Demain, les vautours le trouveront.

Ils s'assirent autour du feu que Pedro avait ranimé. Le sommeil les avait quittés définitivement. Personne ne parlait. Les deux garçons, emmitouflés dans leur sac de couchage, regardaient l'homme s'affairer autour du foyer, mettre de l'eau à chauffer, préparer les feuilles de coca dans les gobelets. Perdus dans leurs pensées, ils burent l'infusion brûlante, amère, tonifiante. L'homme respectait leur silence. Il attendait. Ce fut Ricky qui parla le premier.

— Je ne serai pas ton successeur, Pedro.

— Non, Ricky, le lynx en a décidé autrement.

À l'est, le ciel commençait à pâlir.

— Tu es fâché, déçu ?

Le garçon hésita. Ses yeux ne quittaient pas le feu qui crépitait.

— Non. Je ne sais pas pourquoi, mais j'ai toujours su que ce serait Jhonatán. Il voit des choses que je ne sais pas voir. D'ailleurs, la Pachamama ne s'est pas trompée. Cette nuit, elle a envoyé le lynx.

Jhonatán enfonça la tête entre ses bras, réalisant la charge qui lui incombait désormais.

— C'est une bonne chose d'être venus jusqu'ici, dit Pedro. Demain nous rentrerons au village. La vie continue. Plus tard, Jhonatán, je t'expliquerai comment retrouver ton animal-frère, le lynx, comment, grâce à lui, devenir le lien entre la nature et l'homme, celui qui réunit les deux mondes, le visible et l'invisible. Je t'apprendrai comment apporter la fertilité à la terre et la santé à ceux qui la demandent. Quand tu seras chamane, tu pourras quitter ton corps et communiquer avec les dieux. Mais tu devras rester au service de ceux de ta race.

— Pas les Blancs.

Pedro haussa les épaules.

— Les Blancs ne comprennent pas grand-chose. Ils ne voient que superstitions et magie primaire. Souviens-toi, seuls les Indiens sont réceptifs.

1

Trente ans plus tard, Paris

Les acclamations des spectateurs, à peine couvertes par le déchaînement des percussions, montèrent d'un cran tandis que Mirella revenait, saluait en s'inclinant très bas comme elle le faisait chaque fois. Les plus jeunes, face à la scène, hurlaient son nom, agitaient leurs bras au-dessus de leur tête, brandissaient leur téléphone portable, comme autant de lumignons pour la fête des lumières. Emportés pas l'enthousiasme du parterre, ceux des balcons et des tribunes se levèrent à leur tour.

— Mirella ! Mirella !

L'ovation du public l'inondait d'un bonheur insoutenable auquel elle ne s'habituait jamais. Souriante et radieuse, Mirella désigna son orchestre d'un geste de la main et recula, lui cédant le triomphe, avant de se retirer.

— Bravo, Mirella. Tu as été éblouissante. Comme toujours.

Mirella prit le carré d'éponge que Charlotte lui tendait, tamponna ses tempes et sa nuque.

— Je suis épuisée.

— Ce n'est pas terminé. Retournes-y. Ils t'appellent.

Dès qu'elle réapparut, ce fut un déferlement de cris et de vivats. Elle murmura quelques mots de remerciements dans le micro qui provoquèrent un tonnerre d'applaudissements, agita la main en souriant, repartit en coulisses.

— L'orchestre a été formidable, dit-elle à Charlotte entre deux rappels.

— J'irai aussi féliciter Milos. Tes parents sont dans la salle.

— Ce n'est pas possible !

De l'autre côté du rideau, les cris de la foule s'amplifiaient encore réclamant une nouvelle chanson.

— Mirella ! Mirella !

— Vas-y ! Sinon, ils vont tout casser.

Plus tard, dans sa loge envahie de fleurs et de cadeaux, elle s'abandonna aux mains de sa maquilleuse. Les yeux fermés, elle goûta la sensation de l'eau tiède sur son visage, la caresse du coton parfumé sur ses paupières. À mesure que se dissolvaient les derniers artifices de son maquillage, le stress du concert s'apaisait. L'énergie qui la transcendait sur scène cédait la place à la sérénité.

Charlotte poussa la porte et entra, apportant une bouteille d'eau gazeuse.

— Milos et les musiciens ne resteront pas à la réception.

— Ils n'ont jamais aimé les mondanités. Je suis certaine qu'ils ont rendez-vous avec des amis pour faire la fête ailleurs.

Charlotte ne releva pas.

Charlotte Montero était son agent, ainsi que celui de Milos. Quatorze ans plus tôt, alors qu'elle n'était qu'une gamine du conservatoire, Charlotte s'était intéressée à elle, l'avait prise comme élève dans son cours de chant, avant de diriger sa carrière. Leur amitié s'était forgée au fil des années.

— Cette tournée s'achève par un triomphe, Mirella. Je suis heureuse et fière.

— Grâce à toi, mes parents ne pourront plus me reprocher d'avoir choisi cette carrière. Ils ne sont pas partis, j'espère.

— Ils sont à la réception avec les invités. On n'attend plus que toi.

Le salon mis à leur disposition pouvait recevoir une centaine de personnes. Le buffet occupait tout un mur. De chaque côté, avaient été dressées des tables recouvertes de plateaux débordant de toasts et de mini-sandwichs. On y festoyait déjà quand Mirella fit son entrée, précédée de Charlotte. Les applaudissements crépitèrent. Serge Grandet, son producteur, se lança dans un discours qui heureusement ne s'éternisa pas. On l'entoura, la félicita. Au milieu de la foule, elle aperçut ses parents qui répondaient aux questions de deux journalistes, les seuls autorisés à participer à la réunion. Mme et M. Abrial formaient un beau couple que beaucoup enviaient ; l'épouse, belle et fragile comme ces figurines en porcelaine de Saxe qu'on ose à peine toucher ; l'époux, solide et bien charpenté, entourant les épaules de sa compagne d'un geste protecteur. Image d'un bonheur serein auquel leur fille ne croyait plus. Elle s'approcha d'eux.

— Oh, Mirella ! s'écria Caroline Abrial en la serrant contre elle. Quel bonheur de te voir ! Je n'aurais jamais cru que tes concerts soient aussi... hum...

spectaculaires. Toute cette machinerie… les éclairages ! C'est stupéfiant !

Mirella sourit.

— La mise en scène n'est pas de moi. Je me contente d'écrire, de composer et de chanter.

— N'est-ce pas l'essentiel ? dit son père.

Elle se tourna vers lui et l'embrassa, simulant un élan affectueux qu'elle était loin d'éprouver. Mme Abrial les observait.

— Mirella chérie, je suis contente que tu fasses la paix avec ton père.

— Pourquoi dis-tu cela, Maman ?

— Oh ! j'ai bien senti ces derniers mois qu'il y avait une brouille entre vous.

— Non, Maman. Tu fais erreur.

— Mirella a raison, intervint Denis Abrial. Il n'y a jamais eu de brouille entre nous. Si au début je me suis montré réticent devant ses choix de carrière, c'est que je n'avais pas pris la mesure de son talent. Sa réussite montre combien j'ai eu tort de m'opposer à sa carrière de chanteuse. Je regrette de n'être pas venu l'applaudir plus tôt.

— Je ne parlais pas de ce désaccord, affirma Caroline en plissant les yeux. Je pensais à quelque chose de plus récent.

Père et fille se récrièrent, tandis que le regard de Caroline Abrial allait de l'un à l'autre, cherchant lequel dissimulait le mieux.

— Très bien, admit-elle à contrecœur. Je me suis fait des idées. C'est tant mieux. J'avais cru déceler quelque chose entre vous, mais puisque vous me dites qu'il n'en est rien, me voilà rassurée. Je n'aime pas sentir de la dissension entre vous. Cela me perturbe beaucoup et me déprime.

Mirella retrouvait bien là sa mère. Toujours à évoquer sa santé fragile.

— Allons grignoter quelque chose. Après un concert, je suis toujours affamée.

Caroline Abrial la retint par le poignet, tandis que son mari s'éloignait en direction du bar.

— Ton manager... je ne sais plus son nom...

— Charlotte Montero.

— C'est ça, Montero. Nous avons discuté un moment et elle voulait savoir si nous restions à Paris cette nuit.

— Ça ne pose aucun problème. Vous avez déjà dormi chez moi.

— Nous aimerions, ton père et moi, que tu rentres avec nous. Il y a si longtemps que tu n'es pas venue à Rouen.

— Maman, j'étais en tournée.

— Je ne te reproche rien. Tu as ta carrière. Mais tu es de retour, n'est-ce pas ? Paris était ton dernier concert.

— Oui. Jusqu'à l'été. On repart au mois d'août.

— Donc tu peux venir passer quelques jours à Rouen.

— Quelques jours, pas plus. Vendredi, je dois passer au studio d'enregistrement pour finaliser mon prochain album. Je vais prévenir Charlotte pour les leçons dc chant.

— Tu prends encore des cours ?

— Maman, le chant, c'est comme le sport, il faut s'entraîner tous les jours.

M. Abrial les chercha du regard, se faufila entre les convives, une coupe dans chaque main.

— Maman vient de me convaincre de rentrer à Rouen, lui dit-elle après avoir bu une gorgée.

Il hocha la tête, la regarda gravement, espérant un éclair de joie qu'il ne trouva pas.

— C'est bien. J'en suis heureux.

***

Charlotte Montero quitta rapidement la réception pour rentrer chez elle. L'appartement occupait tout le premier étage d'un de ces grands immeubles haussmanniens du XIXe siècle, desservis par un ascenseur. Elle soupira, soulagée de constater que son frère était déjà couché et qu'aucune lumière ne filtrait sous sa porte. Mais elle était certaine qu'il avait ouvert les yeux et jeté un regard sur son radio-réveil. Du moins ne pourrait-il pas lui reprocher d'être rentrée tard comme il le faisait si souvent : « Et si je tombais ? Si je restais de longues heures par terre ? Tu serais la seule responsable ! » Prétexte fallacieux. Cédric était tout à fait capable de se débrouiller sans elle. Mais il prenait un malin plaisir à mettre en avant son handicap pour mieux asseoir sa volonté. Ce n'était pas l'accident qui l'avait changé. Depuis qu'il était en âge de s'exprimer, il avait réussi à plier toute la famille à ses caprices. Enfant, il ne disait jamais : « Maman, est-ce que tu pourrais faire un gâteau pour le goûter ? » Non, il disait : « Je veux un gâteau pour le goûter. » Et Maman se mettait au travail avec un sourire car personne n'avait jamais résisté au charme de Cédric, le petit dernier, son cadet de trois ans, avec ses yeux enjôleurs, ses belles boucles encadrant son visage d'ange, ses longs cils noirs qui balayaient le haut de ses joues. Charlotte, comme ses parents, sa maîtresse d'école et, plus tard, l'ensemble de ses professeurs – car en plus il était doué pour les études –, tous multipliaient les éloges à propos du garçon. Fortifié dans sa suffisance, il avait fini par devenir détestable. Et l'accident n'avait fait qu'accroître son caractère tyrannique.

Charlotte prit une douche rapide, se coucha et s'endormit aussitôt.

Au matin, encore sous l'effet de la fatigue, elle eut du mal quitter son lit. Mais le travail l'attendait. Elle laissa la table prête pour le petit déjeuner de son frère et sortit sans faire de bruit.

Elle n'était pas sitôt au bureau que Cédric l'appelait.

— Il faut que tu m'accompagnes chez Merrieux, mon fauteuil roulant fait encore des siennes.

Charlotte leva les yeux au ciel.

— Ne pourrais-tu pas y aller seul ? J'ai une montagne de dossiers en attente.

— La réparation risque de prendre du temps. Et qu'est-ce que je fais s'il garde le fauteuil à l'atelier ?

Charlotte réprima un geste d'agacement, mais céda.

— Bénédicte, lança-t-elle à sa secrétaire en enfilant sa veste, annulez tous mes rendez-vous de ce matin. Voyez si on peut les reporter à demain. Sauf celui avec Serge Grandet. C'est vous qui le recevrez. Vous avez déjà traité avec lui. Je vous appelle dès que j'ai un moment...

Cédric avait son propre véhicule adapté à son handicap, un fourgon aux commandes automatiques où le fauteuil se glissait facilement. Charlotte le retrouva dans l'atelier Merrieux, assis sur une chaise de bureau à roulettes qu'on avait approchée pour lui. Il ne prit pas la peine de la remercier d'être venue, se contentant de jeter un coup d'œil à sa montre. Devant lui, un ouvrier en blouse bleue examinait le fauteuil. Elle s'écarta d'un pas pour appeler Bénédicte et savoir si Serge Grandet était arrivé.

— Tout est parfait, monsieur Montero, dit la blouse bleue. C'est juste la sécurité qui est restée bloquée. Souvenez-vous, je vous ai montré la dernière fois comment réinitialiser le moteur. Il vous suffit d'appuyer sur ce bouton...

— C'est vrai. Ça m'était complètement sorti de la tête.

Charlotte raccrocha aussitôt, laissa l'employé s'éloigner avant de laisser éclater sa colère.

— Tu m'as dérangée pour un bouton ! À cause de ce prétendu oubli, j'ai manqué une matinée de travail.

Cédric n'en avait cure. Il s'arrangea même pour reprendre l'offensive :

— Ton bureau devrait être à la maison.

— On a déjà discuté de cette question et tu connais ma réponse !

— Tu donnes bien tes leçons de chant dans le salon.

— Trois heures par semaine. Rien de comparable avec le bureau. J'ai une secrétaire, du matériel. Je reçois des artistes et des producteurs. Écoute, Cédric, tant que je suis manager, je garderai un bureau à l'extérieur.

Elle claqua rageusement la portière de sa voiture et démarra en trombe.

Quand elle rentra en fin d'après-midi, elle comprit vite que l'atmosphère était irrespirable. Cédric déambulait dans l'appartement, visage fermé, heurtant intentionnellement les meubles, les portes, promenant son hostilité et affichant son handicap à travers les pièces. Finalement, il lâcha son verdict d'une voix acerbe :

— Je pars chez les parents.

Charlotte tomba des nues.

Mme et M. Montero avaient quitté la capitale trois ans après l'accident. La santé de leur père, atteint d'une bronchite chronique, nécessitait un changement de région. Le médecin avait été clair sur ce point. Si M. Montero persistait à respirer l'air pollué de Paris, il allait au-devant de graves ennuis. Ils avaient longtemps hésité avant de prendre la décision de déménager.

— Charlotte, ma chérie, avait-elle dit à sa fille, je suis partagée entre la santé de ton père et le souci que représente ton frère.

— Ne t'inquiète pas. Je vais m'installer ici.

— Ton appartement... ?

— Je vais le mettre en location et je m'occuperai de lui.

— Il n'est pas toujours d'humeur facile...

— Je sais. Mais je me sens responsable de ce qui lui est arrivé.

Sa mère avait pris un air résigné, mais s'était laissé convaincre. Les Montero avaient opté pour le sud de la France et acheté une maison de village dans les Cévennes. Avant de partir, son père l'avait serrée dans ses bras, encensant son courage et sa disponibilité, deux qualités qui déposaient sur ses épaules une charge que les années et les exigences de son frère n'avaient fait qu'alourdir. Quand ils avaient annoncé à Cédric que c'était désormais sa sœur qui allait prendre soin de lui, le garçon avait haussé les épaules et lancé sur un ton sans réplique : « Après tout, elle me doit bien ça ! »

— La dernière fois que tu es allé les voir, tu n'y es pas resté vingt-quatre heures, fit remarquer Charlotte qui n'en revenait pas de la décision de son frère. Tu prétextais que la maison à Saint-Guilhem n'était pas adaptée à ton fauteuil et que les ruelles du village étaient impraticables.

— Ça m'est égal ! Ce que je veux, c'est ne plus voir ta tête !

Après ce dernier trait, il s'enferma dans sa chambre et prépara sa valise.

Malgré des mois de rééducation, Cédric n'avait pas récupéré l'usage de ses jambes, mais il avait acquis une relative autonomie. Il conduisait un véhicule adapté à son handicap, travaillait à domicile pour une administration, sortait avec une bande de copains et dépensait allègrement son argent en cures thermales dans des hôtels hors de prix, s'offrant des soins aux coûts prohibitifs et une gastronomie digne des plus grandes tables.

— Je serai contente de voir Cédric, lui dit sa mère quand Charlotte téléphona pour leur apprendre la nouvelle. J'espère que l'air de la campagne lui fera du bien.

— Maman, Cédric a horreur de la campagne.

— Je sais. C'est une façon de parler.

— Dès que Papa et toi ne pourrez plus le supporter, vous le renvoyez ici.

— Ma chérie, tu sais bien que c'est lui qui décide...

En définitive, le départ de Cédric lui apporta un grand soulagement. Elle devait bien avouer que, certains jours, elle était sur le point d'exploser.

***

Allongée sur la banquette arrière, Mirella sombra dans une bienheureuse léthargie peuplée de chansons et d'applaudissements. À l'avant, ses parents chuchotaient doucement, murmure rassurant qui lui rappelait son enfance douillette. Elle montait se coucher, laissant la porte entrebâillée, la lumière du couloir filtrait par le mince interstice et les voix s'élevaient jusqu'à elle. Celle de son père, grave et profonde, celle de sa mère au débit plus rapide, aux inflexions plus soutenues. Quand elle émergea de son assoupissement, une pluie fine et grise noyait la campagne rouennaise semée de rares maisons individuelles où régnaient le silence et la tranquillité de l'aube.

Sa chambre d'enfant était prête. Elle était toujours prête, les rideaux délicatement empesés, les draps fleurant bon la lavande. Elle se coucha immédiatement et ne se réveilla qu'à l'approche de midi.

— Il y a longtemps que je ne m'étais pas sentie aussi reposée, dit-elle en embrassant sa mère qui s'affairait en cuisine, un tablier fleuri sur un pantalon léger de coupe moderne. Papa n'est pas là ?

— Des consultations à l'hôpital, comme d'habitude. Il ne rentrera que ce soir. Il t'embrasse.

Mirella détourna la tête sans faire de commentaire.

— Café, croissants ? Ou préfères-tu qu'on prenne ensemble le repas de midi ?

Mirella souleva quelques couvercles.

— Tout cela semble très appétissant. Laissons tomber les croissants et déjeunons ensemble.

Cette décision alluma une étincelle de joie dans les yeux de sa mère. Armée d'une spatule en bois, elle entreprit de remuer le contenu d'une casserole tout en évoquant la soirée de la veille, tandis que sa fille dressait la table. Des bruits familiers résonnèrent, grésillement du beurre chaud dans la poêle, cliquetis des couverts, chuintement du robinet dans l'évier. Aucun n'interrompait le bavardage de Caroline.

— À propos, une lettre à ton nom est arrivée ici.

— Ça m'étonne. D'habitude mon courrier arrive à Paris. Quelquefois à Menton. Y êtes-vous retournés depuis l'automne dernier ?

— Ma chérie, s'exclama Caroline en posant la salade sur la table, tu sais bien que je ne supporte pas la chaleur ! Tu as acheté cette villa sur un coup de cœur. Elle est splendide, j'en conviens. Mais je crains que nous ne puissions en profiter aussi souvent que tu le voudrais. Les étés sont trop chauds et le reste de l'année, ton père a son cabinet, l'hôpital ici, sans parler de tous ces congrès à Paris…

— Je sais, Maman, il est très occupé.

— Il projette d'y aller l'hiver prochain. Ici, la brume est tenace et un rhume est si vite attrapé. Ton père sait à quel point je suis sensible au froid et à l'humidité. C'est lui qui décidera en fonction de son emploi du temps.

Mirella se contenta de hocher la tête.

— Qu'est-ce que je disais avant de parler de ton courrier ? poursuivit Caroline en servant un verre de vin à sa fille. Ah, oui, ta dernière chanson !

— *L'Oiseau.*

— C'est ça, *L'Oiseau.* Elle est magnifique, émouvante. J'en avais les larmes aux yeux. Pourquoi n'est-elle pas sur ton dernier album ?

— Pour l'instant, je ne souhaite pas l'enregistrer.

— C'est toi qui l'as écrite ?

Mirella acquiesça. Elle se souvenait de la réaction admirative de Milos quand elle lui avait montré l'ébauche de la partition. « C'est tout simplement excellent ! Avec cette chanson, tu vas cartonner ! »

— *Je suis l'oiseau qui vole au-dessus des tempêtes*..., chantonna-t-elle, *émotionnellement détaché, loin des peurs et des doutes. Je n'en poursuis pas moins ma route. Plus libre que la frêle alouette*...

— Oh, Mirella, il faut que tu l'enregistres pour moi.

— Plus tard.

Mirella réfléchit quelques secondes.

— En fait, je ne suis pas satisfaite de l'orchestration. Je voudrais quelque chose de plus... intime, de plus doux. Quelque chose qui rappelle le chant de l'oiseau.

— Une harpe, peut-être, suggéra Caroline.

— C'est une bonne idée. Il faudra que j'en discute avec Milos.

La pluie commencée à l'aube avait cessé en milieu de matinée. Un fragile soleil séchait l'atmosphère. Mirella emporta sa tasse de café et la lettre sur la terrasse. Sourcils froncés, elle décacheta l'enveloppe à l'en-tête d'un laboratoire d'analyses, en sortit un formulaire préimprimé avec quelques mots ajoutés à la main.

« *Les résultats de vos examens ont été envoyés à votre médecin...* »

— Ils ne pouvaient pas me les faire parvenir directement, grommela-t-elle. Il va falloir que je retourne à Paris.

— De quoi s'agit-il ? demanda sa mère venue s'installer à son côté.

— Quand on est rentrés du Canada, j'ai souffert d'une grosse angine, tu t'en souviens ? L'air conditionné dans l'avion ajouté à la fatigue des concerts, bref, j'ai fait une poussée de fièvre et mon médecin m'a prescrit quelques analyses.

Elle tendit la lettre à sa mère.

— Tu aurais pu en parler à ton père.

— Papa est dermatologue et il est assez débordé comme ça.

— C'était le moment où vous étiez en froid, hasarda Caroline Abrial.

Mirella se tourna vers elle, plus agacée qu'elle n'aurait souhaité.

— S'il te plaît, Maman, arrête ! Il n'y a pas de brouille entre Papa et moi. C'est le fruit de ton imagination.

— N'en parlons plus ! Donc tu rentres à Paris.

— Je vais d'abord prévenir le cabinet médical. Si le docteur Lemonier peut me recevoir entre deux consultations, je serai de retour dans la soirée, dit-elle en prenant la main de sa mère dans la sienne pour excuser sa mauvaise humeur. Cela te convient-il ?

— Cela me convient. Mais je suis inquiète. Comment s'appelle ce médecin, dis-tu ? Peut-être que ton père le connaît.

— Laisse Papa en dehors de ça. Il s'agit du docteur Lemonier, généraliste. Je le vois rarement, vu que je ne suis jamais malade.

— Tu as bien de la chance. Par bonheur, tu n'as pas hérité des gènes de ta mère.

Elles se regardèrent et sourirent, la mère avec bienveillance, la fille avec une étincelle d'ironie dans les yeux.

***

Le cabinet du docteur Lemonier se situait au-dessus d'une papeterie. Proximité intéressante pour des patients qui pouvaient feuilleter un journal en attendant leur tour.

Mirella arriva à l'heure à son rendez-vous. Il n'y avait personne dans la salle d'attente, grande pièce, carrelée de blanc, chaises en PVC alignées contre le mur, coin de jeu pour les enfants... La porte du cabinet s'ouvrit immédiatement.

— Mademoiselle Abrial, commença le docteur Lemonier, après les salutations d'usage et quelques mots de félicitations de la part du médecin qui n'ignorait rien de la célébrité de sa cliente. Le laboratoire m'a fait parvenir les résultats de vos analyses...

Mirella observait le visage du médecin triant des papiers, regard fuyant, voix mécanique. Elle nota les hésitations, les intonations. Elle savait déchiffrer les intonations, c'était son métier. Une sourde inquiétude pointa en elle.

— Pourquoi ne les ai-je pas reçus chez moi ?

L'homme eut un geste vague.

— Vu votre métier, vous êtes difficilement joignable. Ils ont sans doute jugé préférable de me les faire parvenir à mon bureau.

Il l'examina, palpa sa gorge, hocha la tête.

— Toujours cette grosseur près du ganglion. Mais il n'y a pas de quoi s'inquiéter tant que nous n'avons pas de confirmations.

— Des confirmations ?

— Par de nouveaux examens, cet après-midi, à l'hôpital. J'ai contacté quelques-uns de mes confrères avec qui j'entretiens de bonnes relations. Ils vous connaissent de réputation. Tous ont un ou deux albums de votre répertoire, ajouta-t-il avec un sourire comme pour mieux faire passer cette précipitation alarmante. Ils vous recevront entre deux patients. Nous nous doutons que vous avez un emploi du temps chargé. D'après les analyses...

L'homme lui parlait d'une voix bienveillante, mais les mots avaient du mal à parvenir jusqu'à elle. Son esprit relevait des bribes de paroles qui n'avaient aucun sens pour elle « *tumeur, cellules malignes, prolifération rapide...* » Des pensées désordonnées se bousculaient dans sa tête. Il ne s'agissait pas d'elle. Il y avait quelqu'un d'autre dans cette pièce, forcément. Ce ne *pouvait pas* être elle. Le visage du thérapeute sombra dans le brouillard, puis la pièce tout entière, à l'exception de rares images. Les livres de médecine sur les étagères... le tableau au mur qui penchait à droite...

— Mademoiselle Abrial ? Vous m'entendez ?

Elle mit quelques secondes à réagir.

— C'est un cancer, n'est-ce pas ?

— Pour ne rien vous cacher, oui. Une opération est toujours possible, et s'il est pris à temps...

Phrase inachevée qui laissait toute sa place à l'espoir.

— Je vous remercie d'avoir pris l'initiative de ces rendez-vous, s'entendit-elle répondre.

— Je vous ai tout noté ici, dit-il en se levant. N'hésitez pas à revenir me voir pendant votre traitement.

* * *

L'enveloppe de papier kraft entre les mains, Mirella quitta l'immeuble. Elle marcha jusque chez elle dans un état second. Son portable vibra : Charlotte. Elle ne décrocha pas, laissant s'enregistrer le message. Elle ouvrit la porte de son appartement et se laissa tomber dans un fauteuil, figée derrière un mur d'incompréhension. Une nappe de brouillard invisible l'enveloppait, l'isolait du monde, l'empêchait de réfléchir ou de mettre un nom sur ce qu'elle ressentait à cet instant.

Une heure plus tard, elle se redressa, appela un taxi, lui donna l'adresse de l'hôpital, service de cancérologie. Le chauffeur échangea avec elle quelques mots de sympathie. Elle répondit par automatisme, incapable de raisonner ni même de penser. Elle ne vit rien du paysage, des bords de Seine, des fontaines cernées de fleurs.

Dans quelques semaines ce serait l'été…

Sur le parvis, une foule, principalement des hommes, piétinait devant le hall grand ouvert, les uns bavardaient tranquillement, les autres fumaient une cigarette ou lisaient un journal, le dos contre le mur.

— Que se passe-t-il ? demanda-t-elle, croyant à une manifestation.

La réponse lui donna un coup au cœur.

— Ce sont les chauffeurs qui attendent leurs clients, des patients venus pour leur séance de radio ou de chimio. C'est comme ça tous les jours…

La réalité qu'elle ignorait jusque-là lui explosa au visage. Devant elle, une autre planète : trois immenses bâtiments sur deux étages, baies vitrées fermées, luisant sous le soleil. Des visiteurs par centaines qui arrivaient, puis repartaient. Espoir et désespoir.

— Je me joins à eux ?

— Non, c'est inutile. Je risque d'en avoir pour longtemps. Merci.

Elle se rendit au comptoir de l'accueil où on lui remit un plan de l'hôpital comme pour un musée. Tel un automate, elle suivit les méandres du labyrinthe de couloirs aseptisés, encombrés de brancards, les uns poussés par un personnel en blouse blanche, les autres à l'arrêt le long d'un mur où gisaient des anonymes au regard vide. Des portes s'ouvraient, d'autres se refermaient. Les gens allaient et venaient, des couples se soutenant l'un l'autre, les femmes la tête couverte d'un turban ou d'un foulard, conséquence d'une chimio dévastatrice. C'était à la fois silencieux et bruyant. Angoissant et serein. À chaque croisement, des panneaux, des flèches, comme un jeu de piste : radiologie, scintigraphie, médecine nucléaire, oncologie 3, oncologie 4… Ici, les machines à la pointe de la technologie médicale tournaient à plein régime.

L'usine des cancéreux. L'industrie de la maladie.

Elle dut demander son chemin. On l'orienta vers une salle d'attente où une dizaine d'adultes de tous âges, malades ou accompagnants, patientaient sur des chaises inconfortables alignées le long des murs. Un téléviseur accroché en hauteur diffusait une émission que personne ne regardait. Visages fermés, yeux éteints, espérance en fuite. Elle sortit en catastrophe, avec l'impression d'étouffer, trouva un banc dans le couloir, s'assit la tête dans les mains, au fond d'un puits de détresse. Pas elle. Pas elle. Elle était trop jeune. Il y avait forcément une erreur. On ne meurt pas d'un cancer à trente ans. La mort, c'était pour ceux dont la mission était terminée ; ceux qui se sont trompés de route et ne peuvent plus revenir en arrière, ceux qui ont vécu un traumatisme terrible, la perte d'un enfant, le décès d'un conjoint. Mais pas elle. Elle avait des choses à faire, à apprendre, des livres à lire, des pays à visiter, des gens à aimer, des chansons à écrire… Le délire la gagnait. Tous ses sens s'étaient mis en retrait. Elle ne voyait rien, n'entendait rien, ne sentait rien, sauf peut-être ce goût de cendre, de pourriture dans sa bouche. Elle porta ses doigts à sa gorge, sentit le renflement, plus petit qu'une bille. Un intrus qu'on appelle cancer. Au prix d'un effort surhumain, elle parvint à maîtriser la folie qui menaçait de l'engloutir. Elle desserra les dents, respira profondément. Huit, dix secondes, lentement. Le calme revint peu à peu en elle. Son cœur retrouva un rythme normal. Se libérant du nœud qui lui nouait l'estomac, elle leva les yeux.

Son regard brouillé chercha un point où se fixer, s'arrêta sur le mur devant elle, le poster géant d'une vaste prairie d'herbe rase où paissaient des animaux à la robe fauve et au ventre blanc, minces et graciles ; l'horizon était barré d'une chaîne de montagnes, couronnée de neige. Sur les pentes, un panel de vert et de mauve jouait avec la lumière. D'un sommet au cône parfait s'échappaient des fumerolles dans un ciel d'une incroyable pureté. Plus près, une colonie de flamants roses assiégeaient une lagune aux eaux turquoise. Une paix profonde émanait de ce paysage, pénétrait son esprit.

« Vigognes de l'Altiplano. Uyuni », lut-elle en bas de la photo.

Elle resta plusieurs minutes en contemplation, s'abreuvant de la sérénité et de la beauté du lieu jusqu'au moment où une jeune femme en blouse blanche vint la chercher.

Les heures suivantes se déroulèrent comme dans un film. Elle était à la fois actrice et spectatrice d'un scénario auquel elle ne comprenait rien. Elle répondit à d'innombrables questions, traversa une salle d'examen pour aller dans une autre, se déshabilla dans une étroite cabine, se vit sur des écrans, s'allongea sous un tunnel, écouta l'énoncé de différents protocoles. Les soignants étaient attentionnés, protecteurs, rassurants : Soyez tranquille, on s'occupe de tout.

Quand elle quitta l'hôpital, le soleil déclinait, mais il faisait encore grand jour. Elle décida de rentrer à pied. La marche lui ferait du bien. Ne penser à rien, fermer son esprit à toute supposition. L'avenir n'allait pas au-delà de ce pas qu'elle faisait pour avancer.

— Je suis là ! cria une voix dans le salon.

— Charlotte ?

— Mais, que se passe-t-il, Mirella ? J'ai appelé vingt fois depuis ce matin. Pourquoi as-tu éteint ton portable ? Heureusement, le concierge a bien voulu me laisser entrer. J'ai téléphoné à Rouen. Ta mère m'a dit que tu étais déjà revenue à Paris pour aller chercher un je-ne-sais-plus-quoi au laboratoire… Oh, Mirella ? Tu m'entends ?

— Charlotte…

Mirella se laissa tomber dans un fauteuil.

— Charlotte, j'ai un cancer.

***

Mirella ouvrit les yeux. Le plafond et le lustre entrèrent dans son champ de vision ; à sa droite, la fenêtre et la lumière d'un franc soleil derrière les rideaux : sa chambre à Paris. En même temps que ses yeux s'acclimataient, ses oreilles percevaient des bruits de vaisselle dans la cuisine, le sifflement d'une bouilloire. Charlotte...

Alors le flot des souvenirs de la veille la submergea et, avec eux, l'angoisse et le désespoir. L'étau, une nuit oublié, lui broya le cœur.

Elle enfouit son visage dans l'oreiller. Mourir étouffée, mourir pour ne pas connaître la fin de l'histoire.

— Thé ou café ? J'ai fait les deux. Je ne me souviens plus de ce que tu prends le matin.

Charlotte posa un plateau sur la table de chevet, approcha un fauteuil. Elle portait ce matin-là une jupe noire très évasée qui ondulait quand elle marchait et un chemisier de soie rose dont les trois premiers boutons s'ouvraient sur une dentelle blanche. Ses escarpins à talons hauts glissaient en silence sur le parquet. Une pensée saugrenue traversa l'esprit de Mirella. *Pourquoi ne s'est-elle pas mariée ?*

Mirella se redressa :

— Qu'est-ce que tu fais ici ? Ton frère va en faire une maladie.

— Mon frère est parti dans les Cévennes. Je suis libre. Comment vas-tu ?

— J'ai mal à la tête.

— C'est normal, j'ai un peu forcé sur la dose de ce médicament trouvé dans ta pharmacie, expliqua Charlotte.

Un constat sans reproche.

— Une boîte oubliée par Maman. Je ne me drogue pas.

— Je sais.

Il y eut un silence. L'une évitant le regard de l'autre.

— Dis-moi quelque chose, Mirella.

La jeune fille poussa un long soupir.

— Que pourrais-je te dire ? Je viens d'apprendre que j'ai un cancer de la gorge. Je n'arrive pas à y croire. Je me dis que tout cela n'est que le fruit de mes peurs…

Charlotte hocha la tête, avança une main sur le drap.

— Et je ne veux pas de compassion.

— Ce n'est pas de la compassion. Je t'aime, c'est tout. Je t'aime comme si tu étais ma fille.

— Ne dis pas de bêtises. Tu es trop jeune pour être ma mère. Dix ans d'écart.

— Et on se connaît depuis quatorze ans. Quel âge avais-tu quand tu es venue pour la première fois dans mon cours de chant ?

— Un peu moins de seize ans. Dans quelques mois, j'aurai trente ans.

— Et moi quarante ! Je comprends ce que tu ressens.

— Qui peut vraiment comprendre ?

Charlotte leva les yeux au ciel.

— Vas-y, dis-moi.

— D'abord un café. Mais pas ici ; ça fait trop chambre de malade.

Elle repoussa les draps et précéda Charlotte dans la cuisine. Un plateau, des tasses, théière et cafetière. Elle se servit une grande tasse de café.

— Voilà comment se brise une vie de chanteuse, conclut-elle. Les concerts, les tournées, terminé ! J'atteignais un sommet et le résultat d'une analyse me jette au fond de l'abîme…

Un silence douloureux tomba entre elles. Charlotte hocha la tête.

— Les images que j'ai vues dans cet hôpital, poursuivit Mirella, les gens que j'ai croisés, malades, amaigris… C'est ça, l'abîme.

— Écoute. Tu n'as pas encore les résultats de la biopsie. Cela ne sert à rien d'anticiper.

— … la perte des cheveux, les ongles qui tombent, la peau qui se flétrit… La chimio… terrible. Il paraît qu'on pèle comme après un coup de soleil. Je suis en plein cauchemar, j'espère me réveiller. Mais je ne me réveille pas.

— Arrête !

Mirella se tut. Elle but une gorgée de café, puis une autre, lentement, songeant à cette chaleur un peu amère qui descendait le long de sa gorge, glissait sur cette chose qui s'était installée en elle, cet intrus qui faisait sa place jour après jour, allait atteindre ses cordes vocales, l'empêcherait de chanter, l'envahirait peu à peu jusqu'à l'étouffer. Elle ferma les yeux.

— Merci, Charlotte. Merci d'être là.

— C'est juste un peu d'avance sur ce qui était prévu.

— Qu'est-ce qui était prévu ? Ah, oui, l'enregistrement. J'y pensais encore hier matin avant d'aller chez Lemonier. C'était hier. J'ai l'impression que c'était dans une autre vie. J'étais heureuse, insouciante, en bonne santé… En quelques heures, le monde a basculé.

— Tu n'es pas obligée de terminer cet enregistrement. On peut s'arranger avec les essais précédents.

Mirella n'écoutait pas.

— Cette chose n'est pas à moi. Elle m'est étrangère. Il n'y a aucune raison pour qu'elle soit là, dans ma gorge, justement, moi qui suis chanteuse. Pourquoi ça m'arrive ? Qu'est-ce que j'ai fait pour mériter ça ? Non, ne dis rien. Je te récite ce que j'ai lu dans la salle d'attente. D'abord le déni, puis la révolte et enfin l'acceptation, la résignation. Quel mot abominable ! La résignation. Crois-tu que je vais me résigner ? Subir la chimio et ses conséquences et finir avec des tubes dans la gorge…

— Tu vas te battre.

— Me battre ? Pour quoi faire ? Pour survivre ?

— Non, pour guérir.

Mirella ignora l'encouragement.

— La tumeur mesure douze millimètres. Elle va s'étendre. On prévoit sept piqûres de chimio, trente-huit séances de radiothérapie, huit années de traitement et un suivi à vie… La récidive, tu comprends. Pour faire une récidive, il faudrait déjà guérir. Charlotte, c'est ça la résignation : accepter de survivre.

Mirella posa sa tasse sur la table. Sa migraine s'était dissipée. Son corps avait retrouvé une agréable tiédeur.

— Pourquoi survivre ? remarqua Charlotte d'une voix douce. Vivre, tout simplement.

Après un silence qui lui parut très long, Mirella enchaîna :

— Tu as raison. Vivre en dépit de la peur, vivre comme si je ne savais rien de ce qui m'atteint. J'ai un contrat à honorer. La tournée de printemps est terminée, mais je dois finir mon dernier album. Tu vois, j'ai dit le « dernier album ».

— Mirella…

— Je vais passer ma journée et les jours qui viennent à vivre normalement, en attendant les résultats de ces examens. Du moins, je vais essayer. Vois avec le studio si je peux enregistrer aujourd'hui. S'ils sont d'accord, on termine l'album. Concernant ces fameux résultats, je ne me fais pas d'illusions. Je sais que j'ai un cancer. Le tout est de savoir à quel stade j'en suis.

Charlotte la regarda intensément, puis débarrassa le plateau. Elle avait l'impression de capituler sans savoir sur quoi exactement. Mirella se leva à son tour. Avec des gestes mécaniques, elle prit une douche, choisit une tenue simple, pantalon en jean et tee-shirt rayé. Elle maquilla son visage et enroula ses longs cheveux en une épaisse torsade qu'elle fixa avec une pince. Puis elle rejoignit son amie dans la cuisine.

2

UNE SEMAINE À ATTENDRE. À commencer par ce premier jour où elle mit la touche finale à son dernier album. Après trois heures d'un travail acharné dans le studio d'enregistrement, elle réussit à pousser techniciens et ingénieurs du son au bord de la crise de nerfs. La perfection. Elle voulait la perfection. Même Charlotte qui, des mains et des lèvres, la dirigeait derrière la vitre, finit par lui intimer l'ordre d'arrêter.

— C'est parfait, Mirella. Il n'y a plus rien à retoucher.

— Tu es sûre ? Tu ne veux pas que...

— Non. C'est fini. Regarde-les tous ! Une note de plus et ils te massacrent. Ce n'est plus du travail, c'est du harcèlement.

— Tu crois vraiment que c'est au point ?

— Mirella, je te jure, tu n'as jamais enregistré quelque chose d'aussi beau. C'est le top du top.

— Je veux que ce soit de l'art.

— C'est de l'art. Avec ce disque, tu es au sommet. Tes fans vont se l'arracher.

Mirella céda et, le soir même, elle prenait le train pour Rouen.

Une semaine à attendre, une semaine à vivre.

Son père vint la chercher à la gare.

— Alors ?

— Tout va bien, Papa. J'ai terminé l'enregistrement de mon dernier album.

— Les résultats de tes examens médicaux ?

— Aucun problème, mentit-elle avec un aplomb dont elle ne se serait pas crue capable quelques jours plus tôt. J'ai une semaine complète de vacances avec vous. Maman ne t'a pas accompagné ?

— Elle prépare un fabuleux repas en ton honneur. Je suis heureux de te savoir parmi nous.

— Moi aussi, dit-elle en lui prenant le bras pour marcher jusqu'à la voiture.

Elle souriait avec suavité, bavardait aimablement, parvenait même à rire à quelques innocentes plaisanteries, oubliant, dans cet entrain factice, sa défiance envers son père et ses craintes pour l'avenir.

Elle avait pensé que ces huit jours en famille seraient interminables, qu'elle aurait à supporter la langueur permanente de sa mère geignant sur ses supposés malaises et les exigences discrètes, mais bien réelles de son père, qu'elle passerait des nuits sans sommeil, à ruminer ses inquiétudes, à les exacerber. Il n'en fut rien. Caroline Abrial se montra d'humeur enjouée pendant toute la semaine. Les matinées étaient consacrées à des achats sur le marché local où elles ne manquaient jamais de croiser quelques connaissances devant les étals regorgeant de fruits et de légumes. De retour à la maison, c'étaient d'interminables préparatifs en cuisine pour des repas compliqués, alliant saveurs et originalité. Les après-midi,

Caroline Abrial accompagnait sa fille pour une promenade sur le chemin de halage, sorties qui étonnèrent Mirella, laquelle gardait de sa mère le souvenir d'une personne perpétuellement fatiguée, plus encline à rester allongée sur le canapé qu'à mettre des chaussures de sport. À sa grande surprise, Caroline manifesta un besoin irrépressible de s'épancher, débattant de tout et de rien, racontant ses souvenirs d'enfance quand la maison de son grand-père côtoyait celle de Sisley et que les vergers des bords de Seine embaumaient l'air à chaque printemps.

— Ah, Mirella, c'est si bon d'être ensemble, lui disait-elle en la prenant par le bras. Depuis combien de temps n'avons-nous pas partagé une semaine complète ? C'est comme si je retrouvais ma fille adolescente. Tu n'as pas changé, tu es toujours aussi radieuse que par le passé. Et la célébrité ne t'est pas montée à la tête comme on aurait pu le craindre. Tu es tellement gentille avec tous ces gens qui t'abordent. Dis-moi, ma chérie, quand tu as fait cette radio de la gorge, je ne sais plus dans quel laboratoire, les gens t'ont-ils reconnue ? Ont-ils demandé un autographe ou souhaité prendre une photo ?

— Le lieu ne s'y prêtait guère. J'ai répondu à de nombreux sourires, mais pas de demande d'autographe, juste un jeune garçon qui a sorti son téléphone portable en m'interrogeant du regard.

— Et alors ?

— J'ai accepté qu'il me prenne en photo. Je n'allais pas jouer les bêcheuses sous prétexte qu'on était dans un espace consacré aux malades.

Caroline changeait fréquemment de conversation, s'enthousiasmait devant un buisson en fleurs, demandait l'avis de sa fille sur les nouvelles constructions qui, selon elle, défiguraient le paysage ou bien attirait son attention sur un cycliste, un bateau sur l'eau ou un joggeur et son chien, entrecoupant ses commentaires d'innombrables questions sur ses projets, au point que Mirella en venait à attendre avec impatience le retour de son père qui prendrait la relève.

— Alors ? Comment ces dames ont-elles passé la journée ?

— Oh, chéri, si tu savais. Nous avons croisé un groupe d'ornithologues, tous armés d'incroyables appareils…

Les soirs étaient plus difficiles. Seule dans sa chambre, elle se sentait trop faible pour affronter une réalité insoutenable. Elle se rabattait sur la bonne vieille méthode des insomniaques. Elle avalait un de ces comprimés trouvés dans la pharmacie de sa mère et s'endormait sans penser à l'avenir. Ainsi, les jours passaient sans qu'elle ne donne prise à l'angoisse. Elle parvint à ignorer l'épée de Damoclès suspendue au-dessus de sa tête, éludant les questions relatives à sa santé et mentant sans scrupule sur tout ce qui concernait son avenir.

— Un nouveau contrat ? C'est en préparation. Charlotte en a parlé avec mon producteur. Rien d'urgent. Donne-moi plutôt des nouvelles de vos amis bretons. Il y a longtemps que vous ne les avez pas vus…

***

Il pleuvait, ce matin-là sur Paris, une pluie fine et glacée qui tranchait sur le beau temps des jours précédents, à croire que le printemps faisait regrettait son retour. La brume grise permettait à Mirella de marcher incognito, la tête et le front couverts d'une capuche débordant largement sur son visage. Précaution inutile puisque, sous le mauvais temps, personne ne se regardait. Les rares individus qui s'étaient risqués à sortir se hâtaient, yeux baissés, évitant les flaques et les gerbes d'eau que soulevaient les roues des voitures.

Fini, l'intermède en famille, finie la récréation rouennaise. L'angoisse était revenue en force dans le cœur de Mirella dès qu'elle avait mis les pieds à Paris. Elle parvenait encore à la maîtriser, à la tenir à l'écart de ses pensées, par fierté, mais elle savait qu'elle ne pourrait pas longtemps la contenir.

Elle se présenta en avance à l'hôpital, s'arrêta un instant à l'accueil pour donner son nom et celui de l'oncologue avec qui elle avait rendez-vous. Elle suivit à nouveau le labyrinthe des couloirs, se trompa plusieurs fois, dut se renseigner avant de retrouver le service où régnait l'agitation habituelle, passages de brancards, circulation de fauteuils roulants, va-et-vient d'un personnel affairé. Dans la salle d'attente, le poste de télévision diffusait des images gorgées de soleil et de plages au sable blanc, filmées dans un ailleurs paradisiaque que les patients ne verraient probablement jamais. Le son avait été réduit au minimum et il fallait prêter l'oreille pour entendre la voix du présentateur décrivant un bonheur idyllique.

Elle n'attendit que quelque vingt minutes au-delà de ce qui avait été convenu, délai mesuré, suffisant pour justifier l'activité constante du praticien et assez court pour éviter que ne montent l'inquiétude et l'impatience.

L'homme en blouse blanche, le docteur Duverger, la reçut avec un sourire chaleureux. Il lui tendit la main, l'invita à s'asseoir.

— Mademoiselle Abrial, vous ressemblez vraiment à votre père. Je l'ai bien connu quand nous faisions notre médecine. Plus tard, nos voies se sont séparées. Nous avons choisi des spécialités différentes. Mais nous sommes toujours restés en contact. Des années sur les bancs de la fac ne s'effacent pas d'un trait de plume. Il exerce toujours à Rouen ?

Derrière le bureau, l'oncologue faisait preuve de bienveillance, évoquant quelques souvenirs de jeunesse. Puis, le sourire de l'ami s'effaça, laissant la place au spécialiste. Il pianota sur son ordinateur, cherchant le dossier de sa patiente. D'une voix calme et professionnelle, il annonça les résultats des examens. Pas de regard fuyant, cette fois-ci, pas de vains détours. Il devait juger, sur d'hypothétiques critères, qu'elle était capable de supporter la vérité. L'annonce du verdict ne déclencha qu'un battement des paupières. Elle s'y était préparée, néanmoins la réalité l'anéantit : cancer de la gorge... stade avancé... progression rapide... inopérable... Confirmation de tout ce qu'elle redoutait. Son estomac se contracta brutalement. Elle crut qu'elle allait vomir, ne parvint qu'à déglutir.

— Je vous livre l'information telle qu'elle apparaît au vu des analyses. Je n'aime pas travestir la vérité. Vous avez une forme grave de la maladie, mais nous pouvons retarder...

Elle sombra dans une sorte de nébulosité, comme si son corps restait présent tandis que son esprit la quittait. Elle enregistrait les explications du cancérologue sans vraiment les comprendre. Les termes « confiance » et « transparence » revenaient souvent, tandis qu'il annonçait la mise en place du protocole, le traitement par rayons, l'élaboration d'un calendrier pour la chimiothérapie, la pose d'un cathéter permanent, la prise en charge par l'hôpital d'un suivi constant et la possibilité pour elle de rencontrer psychologues et autres thérapeutes... En même temps, elle prenait conscience de son importance ; elle venait d'entrer dans le cercle protégé des grands malades. On déroulait pour elle le tapis rouge. Le système médical allait prendre soin d'elle et ne plus la quitter.

— Je ne veux pas perdre mes cheveux, murmura-t-elle d'une voix qu'elle ne parvint pas à rendre ferme.

Le docteur parut surpris de sa remarque. Il lui présentait les incroyables avancées de la médecine qui allaient lui permettre de survivre et sa patiente s'inquiétait pour ses cheveux !

— Mais, les cheveux, ça repousse...

— Je voudrais poursuivre mon métier encore tout l'été... Ne pourrait-on pas commencer en septembre ?

— En septembre... ?

Les mots restèrent suspendus en l'air, mais elle les entendit : « En septembre, vous ne serez plus là. »

Il tenta de lui faire entendre raison, reprit ses explications une à une à la manière d'un maître d'école face à un élève récalcitrant ou particulièrement obtus. Devant lui, Mirella maintenait sa position : commencer la chimio en septembre. Il laissa passer un silence, se donnant le temps de la réflexion, puis proposa pour les deux mois à venir, juin et juillet, une solution moins contraignante, une chimiothérapie par voie orale, la dispensant du cathéter. *Mais pas d'une perruque, se dit-elle.* Elle accepta d'un mot, avec l'impression de capituler devant une machine que rien ne pouvait arrêter. Après avoir rédigé l'ordonnance, Duverger décrocha son téléphone.

— J'informe ma collègue de la radiothérapie, le docteur Maubert qui va vous recevoir. Vous verrez avec elle quand commencer les séances de rayons. La secrétaire à l'accueil fixera la date de notre prochain rendez-vous.

Il se leva, soudain pressé d'abréger ce difficile tête-à-tête.

Elle quitta le cabinet désorientée, fit quelques pas, croisa deux infirmières qui plaisantaient sur l'émission divertissante de la veille à la télévision. Un comédien qui tentait de faire danser un chien. Les enfants avaient tellement ri. Le monde continuait de tourner, elle n'était qu'une goutte d'eau dans l'océan des gens malades.

Au bout du couloir, la salle d'attente avec son ambiance mortifère lui fut insupportable. Elle s'éloigna, retrouva le même banc le long du mur, la même photographie géante, le même silence. Elle s'assit, ferma les yeux, se concentra sur ce qu'elle venait d'entendre et les questions qui en résultaient. Comment son corps allait-il réagir au traitement ? À quel moment la douleur se ferait-elle sentir ? Y aurait-il une rémission ? Elle n'avait pas peur de la mort, elle avait peur de ce qui précède la mort : la souffrance, la dégénérescence du corps, l'altération des facultés mentales quand les doses augmentent. Elle craignait tout particulièrement le regard de ses proches. Jour après jour, elle lirait dans leurs yeux la fin de l'espoir, elle les entendrait prononcer des paroles faussement rassurantes, bêtifiant comme quand on parle à un enfant. « Tu as meilleure mine aujourd'hui. Tu vas voir, tu vas t'en sortir. La médecine fait tellement de progrès. »

Plus tard, hospitalisée, branchée sur des appareils, immobilisée par les tuyaux, ce serait à elle de les rassurer par quelques mots : « Ça va mieux, ne t'inquiète pas. Non, je ne souffre pas. » Puis, quand les mots deviendraient impossibles, il resterait le sourire, le signe de tête, le geste de la main montrant qu'elle se soumettait aux dernières volontés du protocole pour survivre quelques semaines, quelques jours. Pour sentir fondre la vie, heure après heure, en écoutant les bips des monitorings, la goutte qui tombe régulièrement dans la perfusion, qui fait son travail de goutte et annonce la fin…

Non !

L'idée inconcevable l'éblouit tel un éclair.

Non !

Refuser ce protocole. Refuser ce que la médecine voulait lui imposer. Partir, loin, sur une île déserte, tout quitter. Mourir oui, mais seule avec elle-même. *Je suis libre. C'est moi qui décide pour mon corps, pour ma vie, pour ma mort.* Habeas corpus, *ton corps t'appartient.*

Le silence lui fit mal. La douleur intérieure était si intense qu'elle suffoqua, leva les yeux, soudain révoltée. La photographie l'étonna, la prairie immense, cernée de montagnes, les vigognes, fièrement dressées, la tête tournée vers l'objectif, qui la regardaient, qui semblaient l'attendre. Comme la première fois, l'effet fut saisissant. En quelques minutes, une paix bienfaisante descendit en elle. Uyuni. Fuir, loin d'ici.

Là-bas… D'une main mal assurée, elle sortit la tablette de son sac, cliqua sur Uyuni. Bolivie, le Sud Lípez, la cordillère Royale, l'Altiplano. Quelle curiosité la poussait à chercher ? Tandis que ses doigts couraient sur le clavier, ses yeux ne quittaient pas l'écran où naissaient des paysages étourdissants : champs de quinoa, étendues d'eau aux noms évocateurs, Laguna Verde, Laguna Bianca, Laguna Colorada… flamants roses par milliers, un arbre de pierre dans un désert, le salar, immensité de sel cernée de villages isolés, faits de maisons carrées en terre grise, geysers jaillissant dans une brume de vapeur, prairies vallonnées, domaine des alpagas à la laine blanche, des vigognes. Et toujours, en arrière-plan, la chaîne des volcans que survole parfois un condor dans un ciel d'azur…

— Mademoiselle… Pardon. Mademoiselle Abrial…

Mirella sursauta.

— Je ne vous ai pas trouvée dans la salle d'attente.

La jeune fille penchée vers elle portait la blouse du personnel soignant, un badge avec son nom agrafé sur sa poitrine. Elle souriait et dans son regard brillait l'étincelle des admirateurs.

— Je vous reconnais, vous êtes Mirella. J'ai tous vos disques.

Brusquement, Mirella bascula dans la réalité, mettant fin à son voyage au bout du monde. Ces quelques mots, ces yeux émerveillés lui rendirent son aura de célébrité en même temps que la certitude de son achèvement. L'aboutissement, dans cet hôpital, d'une carrière. Elle parvint à sourire, à murmurer les paroles d'amabilités que ses fans attendaient d'elle.

— Le docteur Maubert vous attend. Si vous voulez bien me suivre.

Elle mit moins d'une seconde pour réagir.

— Ce ne sera pas nécessaire… Excusez-moi auprès du docteur, je viens de me souvenir d'une chose très importante… Je suis désolée… Un travail urgent…

Elle bafouillait, ne sachant quelle excuse trouver pour fuir ce couloir aux peintures trop nettes, aux portes estampillées du nom des docteurs, aux indications sibyllines suspendues à chaque extrémité.

— Pas de souci, mademoiselle Abrial. Contactez-nous au plus vite.

Mirella n'avait plus qu'une hâte : sortir d'ici, rentrer chez elle. Dehors, elle prit un taxi. Pas question de traîner dans les rues à pied.

Une fois chez elle, elle se versa un verre de cognac, qu'elle avala en deux gorgées, se débarrassa de ses chaussures et se jeta tout habillée sur son lit. Les idées les plus saugrenues se bousculaient dans sa tête. À quoi bon les maîtriser. La folie la gagnait et avec elle une sorte de jouissance.

Une heure plus tard, elle alluma son téléphone, ignora les messages des amis, producteurs, journalistes… D'un texto rapide, elle rassura ses parents, mentant effrontément sur son état de santé. Elle pensa envoyer un message à Charlotte qui partageait sa confiance et méritait de connaître la vérité. Mais elle craignit que son amie ne débarque sur-le-champ. Le lendemain, il serait assez tôt pour la prévenir de ses intentions.

Elle avait du pain sur la planche.

***

Charlotte reçut le message de Mirella alors qu'elle était au bureau. Laconique, inquiétant : « Confirmation, j'ai un cancer. On peut en parler en déjeunant ensemble. »

Jusqu'au bout, Charlotte avait gardé l'espoir que les analyses seraient négatives. La nouvelle la remplit de tristesse et la brièveté du message fut loin de la rassurer. Elle arriva un peu avant onze heures, s'attendant à voir Mirella encore plus désemparée que la dernière fois. La porte était entrebâillée ; elle entra sur la pointe des pieds, et s'arrêta net, surprise de trouver la jeune femme accroupie sur le tapis, table et fauteuils repoussés, triant de multiples fiches de couleur étalées autour d'elle, tablette et ordinateur allumés sur la table, téléphone en charge.

— Mirella ?

La jeune femme lui jeta un rapide coup d'œil avant de revenir à ce qui accaparait son attention.

— Les fiches bleues concernent le transport, les rouges les hôtels et locations, les jaunes, ce sont les banques, les vertes, c'est toi, ce que je te demande de faire en mon absence – ne t'inquiète pas, rien de bien compliqué – et les blanches, ce qui reste encore en attente.

— Mirella ?

— Je pars.

Elle se redressa.

— Je pars en Bolivie.

Charlotte crut avoir mal entendu. Mirella serait-elle devenue folle ?

Elle portait son vêtement de sport préféré, leggings noirs et justaucorps à manches courtes. Son attitude était à mille lieues de celle affichée une semaine plus tôt, loin des larmes et du désespoir. Une flamme d'excitation brillait dans son regard et sa voix, ses gestes avaient quelque chose de déterminé et d'impatient à la fois.

— Tu pars en Bolivie ?

Mirella prit un papier sur le support de l'imprimante.

— Mon billet d'avion : Paris-Madrid ; Madrid-La Paz. Départ mardi en fin de matinée.

Charlotte approcha une chaise.

— Attends, attends ! Tu as un cancer de la gorge et tu pars en Bolivie ! Pour te faire soigner ?

Mirella lui lança un regard intense avant de choisir sur son bureau une photographie imprimée sur une feuille de papier ordinaire.

— Le village où j'ai retenu une location. Dans la province d'Uyuni.

Charlotte se pencha sur la photographie : un désert de sable ocre au pied d'un volcan, des rochers sculptés par le vent, des cubes de brique en terre crue… Elle leva les yeux.

— Un village ?

— Ce sont les maisons de là-bas, construites en adobe. Regarde celle-ci, ajouta-t-elle en lui tendant une nouvelle photo.

Charlotte ne vit qu'un nuage de vapeur et une vague cabane devant un bassin.

— À la sortie du village, une source d'eau chaude alimente une piscine naturelle à près de quatre mille mètres d'altitude. J'ai loué ici... La réponse est arrivée à l'aube.

— À l'aube ?

— Décalage horaire oblige. Et là, ces étendues d'herbes vertes, les champs de quinoa en janvier.

— Du quinoa !

— Ils sont agriculteurs et éleveurs. Et cesse de répéter chacun de mes mots.

— Mais tu ne vas pas te faire soigner dans ce... cette chose en plein désert que tu appelles un village. Ce n'est pas possible.

Mirella soupira, puis s'installa derrière la table qui lui servait de bureau.

— Charlotte, je ne pars pas me faire soigner en Bolivie, commença-t-elle d'une voix calme et parfaitement contrôlée. Le cancérologue que j'ai rencontré à l'hôpital, Duverger, un ami de mon père, m'a prescrit un traitement oral qui est aussi une forme de chimio. J'ai une première boîte, de quoi tenir un mois. La seconde arrivera par la poste à Uyuni. Hormis ce traitement, je ne prendrai rien d'autre...

— Mirella...

— Quoi Mirella ?

— Tu ne peux pas faire ça ! C'est une fuite.

Mirella secoua la tête. Sa voix changea.

— Si je reste ici, je vais m'écrouler.

— Tu ne t'écrouleras pas. Ta famille, tes amis seront là. Je serai là.

— Et alors ? Tu n'empêcheras rien. Eux non plus. Je devrai changer mes habitudes pour me plier aux visites quotidiennes à l'hôpital. Je ne pourrai même pas me rendre à Menton. Je vais commencer par perdre mes cheveux, puis la fatigue va s'installer, devenir permanente...

— Mais pour un temps, une guérison, coupa son amie.

— Non, pas une guérison, une rémission. Rien de plus. Le docteur a été clair et n'a pas fait preuve d'optimisme. On ne sait jamais comment le patient va réagir, m'a-t-il dit, mais c'est sérieux. Je vivrai peut-être plus longtemps, mais toujours avec la même menace.

Charlotte voulut intervenir. Mirella l'en empêcha d'un geste.

— Laisse-moi t'expliquer. Je fuis, c'est vrai. Je fuis le tohu-bohu qui m'attend ici. Pas seulement les rayons, la chimio, les va-et-vient entre mon domicile et l'hôpital, mais tout le reste, les questions des uns et des autres, les conseils de mes proches : « Va voir untel... Il vaut mieux que... Tu devrais... », le harcèlement des journalistes, autour de chez moi, devant l'hôpital. Je vois déjà les gros titres dans la presse people : « *Atteinte d'un cancer, Mirella met fin à sa carrière de chanteuse.* »

Mirella se leva, s'approcha de la fenêtre, avant de se retourner pour faire face à son amie.

— Il n'y aura pas de nouveau contrat ni de tournée cet été, annonça-t-elle avec fatalisme.

Un silence.

— Du coup, mon dernier album va se vendre comme des petits pains.

— Arrête !

— Je fuis aussi le regard des autres, compassion, réconfort, mensonge.

— Le regard des autres ? Mais que t'importe le regard des autres ! s'emporta Charlotte.

— Sauf que c'est moi-même que je verrai à travers eux. L'effet miroir, tu connais ? Et ce que je verrai dans leurs yeux m'anéantira plus sûrement que le cancer lui-même. Je verrai le désespoir, la pitié. Alors je pars. Combien de temps me reste-t-il ? Car je l'ai posée, la question, tu penses bien. Celle de l'échéance. Ils ne savent pas. Personne ne sait. Duverger a parlé de six mois, peut-être plus. Chaque malade réagit différemment. Ça dépend du mental, du terrain, de l'environnement... Ce que je sais, moi, c'est que je veux vivre ce temps précieux comme je l'entends. Loin de l'apitoiement et dans la paix. Là-bas, personne ne me connaît.

— Mais, il n'y a rien.

— Il y a les vigognes.

— Ce ne sont pas les vigognes qui vont te soigner.

— Qui sait ?

— Un trou perdu en plein désert !

— C'est pour ça que j'y vais.

— C'est de la folie, Mirella. Réfléchis un peu. Il y a toujours une chance de guérison.

— Je préfère la saisir dans un trou perdu en plein désert plutôt que de vivre ces prochains mois ici dans... (Elle chercha le mot le temps d'une seconde.) ... dans la tempête...

Je suis comme l'oiseau au-dessus de la tempête...

Charlotte s'approcha, la saisit par les épaules.

— Arrête, Mirella, arrête cette comédie ! Tu es en train de jouer, là. Réveille-toi ! On n'est pas sur une scène. Il n'y a pas d'orchestre derrière toi. Tu as un cancer et il faut te faire soigner en passant par toutes les étapes, même les plus difficiles.

— Je ne joue pas.

— Que t'arrive-t-il, Mirella ? Cet entêtement est absurde.

La voix de la jeune femme se fit suppliante :

— Charlotte, comprends-moi. J'ai vraiment besoin de m'éloigner.

— Et après ? As-tu réfléchi à ce qui va se passer dans trois ou quatre mois…

— Je m'efforce de ne pas y penser. Il y a toujours une chance de guérison, m'as-tu dit. Au mieux, ce traitement me suffira et je finirai par rentrer. Au pire, je resterai là-bas, jusqu'au bout, jusqu'à ce qu'on me rapatrie pour les soins palliatifs.

— Les soins palliatifs ?

— J'attendrai la dernière minute pour rentrer.

À bout d'arguments, Charlotte abdiqua.

Mirella s'éloigna pour rassembler les fiches vertes.

— Celles qui te concernent. Je voudrais que tu me rendes quelques services, d'abord expliquer à Milos, aux musiciens, producteurs, directeurs de la maison de disques et toute la patrouille des gens du show-biz, que je pars en vacances. Ne leur dis pas la vérité. Raconte-leur que j'ai besoin de prendre du recul, de me reposer, bref, dis-leur ce que tu veux. Je voudrais aussi que tu mettes cet appartement en vente, j'ai préparé tous les papiers et les procurations. Je garde la villa à Menton pour mes parents. J'ai ouvert un compte dans une banque d'Uyuni cette nuit. Tu pourras y virer l'argent ainsi que mes droits d'auteur. Voici une lettre que tu vas signer en tant que témoin, sorte de testament à remettre au notaire. Je n'ai plus besoin de manager, mais j'ai besoin d'un comptable… et plus que jamais d'une amie.

Elle se tut. Un silence douloureux tomba entre elles. La gorge nouée, Charlotte comprit que sa décision était irréversible. Alors, d'un hochement de tête, elle acquiesça et s'avança pour la serrer dans ses bras.

3

El Pueblo, Bolivie

RICARDO SANCHEZ MURILLO, que tous appelaient Ricky, se tenait debout devant la fenêtre et regardait les villageois se rassembler dans la grande salle de l'auberge. Isabel, la patronne, avait disposé chaises et bancs en demi-cercle, le long des murs. La température avait beaucoup chuté en ce début de juillet et tous avaient enfilé leur poncho par-dessus leur vêtement de travail. Il les salua d'un geste ou d'un mot et les regarda s'installer. Les femmes préféraient s'asseoir par terre avec leur tricot. Elles se rassemblaient entre elles, échangeaient à voix haute quelques mots sur leur journée. Les enfants criaient dehors en tapant dans un ballon. Un conseil de village ordinaire sauf que, ce jour-là, Ricky allait annoncer la nouvelle que tous attendaient. Il les compta d'un coup d'œil habitué, une personne par famille. Très peu d'hommes en définitive. Les plus jeunes étaient partis dès la dernière gerbe récoltée.

Ils avaient passé la frontière non loin de là pour travailler au Chili. D'autres suivraient encore, laissant le village entre les mains des anciens et des femmes.

— Le vieux Pedro ne viendra pas, lança quelqu'un. Il est fatigué. Jhonatán est avec lui et nous rejoindra plus tard.

Cela faisait plusieurs mois que le vieux chamane était fatigué. À son âge, on ne pouvait guère sauter comme une viscache. Il parlait de faire son sac et de partir dans la montagne, rejoindre le puma. Mais chacun savait que sa décision n'avait d'autre but que d'attirer la compassion et d'entendre les autres le rassurer : « Mais non, Pedro, t'as encore le temps ! »

Ricky commença la réunion. Il fut d'abord question du quinoa. Le camion de l'usine était passé prendre les dernières tonnes de graines. Ce qui restait sur pied approvisionnerait la communauté pour l'année à venir. Quelqu'un annonça que le silo était loin d'être plein. Ensuite, Gabriela prit la parole au nom des femmes pour se plaindre que la coopérative manquait de colorants et que, si personne ne se décidait à aller à la ville pour en acheter, elles n'allaient plus tricoter que des laines grises ou blanches dont personne ne voudrait.

— Les touristes arrivent. Il faut qu'on ait de quoi teindre la laine.

— On va s'en occuper, Gabriela.

Il laissa passer un silence. Alors, Manuel, un des rares hommes à s'être assis à côté de sa femme Carla, leva la main.

— C'est quand qu'elle arrive, la Française ?

La voilà, la question que tous se posaient.

— Je me demande si tu ne t'es pas fait embobiner avec cette étrangère, renchérit Carla en riant de toutes ses rides.

— Tu es sûr qu'elle a loué pour six mois ? Parce que, moi, j'ai tout arrêté pour terminer les travaux dans la douche, poursuivit Manuel. Et à mon âge, ça n'a pas été facile. Heureusement que les jeunes m'ont aidé.

Ricky esquissa un sourire, mais tous virent qu'il se redressait avec fierté.

— Elle arrive demain.

Il lut le soulagement et la satisfaction dans leurs yeux.

— Elle a pris du retard à cause de l'altitude. Elle ne pouvait débarquer ici sans prendre de précautions. Je crois qu'elle a passé quelques jours à Potosí, histoire de s'acclimater. Puis elle est descendue dans un hôtel à Uyuni.

— Qu'est-ce qu'elle vient faire chez nous ? Six mois, c'est pas pour visiter les environs.

— Ce n'est pas une touriste. L'agence m'a dit qu'elle cherchait un coin tranquille pour écrire un livre.

— Tu pourras la rassurer. Ici, c'est tranquille. Y a personne à part les bêtes.

— Et quelques étrangers qui font l'ascension du volcan.

— Même ceux-là, elle ne les verra pas longtemps, renchérit Isabel. Une nuit, un repas, et pfft ! ils sont déjà repartis.

La réflexion souleva quelques rires.

Isabel en savait quelque chose puisque Li-Marco et elle tenaient l'unique hôtel du village dont la grande salle servait pour les réunions du conseil.

— Elle arrive demain, tu dis ? avec un groupe ?

Ricky promena son regard sur l'assemblée pour ménager son effet.

— Avec son propre véhicule.

— Quoi ? En voiture ?

— Elle va se perdre.

— Elle vient d'Uyuni ? Toute seule ?

Ricky leva une main apaisante.

— Elle est seule en effet, mais pas dans n'importe quel véhicule. Un 4 × 4 Ford qui passe partout. Elle l'a commandé depuis la France. Elle en est propriétaire et il sera garé près du Toyota, à la sortie du village. Ensuite, elle est consciente du danger et n'a pas envie de tourner en rond dans le désert. Elle est prête à payer un chauffeur qui vienne la chercher.

Un brouhaha de surprise monta dans la pièce. Ricky dut forcer la voix pour se faire entendre.

— Laissez-moi finir. On va prendre le Toyota à deux. On ira la chercher à Uyuni. Ce sera l'occasion de rapporter les colorants pour la coopérative et d'autres bricoles. Li-Marco ? Tu m'as fait savoir l'autre jour que la courroie de ta mobylette était sur le point de lâcher, tu veux m'accompagner ? Ceux qui ont des trucs urgents à acheter en ville, faites-moi une liste… J'ai dit des trucs urgents. Pour le reste, vous attendrez le passage de l'autobus… Demain, on ramène l'étrangère.

***

Mirella avait retenu un hôtel à La Paz pour une nuit. Elle n'aurait jamais pensé que l'adaptation serait si difficile, le décalage horaire plus que l'altitude. À sa descente d'avion, la solitude s'abattit sur elle comme une chape de plomb. S'y ajoutaient les premiers effets désastreux de son traitement, nausées, vertiges, vomissements. Le besoin de prendre l'air l'incita à quitter sa chambre, à marcher en ville. Mais, enfoncée dans son désespoir, elle ne voulut rien voir. Elle n'était pas en état de s'étonner, de se laisser dépayser. Plus tard, un autre jour, peut-être, elle serait capable d'écouter battre le cœur de cette capitale surpeuplée que, pour l'instant, elle ne souhaitait pas connaître, satisfaite seulement d'être ici une inconnue. Au milieu de la bousculade des piétons, elle était la touriste étrangère que les vendeurs ambulants abordaient pour lui proposer un beignet, un porte-clés, un lama en peluche. Le malaise était survenu alors qu'elle descendait la rue Linares. Elle avait lu le nom sur une pancarte bleue retenue par un fil de fer accroché à un clou. Une averse brutale, aussi soudaine qu'insolite, s'était abattue sur la ville, l'obligeant à s'abriter dans une boutique sombre, encombrée de sacs d'herbes sèches, de flacons d'huile colorée, de becs de toucans et autres squelettes d'animaux, les uns entassés sur des étagères, les autres suspendus au plafond par un entrelacs de ficelles, le tout baignant dans une atmosphère poussiéreuse et confinée. La vendeuse, une femme à la peau sombre coiffée d'un chapeau noir d'où sortaient deux longues tresses, portait un corsage à manches longues et une ample jupe froncée à la taille sur une multitude de jupons. Elle commença par lui vanter les vertus de plusieurs remèdes pour soigner le mal des montagnes ou la fatigue du voyage.

— Je n'ai besoin de rien, expliqua Mirella. La porte était ouverte, je me suis abritée de la pluie.

L'Indienne constata avec plaisir qu'elle parlait espagnol.

— Des mélanges de graines pour l'amour du bien-aimé.

Mirella secoua la tête. Les bien-aimés s'étaient enfuis ou c'était elle qui les avait chassés.

— Je te dis l'avenir pour un dollar, insista la femme.

— Je préfère ne pas savoir.

— Cinq bolivianos pour trois mots. Mets ta main ici, ordonna-t-elle en tendant sa paume.

Mirella hésita, finit par l'effleurer du bout des doigts tandis que la femme fermait les yeux. Cinq secondes, avant de l'agripper fermement.

— *Una vida a otra,* dit-elle en la fixant.

Aucun muscle de son visage n'avait bougé.

— *Una vida a otra,* répéta Mirella à mi-voix.

D'une vie à l'autre, ou bien une vie pour une autre, se dit-elle tandis qu'un sombre pressentiment s'insinuait en elle.

— Donne-moi ce que tu veux, dit la femme en la relâchant.

Mirella lui glissa une pièce. À ce moment, elle aurait voulu en savoir plus. Mais c'était trop tard, la femme avait disparu dans l'arrière-boutique, remplacée par une gamine munie d'un balai qui commença à pousser sur le trottoir l'eau de pluie gouttant du toit.

Le lendemain, elle prenait l'avion pour Potosí sans avoir rien vu de la capitale.

* * *

Los Lípez

L'immensité, le silence. Le surnaturel d'une chaîne de volcans, striée de ravines d'où sourdaient des écharpes de brume.

Avant de partir, Mirella avait visionné des documentaires, des diaporamas. Elle s'était fait une idée de ce désert, mais ce qu'elle voyait maintenant, l'indescriptible solennité de ce paysage lunaire constellé d'ombre et de lumière, l'incroyable diversité des couleurs jouant dans les nuances de jaune, de vert et d'ocre, l'ancrait dans une réalité surdimensionnée. Versants rabotés par le vent, cuvettes débordantes de graviers arrachés à la pente, ravines creusées d'antiques cascades. Genèse de la terre, parfum d'éternité.

Secouée par les cahots de la voiture, elle s'accrochait à la poignée fixée au-dessus de sa tête pour ne pas heurter l'homme qui conduisait ou basculer en avant malgré la ceinture qui la retenait. C'était sans compter les trous béants, les ornières profondes, les amas de pierres détachées de ces extraordinaires formations rocheuses sculptées par le vent sur une piste digne des meilleurs raids automobiles. La trace fuyait vers le sud, bravant un paysage qui changeait au fil des kilomètres. Un nuage de poussière les poursuivait, météorites d'or masquant le second véhicule ou l'obligeant à contourner la trace principale pour suivre une voie parallèle. Une montagne se dressait sur leur gauche, à sa base, un piémont verdoyant ponctué d'arbres étiques, formidable résilience d'une nature rudoyée. Mirella inclina la tête pour en apercevoir le sommet.

— Le Licancabur, dit le chauffeur avec un sourire de fierté. Le volcan le plus célèbre de la cordillère Royale.

Il s'était présenté à son hôtel dans la matinée : « Ricardo Sanchez Murillo. Je suis le chef de la communauté. Appelez-moi Ricky. »

La cinquantaine, peut-être moins, petit mais bien charpenté, un visage ouvert, des yeux vifs aussi noirs que ses cheveux dépassant de son bonnet de laine à motifs géométriques, l'homme lui avait tendu une main solide avant de hisser ses bagages dans la voiture.

— Si la Pachamama est d'accord, vous pourrez l'escalader. Li-Marco, celui qui conduit le Toyota derrière nous, est un bon guide.

— La Pachamama ?

— La Terre Mère. Il vaut mieux l'avoir de son côté si on veut monter là-haut.

Elle secoua la tête.

— En d'autres temps, j'aurais tenté l'expérience. Mais là… en ce moment…

— C'est vrai, vous êtes venue pour travailler. Vous écrivez un livre, c'est ça ?

Elle hésita. Il lui était difficile de mentir.

— J'ai déjà écrit des textes, mais ce sera mon premier roman, la biographie d'une cantatrice.

— J'ai vu aussi que, dans vos bagages, vous aviez un instrument de musique.

— Un clavier électrique. Ne vous inquiétez pas, il est équipé d'écouteurs. Je ne dérangerai personne.

— Vous parlez bien l'espagnol. Vous l'avez appris à l'école ?

— Au départ, oui. Puis je m'y suis remise sérieusement l'an dernier au cours d'un voyage en Espagne. Mais je suis sûre de ne pas comprendre le quechua ou l'aymara. C'est tellement différent.

— Notre maître d'école est quechua. Il apprend l'espagnol aux enfants et maîtrise assez bien les trois langues. Au village, c'est l'aymara qui l'emporte.

— À La Paz, j'ai rencontré une Indienne. Elle voulait me prédire l'avenir.

— Vous étiez probablement dans le marché des Sorcières. Comment était-elle habillée ?

Elle lui décrivit le costume et ajouta :

— Elle avait deux pompons jaunes au bout des tresses.

— Une Aymara. Elle vous a promis le succès pour votre livre certainement.

— Elle ne m'a pas dit grand-chose.

Mirella hésita un instant, se souvint de son malaise.

— *Una vida a otra* ?

— C'est ce qu'elle vous a dit ? C'est plutôt court !

— Je ne voulais rien entendre alors elle a marchandé pour quelques mots.

Il rit. Il avait un rire franc qui lui donnait un air juvénile.

— D'une vie à l'autre.

— Ou bien une vie pour une autre, murmura-t-elle en baissant les yeux.

Était-ce l'annonce de sa mort ?

— C'est sûr que votre vie va changer maintenant dans notre communauté perdue en plein désert, poursuivit Ricky d'un ton enjoué. Et comment avez-vous trouvé La Paz ?

Elle leva les yeux, chassa les mauvais présages qu'avait engendré la prédiction de l'Indienne. Elle chercha un moment le terme adéquat.

— Un gigantesque capharnaüm.

Il rit à nouveau et continua à parler de la ville, la comparant à son village. Les avantages de l'une n'arrivaient pas à la hauteur de l'autre. Mirella devinait à travers ses paroles l'attachement à ce qu'il appelait son *pueblo*. Il s'était rendu quelquefois dans la capitale, mais n'aurait pas voulu y vivre. L'isolement, la pureté de l'air, la solidarité des habitants et même les difficultés, défis qu'il aimait relever, lui auraient trop manqué. Après plus de trois heures sur une route chaotique, il s'écria :

— Et nous y voilà ! Le terrain de foot en premier. Moquette synthétique et trois rangs de gradins. Merci, Evo Morales. Merci aussi pour la petite école, derrière l'hôtel de la Réserve, car vous êtes dans la Réserve nationale de la faune andine, annonça-t-il avec orgueil.

— Le village a un hôtel ?

— Plutôt un *tambo*, une sorte d'auberge où s'arrêtent les randonneurs, les touristes, quelquefois des ouvriers en route pour le Chili. Regardez, le bruit du moteur a alerté le comité d'accueil. Beaucoup sont curieux de vous rencontrer. C'est une aubaine pour la communauté. Nos rentrées d'argent sont maigres. On compte sur les touristes. La dame avec le chapeau de paille et le boléro à franges, c'est ma femme, Mariana. Mais tout le monde l'appelle Yok, du nom d'un lapin qu'elle avait recueilli. Enceinte jusqu'aux yeux.

La fierté et le bonheur transparaissaient dans sa voix.

— Félicitations ! C'est pour quand ?

— Théoriquement pour septembre si elle – c'est une fille – ne joue pas les prolongations. J'ai aussi un fils de vingt ans de ma première femme, décédée il y aura bientôt huit ans. Il fait des études au Conservatoire de musique à La Paz. Vous en apprendrez plus par la suite car les gens bavardent beaucoup. On va s'arrêter là ; tous vous attendent.

***

Assise à une table recouverte d'une nappe en tissu, une infusion de feuilles de coca dans une tasse ébréchée, Mirella tentait de retenir les noms des personnes que le chef du village lui avait présentées, des femmes pour la plupart. « Après la moisson, les jeunes partent travailler au Chili, il ne reste que les anciens... », avait expliqué Ricky. Elle écoutait leurs bavardages dont elle ne comprenait pas tout car elles s'exprimaient en aymara. Quand elles lui adressaient la parole, elles faisaient l'effort de parler espagnol. Apprendre leur langue eût été un défi. Mais en avait-elle le temps ?

Isabel, la patronne de l'auberge, petite brune aux longues tresses, lui tendit une corbeille remplie de galettes de couleur brune.

— Des biscuits à la farine de quinoa. Ceux-là sont sucrés, mais j'en fais aussi des salés. C'est bien de venir vous installer ici. Vous serez tranquille pour écrire votre livre.

— Le magasin artisanal est toujours ouvert, lui confia Gabriela. Il suffit de m'appeler. J'habite juste à côté. Si je ne suis pas là, c'est Wendy ou la vieille Carla qui viendra vous servir.

Li-Marco et Ricky sortirent pour décharger les voitures.

— On porte vos bagages chez vous, lui indiqua-t-il.

Il revint un peu plus tard accompagné d'un autre homme, déjà âgé, trapu, le visage sombre, des vêtements de grosse toile grise sous un poncho coloré sans attaches.

— Manuel, le propriétaire de votre location. Le mari de Carla qui garde la boutique en ce moment.

L'homme lui serra la main, une main calleuse habituée aux gros travaux.

— J'ai allumé le radiateur car les nuits sont parfois fraîches ici, lui dit-il.

Elle eut un geste pour protester, mais Ricky posa familièrement sa main sur son épaule.

— Ne vous faites pas de souci, nous utilisons l'énergie solaire. Les panneaux sont sur le toit ; vous ne les voyez pas à cause de la paille, mais ils fonctionnent bien. Cadeau d'une association écologique qui prélève des fonds sur l'activité touristique. Sur l'Altiplano, ce n'est pas le soleil qui manque. Un jour, nous aurons la géothermie. À quelques kilomètres, à la sortie du village, vous verrez, il y a plusieurs hangars peints en blanc, c'est la station expérimentale. Les travaux sont encore à l'étude, mais on y arrivera. Une entreprise italienne en a obtenu la concession. On espère que l'usine s'installera ici… si la Pachamama est d'accord.

Encore la Pachamama, pensa Mirella. *La Terre Mère fait vraiment partie de leur quotidien.*

— Venez. Manuel et moi, on vous accompagne jusque chez vous.

Son appartement se composait de trois pièces. La plus grande pouvait tenir lieu de salon et de salle à manger, meublée de deux fauteuils, d'une table carrée et de quatre chaises. À droite, une porte donnait sur la cuisine équipée de placards, de casseroles suspendues à des crochets et de l'indispensable électroménager. À gauche, sa chambre, grande et bien chauffée. L'étroite ouverture de la salle de bains s'ouvrait sur l'arrière de l'auberge et elle pouvait entendre la voix d'Isabel qui gourmandait sa servante. Cette présence, bien que bruyante, lui réchauffa le cœur. L'isolement de ces derniers jours l'affectait plus qu'elle n'aurait cru. Ici, elle n'était plus une touriste comme à La Paz ou à Potosí. Elle devenait une résidente de ce village, une jeune femme seule, malade et sans ami. Elle s'en voulut de cette mélancolie soudaine. N'était-ce pas ce qu'elle avait souhaité ?

Elle sortit un carnet, prit un stylo et nota :

a) Ricky, le chef du village, marié à Yok, enceinte.

b) Li-Marco, le guide de montagne, marié à Isabel, propriétaires de l'hôtel.

c) Manuel et Carla, un vieux couple qui me loue l'appartement.

d) Gabriela et Wendy gèrent le magasin artisanal, mariées ? Probablement.

Elle compléterait sa liste au fur et à mesure des connaissances. Il était important pour elle de ne pas faire de confusion, d'autant qu'elle avait l'impression qu'ils se ressemblaient tous. Elle ajouta :

e) La Pachamama. Toujours présente.

Puis elle ouvrit ses valises et commença à suspendre ses vêtements sur des cintres, quand elle aperçut, de la fenêtre de sa chambre, un voile de vapeur qui, s'élevant du sol, fuyait vers les montagnes : la source d'eau chaude, la piscine naturelle. Animée d'une soudaine excitation, elle fouilla ses bagages à la recherche d'un maillot de bain, d'une serviette, d'un linge de rechange. Quelques minutes plus tard, elle se hâtait sur le chemin, un petit sac à dos accroché à ses épaules, sûrement suivie par quelques paires d'yeux dont elle n'avait que faire.

Une construction sommaire en terre sèche abritait deux cabines équipées d'un portemanteau et d'une tablette. Le bassin aménagé au milieu des rochers la surprit par sa petite taille. Quatre mètres sur six, pas de quoi faire des longueurs comme en piscine, d'autant que la profondeur ne devait pas excéder le mètre cinquante. Le flot sourdait du fond, révélé par le léger bouillonnement qui remontait en surface. Le débordement s'évacuait par un étroit chenal qui rejoignait la lagune, un voile flottait sur les premiers mètres avant de s'évanouir dans l'air.

Elle garda son bonnet, un bonnet de laine, acheté dans une station de ski célèbre dont le nom s'inscrivait en gros sur le front. N'y avait-il pas, ce matin, plus de mèches que d'habitude accrochées à son oreiller ? Elle était résolue à ne plus s'en soucier. Son corps ferait ce qu'il avait à faire. L'anxiété qui crispait ses lèvres n'y changerait rien. Elle se laissa glisser le long du muret festonné de mousse ; la chaleur de l'eau l'enveloppa aussitôt. La tête en arrière, un carré d'éponge roulé en boule sous la nuque, elle ferma les yeux, concentrée sur le silence du désert, sur le bouleversement de sa vie. Peu à peu, son sentiment de tristesse s'évanouit, cédant la place à une implacable clairvoyance, à laquelle elle se soumit avec une sorte de délectation morbide. Ce bain à l'odeur de soufre chassait le déni dans lequel elle s'était réfugiée depuis l'annonce de sa maladie. Désormais la réalité s'imposait. Le cancer était là. Elle avait appris à le reconnaître sous ses doigts, à la base du cou, cette excroissance qu'elle avait remarquée la première fois à l'hôpital. Aucune douleur, aucune marque extérieure, rien qu'un amas de cellules venues s'installer là. Elle allait le voir grossir, faire son nid, l'envahir, l'étouffer... À moins que le traitement ne ralentisse le processus, l'arrête, peut-être...

— Combien de temps vas-tu m'accorder, toi, l'intrus, l'imposteur ? murmura-t-elle en caressant sa gorge.

Duverger avait eu un geste vague de la main.

— Chaque individu vit la maladie selon son propre rythme. Et puis, il y a ceux qui s'en sortent, avait-il ajouté gravement. La science n'explique pas tout. Nous, médecins, nous accumulons les statistiques, uniformisons les traitements, modélisons des protocoles en fonction du plus grand nombre. Parfois, quelqu'un sort du modèle. Pied de nez aux données numériques.

Disait-il la vérité ? Avait-il seulement souhaité l'encourager ? Elle avait tablé sur six mois, le temps de laisser le traitement agir et d'en subir les conséquences néfastes, voir son corps faiblir, ses cheveux tomber, sa peau vieillir prématurément. Elle avait fui pour épargner à ses parents sa propre douleur. Les soustraire à une terrible souffrance qu'elle aurait dû prendre sur elle en les réconfortant, les rassurant par des mensonges. Elle s'en était sentie incapable. Le poids de sa maladie était assez lourd sans se charger du désespoir des autres. Déjà, les premiers malaises étaient apparus. Ils n'avaient fait qu'empirer. Elle les avait mis sur le compte de l'altitude et du manque d'oxygène avant d'admettre que le mal des montagnes n'y était pour rien. L'appétit l'avait quittée. Elle, qui, par le passé, surveillait son poids, avait eu un rire de dérision en songeant qu'elle n'aurait plus à s'en inquiéter.

— Tu t'es installé en moi, imposteur, pour que je livre bataille. Tu voudrais que je me batte pour durer encore plus longtemps. Je n'ai pas envie de me battre. L'un de nous deux gagnera, c'est certain. Tu vois, je dis l'un de nous deux, j'espère encore. Mais il n'y aura pas de bataille.

Elle avait loué son appartement pour six mois, jusqu'en décembre, le temps d'une carte de séjour, six mois qui allaient la mener soit à une improbable rémission, soit au triomphe de la maladie. Dans le premier cas, elle retournerait en France pour une convalescence dans sa villa de Menton, dans le second, pour des soins palliatifs et la dernière ligne droite.

Dans cet état proche de la somnolence, ses pensées, jusque-là imprécises et désordonnées, s'organisaient avec lucidité, chassant la peur et la détresse. Elle allait écrire les paroles de quelques chansons, en composer la musique, lire aussi, sa tablette était une véritable bibliothèque et, tant qu'elle en aurait la force, elle irait marcher. Partir pour de longues randonnées dans cet extraordinaire paysage lunaire.

Un caillou roula, un bruissement entre les herbes… Elle ouvrit les yeux.

Les vigognes !

Elles avaient surgi sans préalable. Elles étaient là tout simplement, se scindant en deux groupes de part et d'autre du bassin, robe fauve, ventre blanc, apparues avec le soleil couchant, broutant çà et là les touffes hautes, s'avançant lentement vers la lagune, vers l'est, là où la chaîne des volcans se teintait de rose. Bêtes magnifiques, hautaines, la démarche assurée, elles étiraient leur long cou. Leurs oreilles mobiles testaient les bruits. À l'horizon, les sommets enneigés éclaboussaient de lumière. Mirella eut un coup au cœur : la photographie du couloir de l'hôpital se matérialisait sous ses yeux avec, en plus, l'infime frémissement de l'air, le bruit des sabots sur les cailloux, la fragrance sauvage de l'animal… L'une d'elles s'arrêta, tourna la tête vers le bassin. Échange de regards. Le museau humide frémit, palpa l'odeur humaine, aucune crainte au fond des yeux, juste une étincelle de curiosité. Quelques secondes d'attente, puis l'animal reprit sa marche lente, l'acceptant dans son espace. Bouleversée par tant de beauté et de grâce, Mirella sentit monter en elle une vague d'émotions qui inonda ses yeux.

Le troupeau fut rejoint par un groupe de lamas au corps massif, à l'épaisse toison blanche semée de taches noires. Des fleurs de laine rouge ornaient leurs oreilles et leur cou, marque de la communauté à laquelle ils appartenaient. Les plus jeunes à la laine bourrue escortaient les mères. Ils lui jetèrent un coup d'œil rapide en passant. Elle les suivit des yeux tandis qu'ils s'éloignaient.

Le froid descendait sur l'Altiplano. Il était temps de rentrer.

***

Dans l'hémisphère nord, juin s'installait. À Paris, le soleil avait fait monter la température ; on parlait déjà de canicule. Dans les parcs et jardins, des brumisateurs avaient été installés, petits et grands aimaient se faire arroser. Leurs cris de joie striaient le bourdonnement de la circulation. Charlotte ôta le foulard qui flottait sur ses épaules, le rangea dans son sac à main.

Elle rapportait du supermarché, en plus des courses habituelles, des pots de glace et des cônes. Cédric était rentré des Cévennes une semaine plus tôt, il serait heureux de se rafraîchir. Encombrée par son caddy, elle renonça aux escaliers et prit l'ascenseur jusqu'au palier. De l'intérieur, lui parvenait le son d'une musique rock poussée à plein régime. Elle grimaça, sortit sa clé, mais celle-ci refusa de s'enfoncer dans la serrure.

— Cédric tu as laissé ta clé ! cria-t-elle.

Elle tenta de forcer. En vain. Agacée, elle commença par sonner, frénétiquement, puis à frapper sur le chambranle tout en appelant. La pensée des glaces qui fondaient au milieu des provisions s'ajouta à sa colère.

— Bon sang, Cédric, qu'est-ce que tu fais ?

Elle prit son téléphone, tomba sur le répondeur. La voix tranquille de son frère annonçait son impossibilité de répondre et demandait à son correspondant de laisser un message. Elle raccrocha au comble de l'énervement.

— Cédric, ouvre-moi ! hurla-t-elle.

Elle fouilla son sac à la recherche d'un objet, un outil, qui pourrait repousser la clé. Stylo, lime à ongles.

Pourquoi ne répondait-il pas ? Une subite inquiétude s'empara d'elle. Avait-il eu un malaise, un arrêt cardiaque ? Était-il tombé de son fauteuil ? S'était-il blessé ? L'image souleva un vent de panique qui chassa la colère.

Laissant les sacs sur le palier, elle dégringola les escaliers, se planta en face de l'immeuble, regardant, affolée, le balcon du premier étage, cherchant à apercevoir une silhouette à travers les vitres de la fenêtre, et appela de nouveau avant de remonter à l'étage.

— Que se passe-t-il ? interrogea son voisin de palier.

En quelques mots, elle résuma la situation.

— Il faut faire venir les pompiers ou une ambulance, suggéra-t-il.

— Je vais appeler un serrurier.

— Prévenez quand même les pompiers. S'il est arrivé quelque chose à votre frère… Mais pourquoi a-t-il mis la musique aussi fort ?

— C'est ce que je ne comprends pas. Ce n'est pas dans ses habitudes.

Soudain, le silence les tétanisa et la porte s'ouvrit comme par miracle.

— Cédric !

Il se tenait devant eux, confortablement assis dans son fauteuil, les mains sur les roues, les regardant l'un après l'autre avec étonnement.

— Monsieur Gillet ? Charlotte ? Qu'est-ce qui vous arrive ?

Murée dans un mutisme glacial, Charlotte rinçait dans l'évier les sacs à provisions tachés de crème. Les pots qui avaient résisté à la chaleur avaient intégré le congélateur, le reste terminait de fondre dans un saladier où puisait avec la régularité d'un métronome la cuillère de Cédric.

— Cela aurait été dommage de les jeter. Où les as-tu achetées ? À la maison Aleph ou chez Jacques Genin ?

Le choc d'un ustensile de cuisine fut la seule réponse.

— Charlotte, je ne comprends pas ta réaction. C'est une peccadille. Je venais de recevoir ce nouveau disque et je voulais l'écouter comme au concert. Je me suis excusé auprès de M. Gillet.

Charlotte disparut dans la buanderie où elle mit les sacs à sécher, prenant son temps, peu disposée à accorder un regard à son frère.

— Écoute, Charlotte, cesse de faire la tête, lança-t-il de la cuisine.

Elle revint et lui fit face.

— Je crois que j'ai le droit de faire la tête, non ?

— Je ne voulais pas te mettre en colère.

— Tu m'as laissée dehors, lança-t-elle avec acrimonie, et je me suis fait du souci. Tu peux comprendre ma colère ?

— C'est gentil de t'être inquiétée pour moi, dit-il en lui tendant la main. Mais, comme tu vois, il ne m'est rien arrivé.

C'était chaque fois la même musique. Quand il sentait qu'il avait été trop loin, il revenait avec des excuses, simagrées qu'elle jugeait insupportables.

— Je viens de passer un moment magique avec mon chanteur préféré. Quand tu seras disponible, je te le ferai écouter.

Il lui jeta un regard empreint d'une satisfaction ironique, déployant tout son charme avec une habileté démoniaque. Le chat qui joue avec la souris. Elle refusa d'entrer dans le jeu.

— Cédric, commença-t-elle d'une voix parfaitement calme, si tu me refais un coup pareil, je ne resterai pas sur le palier, je n'appellerai ni serrurier ni pompier. J'irai coucher ailleurs.

— Charlotte…, implora-t-il.

— Ne t'amuse plus à oublier ta clé dans la serrure !

4

« Lorsqu'il n'exerce pas sa fonction,
le chamane est, en principe, une personne ordinaire.
Il se met en position de chamane à la demande
de ceux qui sollicitent son aide
par des conduites parfois étranges... »
Michel Perrin, *Le Chamanisme*

El Pueblo, Bolivie, deux mois plus tard

Les tambours avaient commencé de battre bien avant le crépuscule. Ils martelaient ses tempes, cognaient dans sa poitrine. Elle ne savait pas si elle était réveillée, mais elle savait qu'elle ne dormait plus. Elle avait terriblement froid. Tout son corps la faisait souffrir, comme après un choc violent. La main posée sur sa gorge, Mirella caressait l'imposteur niché en elle. Elle n'avait plus besoin de le chercher. Il était là. Tentait-elle de l'apprivoiser pour mieux le chasser ?

« Va-t'en ! »

Elle voulut se dresser, ouvrir les yeux, mais ses muscles refusèrent d'obéir. Plongé dans un lac gelé, son corps tentait de remonter à la surface. L'épaisse couche de glace formait un plafond qu'elle heurtait de la tête sans trouver la sortie. Le froid la pétrifiait. Pourtant elle respirait, une respiration saccadée pulsée par les tam-tams. Des visages apparurent sous l'eau. D'anciennes amours qui lui avaient apporté autant de joie que de déception. L'un après l'autre, ils lui tendaient les bras, l'agrippaient, essayaient de l'entraîner dans leur monde. Un frisson de dégoût la secoua. Elle les repoussa ; les algues les enveloppèrent ; ils disparurent laissant la place à un autre visage, souriant celui-ci. « Maman. » Les larmes roulèrent sur ses joues, glissèrent jusqu'au bonnet de laine qu'elle ne quittait plus. Une comptine lui revint à l'esprit, celle du petit âne qui avait mal à la tête, à qui il fallait mettre un chapeau. Sa mère ajoutait des couplets et l'âne se retrouvait avec un foulard, un manteau, des chaussettes... Mirella riait de tout son cœur.

Dehors, les flûtes andines s'ajoutèrent aux tambours. Des voix s'élevèrent dans la nuit, un chœur masculin qui chassa la comptine et les rires de la fillette. Ils appelaient la Pachamama, la déesse de la Terre. Mirella voulut une fois de plus se redresser, mais l'image de son père l'en empêcha. Elle le regarda avec dureté : « Pourquoi tu lui as fait ça ? » cria-t-elle. Seul un bruit de crécelle sortit de sa bouche, sorte de grincement qui l'éveilla tout à fait. Le lac de glace desserra son étreinte. Elle ouvrit les yeux.

Elle était seule dans la pièce où régnait le froid de la nuit. *Bolivia,* terre de contrastes, août en plein hiver, nuits glaciales, journées étouffantes. Les cloisons et les vitres tremblaient sous le martèlement des tambours. Une lumière filtrait à travers le volet à demi fermé, celle d'un feu éclairant la chambre de lueurs vacillantes. Des ombres se faufilaient le long du mur. Du sol provenaient des vibrations, celles de pieds frappant la terre sur un rythme démoniaque.

Mirella mit un pied après l'autre sur le sol. Le vertige la saisit, la nausée aussi ; elle tituba, se laissa retomber sur le lit, mais résista à l'envie de se rendormir. *Fichus médicaments !* Elle attendit quelques secondes. Les miasmes de son cauchemar s'évanouirent. Elle se dressa à nouveau. Quelle était la raison de ce vacarme ? Elle tira son bonnet sur sa nuque, sur son front. Dessous, la peau de son crâne apparaissait par plaques au milieu de rares cheveux qu'elle avait fait couper très court. Des plaques de plus en plus grandes, des cheveux de plus en plus rares. Elle aperçut l'écharpe au pied de son lit, tendit la main.

C'était au début de son séjour au village. Elle s'était rendue au magasin artisanal pour voir ce qui se vendait. Loin d'être un bazar chaotique, la boutique ressemblait plus à un marché couvert, avec les produits alimentaires, galettes et confitures d'un côté ; les sacs, colifichets et pacotilles pour touristes de l'autre et, au centre, dans une déferlante de couleurs, les piles de lainages, pulls, ponchos, écharpes. Assise à même le sol, Wendy étirait la laine avant de la rouler en une grosse pelote ronde. Plus loin, Gabriela tricotait quelque chose qui pouvait ressembler à une manche. L'apercevant sur le seuil, la gérante en titre s'était levée. Ses épais jupons de coton alourdissaient sa taille, chahutaient autour de ses collants noirs. En bonne commerçante, elle lui avait montré les sacs en laine de lama aux motifs géométriques colorés, les châles et les gilets en alpaga, plus doux que du mohair.

— Avez-vous quelque chose en laine de vigogne ? avait demandé Mirella.

Wendy avait levé la tête, cessant son ouvrage. Gabriela l'avait regardée avec un sourire énigmatique.

— La laine des dieux.

— Peut-être que vous en avez ?

— On la met de côté pour un grand industriel qui travaille au Pérou. Deux fois dans l'année, un intermédiaire vient chercher ce que nous avons. Ce n'est pas vraiment de la laine, c'est une fibre qu'il faut travailler longtemps avant de pouvoir la tisser.

— Mais vous en avez en ce moment.

Gabriela et Wendy s'observèrent en silence. Puis, sans qu'un signe ne fût échangé, Gabriela avait quitté la pièce pour revenir une minute plus tard, portant avec respect un paquet plié dans du papier de soie qui avait dû servir plusieurs fois. Elle l'avait ouvert délicatement, en avait sorti une longue écharpe de couleur naturelle, à la douceur incomparable. Mirella l'avait d'abord effleurée du bout des doigts, avant de la porter à ses joues comme pour en humer la tiédeur. La laine des dieux. Le nom était mérité.

— Combien ?

— Je ne sais pas… Elle n'est pas à vendre.

— Dites-moi combien ?

Par habitude, Gabriela avait écrit le prix sur un papier pour être sûre d'être comprise. Mirella n'avait pas marchandé, ni cherché à savoir si c'était le prix du catalogue américain ou celui que lui versait l'intermédiaire. Elle était retournée chez elle pour constater qu'elle manquait de bolivianos. Elle avait payé en dollars. Tout ce qu'elle possédait en liquide y était passé. Mais elle avait eu l'écharpe.

Elle l'enroula autour de son cou, y enfonça son menton, ses lèvres. Aussitôt, une sensation de chaleur et de bien-être l'envahit. Elle ferma les yeux, rassérénée, et ouvrit la porte.

Dehors, le rythme des tambours s'accéléra, percutant comme une douleur au cœur. Elle avait l'impression qu'on l'attendait. Loin de vouloir leur échapper, elle se sentit poussée dans la nuit.

Une ronde de monstres, mi-hommes, mi-bêtes, sortant tout droit d'un film d'épouvante s'agitaient sur la place. Les costumes de carnaval flottaient autour de leurs corps, animés de mouvements étranges. Ombre et lumière jouaient sur les couleurs, accentuaient l'effet insolite de cette pantomime, tandis que les lueurs du feu allumaient des rires grotesques sur leurs masques, gueules d'animaux, oiseaux, chats, ours… Des épaules aux chevilles, ils étaient couverts de plumes, de laine brute, de peaux de bêtes et leurs pieds nus soulevaient la poussière. Trois d'entre eux, armés de maillets décorés de rubans de laine, frappaient la peau d'énormes tambours. D'autres agitaient de longs bâtons, eux aussi ornés de franges, et cognaient le sol comme pour en chasser les esprits. Ils chantaient une mélopée à laquelle elle ne comprenait rien à l'exception d'un mot, répété à la fin de chaque antienne : *Pachamama… Pachamama…*

Le feu s'embrasa soudain et elle distingua les villageois formant un large demi-cercle. Dans la clarté des flammes, elle aperçut quelques visages et s'avança dans leur direction. Assis un peu à l'écart, elle reconnut les étrangers, des touristes, mais aussi les techniciens du chantier de géothermie reconnaissables à leur grosse parka bleue, marquée du logo de l'entreprise. Personne ne lui prêta attention ; tous étaient subjugués par le spectacle. Elle s'approcha encore et s'arrêta, envoûtée par la musique, le rythme des tambours. Son cœur, secoué par les vibrations, brutalisait sa poitrine. Sa respiration s'accéléra.

Et soudain l'homme-chat, celui qui rythmait la danse, lui fit face. Son maillet en suspension, il cessa de frapper l'énorme tambour attaché à son corps. Surpris, les autres danseurs s'arrêtèrent l'un après l'autre. Il se fit un silence impressionnant uniquement meublé par les crépitements du feu. Tous les visages se tournèrent vers l'importun qui osait interrompre cette liturgie païenne. Elle sentit monter la réprobation, rougit violemment, mais fut incapable de réagir, pétrifiée sous le regard du monstre, un regard qui la fouillait jusqu'au plus profond d'elle-même. Le sol vacilla sous ses pieds et une sueur glacée coula le long de son dos. Les yeux, rendus encore plus ardents par la présence du masque, ne la lâchaient pas. Elle eut peur, voulut s'enfuir quand, brusquement, une main l'agrippa.

— Assieds-toi !

Elle se laissa choir lourdement à côté de la femme, Gabriela, qui se poussa, ramenant ses lourdes jupes sous elle. Elle lui fit signe de se taire tandis que l'homme-chat se détournait. De sa main libre, il s'empara d'une cruche en terre posée près du foyer, souleva son masque jusqu'à la bouche et but à longs traits. Un peu de liquide noir, épais, coula sur son menton qu'il essuya d'un revers de main. Une ombre se détacha d'un groupe accroupi à l'écart de la foule, s'approcha, jeta quelque chose dans le feu. Pas de branches, mais une grosse racine qui s'embrasa, dégageant une lourde fumée bleutée. Elle ne tarda pas à envelopper les danseurs. Alors, frappant un grand coup sur la peau du tambour, l'homme-chat donna le signal de la reprise. L'un après l'autre, ils se remirent à battre. Bientôt, le rythme s'intensifia, la mélopée s'éleva plus forte, envoûtante. Mirella se demanda si elle était encore en train de rêver ; après le lac de glace, le sabbat des sorciers. Ce qu'elle vivait, ce à quoi elle assistait, n'était-ce pas tout simplement un des effets de son traitement ?

— Qu'est-ce qui t'a pris de rester debout ?

— Je ne savais pas...

Elle ne s'étonnait plus de la familiarité de la femme, qui la considérait comme une des leurs depuis son arrivée.

— Parle doucement, lui dit Gabriela en penchant sa tête vers elle pour être au plus près de son oreille.

— Qui c'est ? demanda-t-elle en désignant l'homme au tambour.

— Jhonatán.

Mirella chercha dans sa mémoire un visage parmi les villageois. Elle était là depuis deux mois, mais elle était loin de connaître tout le monde. Elle secoua la tête.

— Je ne vois pas.

Gabriela chercha le mot qui correspondait le mieux.

— Le prêtre.

— Il est curé ?

— Guérisseur.

— Qui est malade ?

— Personne.

— Je ne comprends pas.

— Tu vois les étrangers là-bas, en bleu ? Ce sont les Italiens, ceux de l'usine. La géothermie, tu sais ce que c'est ?

— Oui, j'ai vu le chantier.

— Tout le monde souhaite que l'usine s'installe chez nous, mais on ne veut pas faire du tort à la Pachamama.

Mirella ne fit pas de commentaire. Elle observait la scène, suivait des yeux chacun des monstres, principalement celui à la tête de chat qui psalmodiait des incantations dans une langue inconnue. Sa danse tantôt l'éloignait, tantôt le rapprochait des flammes dont il inhalait la fumée par grosses inspirations. Assise dans la poussière, respirant elle aussi l'odeur du feu, secouée par les palpitations des tambours qui montaient le long de ses membres jusqu'à son cerveau, elle se laissa emporter par la magie du spectacle. La tête lui tournait encore, mais elle se sentait bien. Gabriela lui expliquait tout bas le rituel, les costumes, la symbolique des masques. Mirella avait déjà entendu parler des chamanes, ceux de Mongolie, d'Amazonie, du Canada. Elle avait lu des articles concernant leur prétendu pouvoir sans vraiment y prêter attention. Comme la plupart des Occidentaux, elle assimilait ces pratiques à de la superstition à laquelle aucune religion n'avait réussi à mettre fin.

— Il faut qu'il entre en transe pour pénétrer dans le monde-autre.

— Qu'est-ce qu'il va faire dans le monde-autre ?

— Il va rencontrer un esprit, un animal, qui le mettra en relation avec la Pachamama.

Mirella accepta l'explication de ce rite païen.

Malgré les masques qui dissimulaient les traits, elle devinait la fatigue des figurants. L'épuisement était proche. Les jambes, jusque-là en flexion, se redressaient, muscles tétanisés ; les maillets frappaient moins fort à l'exception de celui qui dirigeait le bal et dont les coups au contraire redoublaient de violence. Certains danseurs se retirèrent pour s'allonger plus loin, dans l'obscurité.

— Il y a longtemps que la cérémonie a commencé ?

— Depuis le début de l'après-midi.

— Et ça va durer jusqu'à quand ?

— Ça dépend…

— Ça dépend de quoi ?

— Du temps que le chamane va mettre pour partir. La Pachamama met parfois longtemps à accepter une intrusion.

— Qu'est-ce qu'il y a dans la cruche ? Pourquoi il n'y a que l'homme-chat qui boit ?

— Ce n'est pas l'homme-chat. C'est l'homme-lynx. Il voit ce que nous, on ne peut pas voir. Il voit les pensées.

Mirella se troubla. *Sait-il que j'ai menti, que je ne suis pas là pour écrire un livre, mais pour me cacher du cancer et attendre la mort ?*

Gabriela lui murmura quelque chose à l'oreille.

— Pardon !

— Je disais que c'était lui qui préparait sa boisson. Il connaît les plantes…

— La coca.

— Oui, mais pas seulement. Il part souvent en forêt, près du fleuve. Il prend des racines, des lianes… C'est Pedro, le vieux chamane, qui le lui a appris et d'autres Indiens des villages qui vivent là-bas.

— Et personne n'a cherché à les connaître ?

— À connaître quoi ?

— Les plantes.

Gabriela haussa les épaules.

— C'est son métier, pas le nôtre.

Peu à peu, les monstres, terrassés de fatigue, tombaient sur le sol. Les plus endurcis se laissaient choir sur les genoux, se relevaient, esquissaient encore quelques soubresauts avant de s'effondrer. Bientôt, il ne resta plus que l'homme-lynx à chanter et danser, mais sa danse ne correspondait plus qu'à des mouvements saccadés et son chant à des gémissements douloureux. La clarté du feu baissait, l'ombre grandissait.

— C'est fini. Je dois rentrer pour m'occuper des enfants, murmura Gabriela qui s'esquiva doucement.

Un homme prit sa place : Ricky, le chef du village. Il tenait une bouteille de bière. Il l'ouvrit, la lui tendit pour qu'elle boive la première. Elle n'avait pas soif, mais n'osa refuser. À son tour, il but et posa la bouteille par terre.

— Une bière que nous brassons nous-mêmes. Elle n'est guère alcoolisée et on y ajoute quelques ingrédients pour lui donner du goût. Que vous a dit Gabriela ?

— Elle m'a expliqué les rites chamanes. C'est impressionnant. Dans quelle langue chante-t-il ?

— Il ne chante pas. Il prie.

Ricky tourna son visage vers le feu ; la silhouette de l'homme-lynx se fondait dans l'obscurité.

— Une langue sacrée. La langue des Incas. Mais quand il joue la comédie, c'est en quechua et, dans ce cas, il ne prie pas.

— Parce qu'il lui arrive de jouer la comédie ? s'étonna Mirella.

Ricky rit doucement.

— Oui, il y a des touristes qui paient pour voir ça. Jhonatán porte son costume, son tambour, mais reste lui-même. Il parle en quechua et récite des comptines pour enfants. Ce qui les amuse beaucoup d'ailleurs. Mais ça reste impressionnant. En réalité, il ne peut pas entrer en transe trop souvent. C'est épuisant et dangereux pour le corps. Il ne le fait que pour une bonne raison.

— Et ce soir ? Une comédie pour les touristes ?

— Non. C'est pour de vrai. Il est important d'obtenir la permission de la Pachamama si on veut fouiller la terre.

— Et si elle n'est pas d'accord ?

Ricky leva les yeux vers un horizon invisible, perdu dans le noir.

— On est entouré de volcans, ici. Ça ne vous a pas échappé. Si la terre se met en colère…

Il laissa sa phrase en suspens. Dans un dernier cri, l'homme-lynx tomba et son tambour roula dans la poussière. Assis sur ses talons près des cendres rougeoyantes, les jambes repliées sous lui, les mains posées sur ses genoux, doigts rétractés comme des griffes, la tête levée vers le ciel, il était dans une position que peu d'humains auraient soutenue. L'animal prêt à bondir.

— Il est parti, chuchota Ricky.

— Il est parti où ?

— Là-bas.

D'un geste de la main, il montrait la nuit. Il y avait comme un regret dans sa voix, il laissa passer un silence.

— Quand nous étions plus jeunes, Pedro nous a recrutés tous les deux. Mais c'est Jhonatán qui a finalement reçu l'initiation.

— Vous y avez assisté ?

— Oh, ça ne s'est pas passé en une seule fois. L'apprentissage a duré des mois et je n'étais pas toujours admis aux séances… Il y a des choses qui doivent rester secrètes.

— Et vous ? Qu'avez-vous appris ?

Ricky commença à raconter ce qu'il savait, le choix de son animal auxiliaire, le rôle de certaines plantes, les invocations. Les yeux rivés sur l'homme-lynx à genoux, Mirella écoutait. Ricky avait des intonations qui lui rappelaient celles de Charlotte quand elle parlait espagnol.

Son amie l'avait accompagnée dans sa tournée en Espagne, deux ans plus tôt, et l'avait obligée à parler, penser et même rêver en espagnol. « Il faut t'immerger complètement, disait-elle, c'est le seul moyen d'intégrer parfaitement la langue. » Charlotte avait encore de la famille à Madrid, de lointains cousins qui étaient venus assister à l'un de ses concerts. Après, ils étaient allés manger ensemble dans un de ces petits restaurants peu connus des touristes. Elle avait passé une merveilleuse soirée, à rire, chanter, danser, et était rentrée à l'aube, merveilleusement détendue.

Le choc la réveilla brutalement. Sa tête venait de percuter l'épaule de l'homme à côté d'elle, Ricky, qui la retint de son bras.

— Et alors ? On s'endort sans prévenir.

Elle se redressa vivement, honteuse d'elle-même. Par bonheur, la nuit dissimulait la rougeur qui avait envahi son visage.

— Pardonnez-moi, je suis désolée, marmonna-t-elle en ajustant son bonnet qui avait glissé. C'est votre bière qui m'est montée à la tête.

— Je crois surtout que vous êtes fatiguée. Venez. Je vais vous raccompagner chez vous.

— Je ne veux pas vous priver de la fin du spectacle.

— C'est terminé. Regardez, il n'y a plus que quelques villageois ici.

— Et votre chamane ?

— Quand il reviendra dans notre monde, il fera comme nous tous, il dormira.

Il se leva, l'entraîna avec lui. Elle se laissa guider en titubant, heureuse de s'appuyer sur lui.

— Donnez-moi votre clé.

— Je n'ai pas fermé.

— Très bien. Allons-y !

Ses jambes tremblaient sous elle.

— Pas malade, j'espère ?

— Juste épuisée.

Ils s'éloignèrent dans la nuit, la haute silhouette soutenant la plus fragile.

Assise parmi les derniers villageois encore autour du feu, Yok suivit des yeux son mari qui accompagnait l'étrangère jusqu'à ce que le couple se confondît avec la nuit. Elle sentit la colère monter en elle, se transformer en une indicible souffrance. Instinctivement, elle mit la main sur son ventre comme pour protéger l'enfant à naître. Encore un mois. Elle patienta un moment et, ne voyant rien venir, se décida à rentrer.

La maison avait conservé la chaleur de la journée, mais Yok n'y trouva aucun réconfort. Pas plus que dans le canapé recouvert de coussins et de couvertures où elle se laissa choir, tel un paquet trop lourd. Ce canapé, seul luxe de sa maison, elle était allée le choisir elle-même à Uyuni, quand elle avait su qu'elle était enceinte ; ils l'avaient amarré sur le toit du Toyota avec de multiples cordes et elle avait voulu qu'il soit posé face à la fenêtre afin de pouvoir regarder les sommets des montagnes quand elle s'y étendait pour une courte sieste. L'image de l'étrangère s'appuyant sur son mari ne quittait pas son esprit. Elle se sentait à la fois fiévreuse et glacée, étonnée de la violence de sa jalousie. Les jambes tremblantes, elle ne parvint pas à gagner la chambre.

Ce n'est que beaucoup plus tard que la porte s'ouvrit, livrant passage à son mari.

— Tu n'es pas couchée ?

— Je t'attendais.

Il sentit la tension dans sa voix.

— Tu ne devrais pas veiller aussi tard. Pense au bébé.

Il s'approcha, s'assit à côté d'elle, voulut la prendre contre lui. Mais elle le repoussa sèchement.

— Comment veux-tu que je prenne soin de moi quand je te vois partir avec une femme à ton bras.

Ricky eut un sursaut.

— De quoi parles-tu ?

— De cette femme, l'étrangère.

— Mais elle tenait à peine debout… Yok, que t'arrive-t-il ? Tu me fais une scène ?

— Je suis en colère et je trouve que tu prends trop soin d'elle.

— C'est ridicule. Je l'ai simplement raccompagnée.

— Depuis qu'elle est arrivée, tu t'occupes d'elle, demandes des nouvelles à Manuel ou à Carla. Tu ne passes pas une journée sans te renseigner sur ses allées et venues.

Elle n'avait pas tort, bien sûr. Il était curieux de ses faits et gestes et, quand elle prenait sa voiture, il aimait savoir où elle se rendait.

— Cette femme est entrée dans tes préoccupations. Elle me porte malheur. Elle nous porte malheur.

— Tu dis des bêtises, Yok.

— J'ai vu le regard de Jhonatán derrière le masque. Il s'est arrêté. Il a vu quelque chose.

— Elle restait debout, ça l'a dérangé, expliqua Ricky.

— Non, c'est plus que ça. Cette femme a quelque chose de maléfique. Et ça attire les hommes. Li-Marco l'a accompagnée, l'autre jour, à la source d'eau chaude.

— Li-Marco ?

— Tu vois. Tu es jaloux

— Arrête, Yok. Je suis surpris, c'est tout. Li-Marco a plus de quarante ans, il est marié et père de famille.

— Et toi, tu en as près de cinquante, tu es marié et père de famille.

Il la sentit au bord des larmes.

— Écoute, Li-Marco fait ce qu'il veut. Moi, je suis avec toi.

Il la prit dans ses bras et, cette fois, elle ne le repoussa pas. Au contraire, elle se blottit contre lui et se laissa bercer tandis qu'il embrassait ses cheveux et ses tempes.

— Je t'aime, ma chérie. Tu sais bien que je t'aime.

Pourtant, elle ne cédait pas.

— Pourquoi as-tu tant tardé ?

— Je l'ai laissée devant chez elle. Puis je suis allé rejoindre les autres et on a porté Jhonatán jusque chez lui.

Et comme elle marmonnait encore entre ses lèvres, il ajouta :

— Je ne suis pas resté avec elle, Yok. Il faut me croire. Cesse de jouer les femmes jalouses. Il n'y a que toi et moi.

— Et le bébé.

— Et le bébé, bien sûr. Tu vas te mettre au lit et dormir.

— Et toi ?

— Je dois retourner voir Jhonatán, écouter ses premiers mots quand il reviendra à lui.

— C'est important ?

— Oui, c'est important.

Enfin il reprenait pied sur un terrain moins hasardeux.

— Les ingénieurs font des essais. Ce serait bien que l'usine s'installe ici. Tu sais comment ça se passe. Si les gens ne sont pas rassurés, au moindre incident – une bête qui meurt, des pluies trop fortes, une mauvaise récolte –, ils diront que la Pachamama n'était pas d'accord. Ils accuseront l'usine.

— Et pourquoi pas l'étrangère ?

— Oublie l'étrangère. Elle n'a rien à voir avec tout ça.

Il l'aida à se coucher, resta encore un moment auprès d'elle et, quand il fut certain qu'elle s'était endormie, il sortit dans la nuit.

La maison de Jhonatán n'était qu'à quelques centaines de mètres. Il poussa la porte et trouva le salon tel qu'il l'avait laissé un peu plus tôt. Le chamane était allongé sur la banquette fixée au mur. Sa tête reposait sur un large coussin. On lui avait retiré son masque, délacé les guêtres de peau qui enserraient ses mollets, mais il portait encore une partie de son costume de fourrure et de plumes. De la chambre à côté lui parvinrent les ronflements légers de Wendy. Rien d'autre. Ses deux garçons devaient dormir à l'étage dans la soupente. Ricky approcha une chaise, posa une main sur la poitrine de Jhonatán pour contrôler sa respiration. Le cœur battait très faiblement. Moins de quarante pulsations à la minute. C'était normal après une transe.

— Elle ment.

Les mots, à peine murmurés d'une voix pâteuse, résonnèrent comme un coup de tonnerre dans le silence de la pièce. Ricky tressaillit.

— Qui est-ce qui ment ?

Les yeux, pupilles dilatées, fixaient quelque chose au plafond.

— Elle ment.

— Qui ? La Pachamama ?

Le regard s'éteignit. La respiration reprit un rythme régulier. Un instant plus tard, la porte de l'extérieur s'ouvrit : Manuel.

— Est-ce qu'il est réveillé ? chuchota-t-il, passant une main usée dans sa tignasse de cheveux blancs.

— Rien. Il est shooté à mort. Il a dit qu'elle mentait.

— Qui ?

— Je n'en sais rien.

Le chamane ouvrit à nouveau les yeux. Les deux hommes se penchèrent vers lui.

— J'ai vu l'oiseau au-dessus d'elle…

— Quel oiseau ?

— L'oiseau de la mort, murmura le chamane.

Manuel et Ricky échangèrent un regard étonné.

— As-tu rencontré le puma ?

— J'ai vu le puma… Elle ment.

— De qui parle-t-il ? demanda Manuel en se tournant vers Ricky.

— Je crois qu'il parle de ta locataire, chuchota Ricky.

Manuel ouvrit des yeux ronds.

— Mirella ? Qu'est-ce qu'elle vient faire là-dedans ?

— Elle était debout pendant la transe…

— Le lynx a vu le puma, reprit le chamane d'une voix hésitante.

Les deux hommes se figèrent. *Le lynx, le puma.*

Soudain, le chamane se redressa. Son regard les transperça, s'enfonça loin au-delà de leur corps dans un autre monde.

— Elle est venue pour mourir, lança-t-il d'une voix forte avant de laisser sa tête retomber.

L'engourdissement s'empara à nouveau de son esprit.

Manuel et Ricky laissèrent passer quelques secondes.

— Qu'est-ce que c'est que cette histoire ? chuchota Manuel d'une voix à peine audible.

— Je pense qu'il y a deux visions qui s'entremêlent dans son esprit.

Sur la banquette, le chamane s'agita à nouveau. Ils retinrent leur souffle.

— Le puma est venu lécher le cou du lynx, lâcha-t-il dans un soupir.

— Tu es sûr ? Le puma avec le lynx ?

— Le puma est venu lécher le cou du lynx, répéta-t-il et un sourire se dessina sur son visage. Ils sont amis.

À cet instant, la porte de la chambre s'ouvrit. Wendy s'approcha tout en nouant le cordon de sa robe de chambre autour de sa taille.

— J'ai entendu. Ça veut dire que la Pachamama est d'accord, n'est-ce pas ?

— Oui.

— C'est une bonne chose. L'aîné de mes garçons veut travailler dans la géothermie. Il ne sera pas obligé de s'exiler au loin. Il restera ici, dans la nouvelle usine. Je suis vraiment contente. Je vais vous faire du café. Un café fort. Lui aussi en aura besoin, ajouta-t-elle en désignant son mari d'un mouvement de tête.

Wendy avait cessé d'être impressionnée par les pouvoirs de son mari. Elle y croyait, mais ne cherchait pas à comprendre. Elle avait épousé un chamane, accepté dès les premiers jours de leur rencontre que l'homme qu'elle aimait fût différent des autres. Son esprit voyageait dans le monde-autre auquel personne n'avait accès. Pendant les transes, il vivait une décorporation et, au début, elle avait craint qu'il ne revienne pas et devienne une sorte de zombie sans cerveau. Mais il revenait toujours et elle avait fini par s'habituer à ces retours, souvent difficiles, sorte de gueule de bois où se mêlaient épuisement et mélancolie.

— Pourquoi ça te rend triste ? lui avait-elle demandé.

— C'est comme ça.

— Tu voudrais rester là-bas ?

— Je suis obligé de revenir.

— Comment c'est là-bas ?

Il n'avait pas répondu tout de suite, hésitant ou incapable de trouver les mots. Finalement, il avait eu un sourire énigmatique et avait simplement répondu :

— C'est léger.

Wendy disparut dans la cuisine. Des bruits de casserole, d'eau s'échappant du robinet, meublèrent le silence de la maison.

Ricky se pencha au-dessus de Jhonatán, espérant encore quelques mots, mais l'esprit du chamane avait définitivement réintégré son corps pour un sommeil réparateur. Seuls de profonds soupirs s'échappaient de ses lèvres.

— Demain, il se souviendra peut-être.

— Parfois, il oublie les détails.

— Qu'est-ce que tu penses de Mirella ? interrogea Manuel.

— Rien de spécial. Elle va, elle vient. Les gens ont fini par s'habituer à elle.

— Ça ne me regarde pas, mais Li-Marco l'a rencontrée à la source.

— Je sais. Yok me l'a dit tout à l'heure.

— Elle se baignait, la tête sous l'eau. Quand elle l'a vu, elle s'est précipitée sur son bonnet. Mais il a eu le temps de remarquer qu'elle avait coupé ses cheveux et qu'il ne lui en restait plus beaucoup. C'est Li-Marco qui m'a raconté. Elle est malade.

— Pourquoi tu ne m'en as pas parlé ?

— J'en avais l'intention, mais ça m'est sorti de l'esprit. Et puis Carla a vu toutes ces boîtes de médicaments en faisant le ménage. Elle avait oublié de les ranger.

— Ces choses-là, il faut m'en parler. Je suis le chef de la communauté et Mirella en fait partie. Ainsi, elle ne serait pas venue pour écrire un livre, mais pour se soigner.

— Je n'en sais rien.

— C'est ce que disait Jhonatán. Elle ment.

— Qu'est-ce qu'on fait ?

Un silence.

— Maintenant on boit le café.

5

CHARLOTTE QUITTA SON BUREAU plus tôt que prévu. Milos avait laissé un message sur son répondeur. Il souhaitait la voir pour discuter de ses prochains concerts dans le sud de la France. Elle en fut à la fois heureuse et contrariée. Heureuse, car elle aimait l'attention dont il l'entourait, contrariée car elle savait qu'elle aurait à afficher une distance qu'elle avait de plus en plus de mal à respecter.

Jusqu'à sa rencontre avec le guitariste trois ans auparavant, sa vie amoureuse était restée ni terne ni passionnée. Elle l'aurait plutôt qualifiée de neutre, sans attachement véritable. Son métier de manager lui permettait de croiser un grand nombre d'hommes. Mais, fidèle à son rôle de sœur disponible et intimement persuadée de sa responsabilité auprès de Cédric, elle ne s'était jamais autorisée à construire une relation durable. Elle connaissait Milos de réputation non seulement à cause de son talent, mais aussi pour son caractère inflexible. Ses agents démissionnaient les uns après les autres, s'avouant incapables de gérer sa carrière.

— Il n'en fait qu'à sa tête et rompt ses contrats les uns après les autres, maugréaient-ils. Pas moyen de lui faire tenir un engagement.

C'est en arrivant un jour au studio d'enregistrement qu'elle était tombée sur lui, précisément au moment où il refusait une proposition.

— Non, David, je ne jouerai pas pour Jo Tryny, disait-il en rangeant sa guitare dans sa housse.

— C'est une étoile montante, Milos, tu ne peux l'ignorer.

— Je n'aime pas ses chansons. Et d'abord, il ne chante pas, il beugle.

— Il a fait beaucoup de progrès.

— Alors qu'il change de parolier !...

Il parlait sur le ton de quelqu'un sûr de lui et fier de son opinion.

— Écoute, Milos, tu ne peux pas me laisser tomber !

— Je ne suis pas le seul guitariste sur le marché. Demande à...

Il s'était brusquement arrêté en l'apercevant, avait jeté un regard appréciateur sur son chemisier blanc glissé avec élégance dans la ceinture de son pantalon et son visage s'était transformé.

— Madame ?

— Montero, Charlotte Montero.

— Je connais un Montero. Il y a quelque temps, il était encore au conservatoire.

— C'est mon frère, Cédric Montero.

— Milos Donakys, guitariste, avait-il dit en lui tendant la main.

— Je sais qui vous êtes, monsieur Donakys. Si j'ai bien compris, vous ne voulez pas jouer pour Jo Tryny. Moi, je peux vous proposer une place dans l'orchestre de Mirella.

En y repensant, elle se rendait compte qu'elle avait parlé sans réfléchir, mue par une pulsion irraisonnée.

Il était resté un moment immobile à la contempler avec une lueur d'intérêt dans ses yeux sombres, sa silhouette athlétique entravant le couloir.

— Mirella ? J'aime ce qu'elle fait. On peut en discuter autour d'un verre.

— Alors vous me l'enlevez ? était intervenu le dénommé David. Eh bien, tant mieux ! Mais je vous préviens, c'est une tête brûlée. Il va vous en faire voir de toutes les couleurs !

Ils étaient allés dans un bar, rue de la Gaîté, un café devenu au fil du temps leur lieu de rencontre comme il était celui des artistes et des musiciens.

— Je croyais que l'orchestre de Mirella était au complet.

— Un bon orchestre n'est jamais complet.

Il avait observé un silence avant de conclure :

— Mirella m'impressionne. Sa musique comme ses interprétations sont excellentes. Je serais heureux de travailler avec elle.

Ni l'un ni l'autre n'avaient regretté cette décision.

Ils s'étaient revus souvent dans le cadre du travail, répétitions, concerts, réunions. Quand ils se retrouvaient tous les deux, Milos s'arrangeait toujours pour mettre une note plus personnelle, pour ne pas dire intime, à leurs échanges. Elle esquivait d'un sourire, refusait les invitations, replaçant rapidement la conversation sur le registre professionnel. Mais Milos n'était pas de ceux qui battent en retraite facilement. Il possédait d'inépuisables ressources de patience et de détermination. Elle lui envoya un message pour fixer un rendez-vous en fin d'après-midi. À cette pensée, elle pressa le pas, envahie d'un délicieux sentiment de joie.

Quand elle arriva chez elle, un voisin sortait à l'instant, lui épargnant d'actionner le code digital. Elle monta directement à l'étage et poussa la porte. Son regard enregistra un mouvement furtif, quelque chose de bleu quittant la cuisine et fuyant précipitamment vers le séjour... Une silhouette sur ses deux jambes. Elle en fut estomaquée.

— Cédric ?...

Elle traversa le couloir, s'arrêta sur le seuil de la bibliothèque. Son frère était assis dans son fauteuil roulant, face à son ordinateur, pianotant frénétiquement sur les touches. Il portait un tee-shirt bleu.

— Tu rentres de bonne heure, dit-il sans même lever les yeux de son clavier. Un imprévu ?

Elle ne répondit pas, le considéra un moment en silence. Son assurance tranquille la désarçonna.

— J'attends une élève pour un cours, annonça-t-elle, sans plus de détails.

Dans la cuisine régnait le désordre habituel avec en plus, derrière les casseroles, une canette couronnée de buée glacée. Elle n'avait pas rêvé, son frère était bien dans la cuisine quand elle avait ouvert la porte, se préparant à ouvrir une bière. Qu'il soit dans la cuisine n'était pas inhabituel. Tout dans la maison avait été aménagé en fonction de son handicap. Ce qui l'était, c'était le déplacement rapide d'une silhouette traversant le couloir. Une silhouette debout. Un doute inquiétant s'insinua en elle. Mais l'idée était si énorme, si impensable qu'elle la chassa de son esprit. Simple hallucination. Cédric ne se déplaçait qu'en fauteuil roulant. S'il était venu ici pour prendre une canette dans le réfrigérateur, il ne pouvait l'avoir fait qu'en fauteuil.

Charlotte oublia l'incident le temps de sa leçon de chant à la jeune fille. Puis elle appela Milos pour lui dire qu'elle arrivait.

Elle prit le métro, puis termina à pied jusqu'au bar, à l'angle de la rue. On était en fin d'après-midi et la salle était déjà bondée, des habitués, des touristes aussi, curieux ou avides de croiser une célébrité. Elle salua le barman au passage et se dirigea directement vers la banquette du fond où l'attendait le guitariste devant un reste de whisky noyé sous des cubes de glace. Milos se leva, lui serra la main. Elle reconnut le parfum qui l'environnait. Non pas celui d'une eau de toilette. Plutôt l'odeur des prairies vertes, quand le linge s'est balancé longtemps au soleil dans un jardin fleuri.

— Bonjour, Charlotte.

— Bonjour, Milos.

Il fit signe au serveur.

— Un porto comme d'habitude ? lui demanda-t-il.

— Non, j'ai besoin de quelque chose de plus fort. Un mojito, par exemple.

Sa voix était tendue sans qu'elle parvienne à la contrôler.

Milos attendit que le serveur s'éloigne pour l'interroger :

— Quelque chose ne va pas ? De mauvaises nouvelles de Mirella ?

— De son côté, rien de nouveau. Comme je te l'ai dit, elle est au bout du monde pour se reposer.

Charlotte laissa passer deux secondes avant de poursuivre d'une voix monocorde :

— L'agence a trouvé un acheteur pour son appartement. Je passe chez le notaire vendredi prochain.

Milos parut surpris.

— Donc, elle ne reviendra plus à Paris.

Charlotte ne souhaitait pas trahir le secret de son amie, mais de toute façon la vente de l'appartement aurait fini par se savoir.

— Elle a toujours sa villa à Menton et ses parents sont à moins d'une heure d'ici. Ce logement serait resté vide trop longtemps.

— Elle aurait pu le mettre en location.

— Je sais, mais elle a préféré vendre avant de partir.

— Sa décision a été vraiment rapide.

Charlotte eut un geste vague de la main.

— Elle a besoin de faire un break, dit-elle simplement.

Le serveur arriva avec le mojito, une assiette d'olives pimentées et un autre whisky pour Milos. Charlotte posa son regard sur le verre embué. L'image d'une canette sortant du réfrigérateur passa devant ses yeux, associée à celle d'une silhouette debout fuyant vers la bibliothèque. C'est en portant son verre à ses lèvres qu'elle réalisa que ses mains tremblaient.

— Charlotte, si tu me disais ce qui ne va pas.

Elle but une gorgée.

— Toujours très perspicace, Milos, répondit-elle avec un sourire un peu triste.

— On lit en toi comme dans un livre ouvert.

Elle détourna les yeux.

— Alors ?

— Rien. Une image qui m'a perturbée.

Elle reprit son verre et cette fois-ci en vida les trois quarts d'un seul coup, comptant sur l'alcool pour se détendre ?

— Ton frère.

Elle porta ses doigts à ses tempes, les massa lentement. Son silence était plus éloquent qu'une réponse.

— Charlotte, quand vas-tu cesser de te pourrir la vie à cause de lui ?

Elle arrêta son geste, leva les yeux sur lui, s'étonnant de ses paroles, « te pourrir la vie ». Pourtant c'était exactement ce que Cédric faisait depuis des années.

— C'était ma voiture et c'est moi qui conduisais.

— Bon sang, Charlotte, c'est le motard qui est responsable de l'accident. Pas toi. Et ton frère n'avait qu'à attacher sa ceinture !

Elle avait l'impression d'avoir eu cette conversation des dizaines de fois. En réalité, il n'en était rien. Elle n'aimait pas en parler. Les souvenirs de son pied écrasant la pédale de frein, du coup de volant pour éviter l'engin rugissant devant elle, du corps de son frère éjecté, basculant par-dessus la rambarde de sécurité, ces souvenirs hantaient sa mémoire. Et, avec eux, les scénarios impossibles – « et si j'avais fait ci, et si j'avais fait ça » – qu'elle échafaudait les nuits d'insomnie et qui la remplissaient de culpabilité. Le motard protégé par sa carapace de cuir s'en était tiré avec quelques contusions. Il avait reconnu ses torts et l'enquête avait complètement disculpé Charlotte. Un fait était sûr, c'est que Cédric n'avait pas attaché sa ceinture. Il avait ri devant sa colère quand elle avait remarqué l'absence du signal d'alerte.

— Tu l'as débranché ! Pourquoi as-tu fait ça ? avait-elle crié. C'est stupide et inconscient.

— Je ne supporte pas qu'on me donne des ordres, avait-il répondu avec aplomb, et plus encore quand ça vient d'une machine. Une voiture n'est rien de plus qu'une machine. Et tu voudrais que je lui obéisse ?

Elle n'en avait pas tenu compte et avait demandé au garagiste de remettre la sécurité, mais Cédric contournait l'obstacle : il attachait la ceinture et s'asseyait dessus.

Milos posa sa main sur la sienne. Il avait les doigts longs et fins aux ongles parfaitement coupés, une main de guitariste.

— Pendant combien de temps encore vas-tu laisser ton frère nous séparer ?

Charlotte tressaillit.

— Tu réduis nos rencontres à de simples échanges professionnels, esquives un entretien trop personnel. En un mot, tu m'évites. Je te le répète : pendant combien de temps vas-tu laisser ton frère nous séparer ?

Cette fois-ci, Charlotte ne chercha pas à éviter ce qui ressemblait à un aveu.

— Je ne peux pas l'abandonner.

— Il est autonome, mais il s'arrange pour ne pas l'être. Je connais Cédric depuis qu'il est entré au conservatoire à l'âge de douze ans. Je l'ai connu bien avant de te connaître. Je sais comment il est. Déplaisant jusqu'à la cruauté, narcissique jusqu'à la perversion. Il aurait pu devenir un bon musicien s'il avait voulu s'en donner la peine, mais il n'avait qu'une chose en tête : faire tourner ses professeurs en bourrique jusqu'à son renvoi. C'est un prédateur, Charlotte, et toi, tu es sa proie. Il est comme un chat qui joue avec une souris. Il ne te lâchera pas tant qu'il ne t'aura pas totalement détruite.

Elle l'avait écouté à la fois choquée et fascinée. Elle retira doucement sa main.

— Je pense que tu es un peu sévère.

— Non, je ne suis pas sévère, je suis lucide. Ton frère te fait du mal.

— Mais c'est mon frère.

— Il t'empêche de t'épanouir et je suis révolté de te voir gâcher les meilleures années de ta vie à son service.

Son impatience mal contenue lui fit du bien.

— Qu'est-ce qu'il t'a fait aujourd'hui ?

— Rien.

Elle se sentait au bord des larmes. L'alcool avait l'effet inverse de ce qu'elle avait escompté. Elle repoussa son verre.

— Parle-moi plutôt de ta prochaine tournée. Qu'est-ce que tu voudrais changer ? La chanteuse qui remplace Mirella ne te convient pas ?

— Elle ne lui arrive pas à la cheville. Mais ça fera l'affaire. Un prétexte pour te rencontrer. Réponds plutôt à ma question : Que s'est-il passé ?

Elle soupira, prête à céder.

— Sortons d'ici. Il y a trop de bruit.

— Tu as raison.

Ils descendirent la rue jusqu'à la Seine, marchèrent en silence, se séparant pour éviter les piétons. Une fois sur les quais, il lui prit la main, la serra dans la sienne. Elle ne se déroba pas, puisant dans cette étreinte un véritable réconfort. Elle réalisait avec un sentiment proche de l'humilité qu'elle avait besoin de chaleur et d'amour. Ce simple geste fit fondre en elle l'inhibition et le refus de laisser parler ses émotions.

— Je suis rentrée à l'improviste..., commença-t-elle d'une voix lasse.

— Et ?

— J'ai cru le voir marcher sur ses deux jambes.

Milos s'arrêta net.

— Quoi ?

— C'est idiot. Il ne peut pas se tenir debout. J'ai eu une vision. Peut-être que je souhaite tellement fort qu'il marche à nouveau que mon imagination m'a joué un tour.

— Tu as vu ton frère debout ?

— Non, j'ai CRU le voir debout. C'est impossible. Mes parents ont rencontré plusieurs fois le chirurgien qui l'a opéré ; il leur a affirmé qu'il ne retrouverait jamais l'usage de ses jambes.

— Depuis, la médecine a fait des progrès. Cédric ne t'a jamais dit s'il continuait à voir des médecins ?

— Il suit toujours une rééducation avec un kiné. J'ignore s'il consulte encore des spécialistes. Il part régulièrement en cure, enchaîne parfois avec un voyage avec un de ses amis. Je n'en sais pas plus. Mon frère ne me dit pas grand-chose.

Elle laissa passer un silence, observant les bateaux sur la Seine.

— Je suis persuadée que ce n'était qu'un mirage, une illusion d'optique. Cédric serait incapable de dissimuler une telle chose. Se mettre debout, marcher ! Tu te rends compte. Déjouer les pronostics des plus grands praticiens ! Il en serait trop fier. Il l'aurait claironné partout, à nos parents, à ses amis. Il sortirait, irait danser, skier…

Milos ne dit rien. Il s'arrêta, l'attira contre lui. Elle appuya son visage contre son épaule.

— Je sais qu'il a besoin de moi, insista-t-elle comme pour s'en persuader.

— Il est autonome.

— Pas autant que je le voudrais.

— Tu te donnes des excuses. Je vois que tu n'es pas prête.

— Prête à quoi ?

— Prête à le laisser tomber. À venir vivre avec moi.

Elle le regarda, surprise, vit dans ses yeux une expression qu'elle ne sut interpréter.

— Charlotte, quand tu seras prête… je serai là…

* * *

Deux jours plus tard, il ne restait plus rien de la cérémonie. Les cendres du feu avaient été dispersées, les planches qui servaient de bancs, retirées de la place. Tout le monde connaissait la bonne nouvelle et reprenait sereinement ses activités. Isabel nettoyait à grande eau la salle de l'auberge. À l'arrière du magasin, Gabriela et Wendy, assises par terre face à face, dévidaient des écheveaux de laine. Quelques lamas conduits par un gamin passèrent dans la rue. Ricky leur jeta un bref regard avant de replonger dans sa rédaction. Il terminait un courrier à l'intention du gouverneur, l'informant que la communauté serait honorée de voir l'installation de l'usine géothermique sur son secteur. Le chef du village espérait que les travaux pourraient commencer au plus vite et ajoutait que les entreprises trouveraient sur place la main-d'œuvre nécessaire. Les villageois obligés de s'exiler chaque année au Chili comme saisonniers seraient trop heureux de pouvoir rester dans leur famille. Il savait que ce dernier argument pèserait dans la balance. De notoriété publique, le *señor* Esteban Olivia n'appréciait guère de voir ses administrés exploités par les riches propriétaires chiliens, allant jusqu'à déplorer que certains fondent une famille à l'étranger.

Le bruit d'un moteur l'interrompit. Il reconnut la Ford et sortit pour saluer Mirella qui descendait de sa voiture.

Elle portait un jean et un gros pull en alpaga qu'il reconnut pour être un de ceux vendus à la boutique. Son bonnet était enfoncé jusqu'aux yeux, de grands yeux sombres qui faisaient ressortir la blancheur de son teint. Elle tenait une paire de gants qu'elle n'avait pas enfilés et il vit la peau desquamée de ses doigts, les ongles plus abîmés que si elle avait travaillé sur un chantier de maçonnerie.

— Mirella ? Vous partez ?

Elle lui sourit, de ce sourire un peu triste qui la caractérisait.

— Bonjour, Ricky. Avez-vous une idée du temps qu'il fait à Uyuni, aujourd'hui ? Je dois m'y rendre pour quelques courses et me suis habillée comme en plein hiver.

— On est en hiver, vous le savez.

— Très juste. Je voulais vous demander si vous aviez besoin de quelque chose.

— Rentrez un moment. Vous avez cinq minutes ?

Il referma la porte derrière elle, la scruta d'un œil sévère.

— Mirella, vous n'êtes guère en forme. Est-ce que je me trompe ?

Elle ne parut pas surprise par sa remarque, se contentant de hausser les épaules.

— Vous allez voir un médecin à Uyuni ?

Le sourire s'effaça de son visage.

— Je sais ce dont je souffre. Une amie envoie mes médicaments par la poste. Je vais les chercher. Comme d'habitude, je passerai à la banque et profiterai de la connexion wifi pour transmettre quelques messages à mes proches.

— Ça fait trois heures de piste.

— Ce n'est pas la première fois que j'y vais.

— Je sais, mais je ne voudrais pas qu'il vous arrive quelque chose en route. Vous ne voulez pas que quelqu'un vous accompagne ?

De la cuisine surgit Yok, des éclairs dans les yeux.

— Tu ne vas pas aller à Uyuni, tout de même ? cria-t-elle d'une voix irritée, sans jeter le moindre regard à Mirella.

— Je n'ai jamais dit ça, Yok.

Le tablier soulignant son ventre rebondi transformait sa colère en vulnérabilité.

— Tu viens de dire qu'il faut que quelqu'un l'accompagne.

— Bonjour, intervint Mirella.

Elle ne savait jamais si elle devait dire « madame » ou l'appeler par son prénom.

— Il est inutile de m'accompagner, poursuivit-elle sans se départir de son calme. Je propose simplement de rendre service pendant que je serai en ville.

Yok tourna enfin son visage vers elle, un visage empreint d'animosité.

— On n'a besoin de rien. Vous pouvez partir.

Puis, elle tourna les talons et claqua la porte derrière elle.

— N'y faites pas attention, plaida Ricky. Son état la rend nerveuse. Juste un instant, je termine ma lettre. Elle partira plus vite d'Uyuni.

Quelques minutes plus tard, il marcha avec elle jusqu'à la voiture, lui tendit l'enveloppe.

— Rapportez-nous des fruits. Ma femme sera contente. L'épicerie n'est pas toujours bien approvisionnée.

— Elle ne m'apprécie pas beaucoup, n'est-ce pas ?

Il eut un geste évasif. Son visage se tourna vers la maison.

— Je crois surtout qu'elle a peur. On est loin de tout ici. C'est son premier. Je lui ai proposé de passer les derniers jours de sa grossesse chez des amis, en ville. Mais elle a refusé. Elle est plus têtue qu'un vieux lama.

— Vous avez Jhonatán.

Ricky se mit à rire.

— Jhonatán n'est pas une sage-femme.

— Je souhaite vraiment que tout se passe bien.

***

À l'approche d'Uyuni, la connexion fut établie. Son téléphone se mit à sonner, des dizaines d'appels se succédèrent. Elle s'arrêta sur le bord de la piste, s'installa sur une roche recouverte de mousse plus dure que la pierre elle-même et commença à répondre. Elle passa un long moment avec ses parents, trouva les mots pour les rassurer sur son absence prolongée et s'arrangea pour désamorcer les questions trop personnelles.

Après avoir raccroché, elle consulta sa montre. Pas le temps de rappeler Charlotte. La banque risquait d'être fermée.

Uyuni, sous le soleil.

La ville résonnait de mille bruits, klaxons, cris des marchands ambulants, radio des boutiques ouvertes sur la rue. Quittant le marché couvert, des mères de famille, les bras chargés de paquets, houspillaient leurs gamins turbulents. Pour en rajouter, une fanfare précédait le défilé d'une école au monument de la Libération où les attendaient les personnalités, les femmes en tailleur, les hommes en costume-cravate.

Comme chaque fois qu'elle venait en ville, Mirella avait la sensation d'être submergée par un tourbillon de folie. L'esprit en déroute, elle poussa la porte de la banque où régnait le plus grand calme. Elle attendit son tour devant un guichet. L'employé lui demanda son passeport. À la lecture de son nom, il se hâta d'appeler son supérieur, qui s'empressa, multipliant les égards. Elle fut reçue dans un bureau spacieux : thé, café, pâtisseries… et comprit les raisons de cet assaut d'amabilités. Son appartement à Paris avait été vendu et le notaire avait viré le montant intégral de la vente sur son compte. À cette heure, celui-ci était probablement le plus élevé de toute la ville. On lui proposa de multiples investissements. Elle répondit par un sourire poli et promit de réfléchir en rangeant la liasse de documents dans son sac, tout en sachant qu'ils finiraient à la poubelle.

À la poste, une déconvenue l'attendait. Son colis de médicaments avait été consigné à la douane de l'aéroport.

— Vous pouvez le retirer, lui dit-on, mais il faudra sans doute vous acquitter d'une taxe.

L'aéroport était à moins de cinq minutes. Une piste d'atterrissage se perdant dans l'immensité d'un plateau désertique. L'aérogare, agréable construction à deux niveaux, se dressait près d'un local technique tout en longueur. Sur la façade, une longue banderole souhaitait la bienvenue aux passagers. Un Boeing de la compagnie aérienne de Bolivie stationnait sur le tarmac. On était loin des gigantesques infrastructures destinées au trafic international. Elle se gara sur le parking non loin des quelques taxis en attente, rectifia son maquillage, la bonne ordonnance de son bonnet, effaça d'une touche de poudre les traces de sa fatigue. Surtout, donner une bonne impression aux douaniers.

Près du hangar, un chariot élévateur se dressait à l'avant d'un petit avion privé. Deux hommes, dont un mécanicien, reconnaissable à sa combinaison de travail, avaient l'air d'échanger des propos belliqueux. L'homme qui fustigeait l'ouvrier portait un blouson de pilote des années cinquante, sur un jean délavé. Sa colère restait sans effet sur le mécano qui répliquait de plus belle et leurs vociférations volaient jusqu'au bureau d'accueil dont elle poussa la porte, heureuse d'échapper à ce qui n'allait pas tarder à tourner au pugilat. La salle d'attente n'était occupée que par de rares passagers, des touristes pour la plupart. Derrière un guichet, un employé lui indiqua le bureau de la douane, séparé de la salle d'embarquement par une double porte battante.

Elle poussa le vantail quand l'homme au blouson de pilote surgit brutalement, la bouscula sans ménagement en fulminant.

— *Puta de mecánico, más perezoso que un lirón.*

— Je me demande ce qu'est un *lirón* ? murmura-t-elle pour elle-même.

— Un *lirón*, c'est un animal qui dort tout le temps. Ce mécano est plus fainéant qu'un loir, rugit-il en se tournant sur elle.

Il s'arrêta net, réalisant soudain qu'il avait une jeune femme en face de lui.

— Excusez-moi, je ne vous avais pas vue.

— Je l'ai remarqué.

— Je suis désolé. Vous êtes américaine ? ajouta-t-il en la détaillant de la tête aux pieds.

— Non, française.

— J'aurais dû m'en douter. Vous avez l'air tellement… tellement classe.

Elle ne put s'empêcher de sourire, songeant à son bonnet à revers, son pull tricoté à la main, son pantalon usé… Peut-être était-ce l'écharpe en laine de vigogne.

— Samuel Galardo Lopez, annonça-t-il en lui tendant la main. Ici, tout le monde m'appelle Sam. Je suis le pilote de ce petit coucou que Dimitrio aurait dû réviser hier soir.

L'homme, un Hispanique descendant des conquistadors, avait une poigne solide sans être rude.

— Mirella Abrial.

Il la regardait avec un mélange de curiosité et de fascination, comme si elle était un oiseau tombé du ciel.

— Je me suis mal comporté et mon langage n'a pas joué en ma faveur. Puis-je vous offrir un café pour me faire pardonner ? ou une bière de quinoa ?

Elle hésita.

— J'ai un colis à retirer.

— Pas de souci. Prenez votre temps. Je vous attends au bar.

Elle regrettait d'avoir cédé si vite. N'avait-elle rien d'autre à faire que de boire un verre avec un inconnu, d'échanger des propos insignifiants où, elle en était certaine, elle travestirait la vérité ? Elle n'était pas venue se terrer dans un trou perdu pour se lier d'amitié. C'était bien assez d'entretenir des relations avec ceux du village sans nouer des liens avec le premier venu, fût-il sympathique.

Perdue dans ses réflexions, c'est à peine si elle prêta attention au douanier en uniforme qui lui demanda d'ouvrir le paquet, de présenter chaque boîte et de remplir plusieurs formulaires. Elle n'eut rien à payer. Ce n'étaient que des médicaments pour son usage personnel. Elle les rangea dans son sac à dos, quitta le bureau et prit les escaliers pour monter à l'étage.

Le bar était vide à l'exception d'un couple d'origine asiatique et des chauffeurs de taxi, reconnaissables à leur badge et qui jouaient aux cartes, leur téléphone sur la table, prêts à abandonner la partie au moindre appel. Samuel Galardo Lopez l'attendait accoudé au comptoir devant une bière et une assiette de noix de cajou.

— Merci d'avoir accepté mon invitation.

Sam pouvait avoir une quarantaine d'années, peut-être plus, les cheveux noirs et bouclés, le teint hâlé et le regard expressif. Sa silhouette mince le faisait paraître plus grand qu'il n'était en réalité. Il choisit une table près des baies vitrées d'où on apercevait le petit avion, moteur à découvert, devant lequel s'affairait le mécanicien.

— La révision aurait dû être faite depuis hier, déclara-t-il en posant les consommations sur la table.

Mais Dimitrio attend toujours la dernière minute. Il avait oublié que je dois aller chercher des Américains à La Paz.

— Ce qui a motivé votre colère. Ne craignez-vous pas qu'il expédie le travail un peu vite ?

— Non, Dimitrio est un bon mécanicien ; il est aussi mon copilote.

Il avait un sourire malicieux en prononçant ces dernières paroles.

— Vos Américains sont des touristes ?

— Ils viennent de New York pour voir le lac salé, le salar. Vous connaissez le salar ?

Elle hocha la tête. Venir dans le Sud Lípez et ne pas voir le salar ! C'était une des premières randonnées qu'elle avait faites avec Li-Marco comme guide.

— Leur avion atterrit tard et il n'y a plus de correspondance pour Uyuni, indiqua-t-il.

— C'est votre travail ?

— Oui, avion privé, pilote privé.

— Les affaires marchent bien ?

— Pas mal, je n'ai pas à me plaindre. Je pilote des touristes. Rarement des hommes d'affaires qui ont souvent leur jet personnel. Les Japonais voyagent beaucoup, les Européens aussi, mais ce sont surtout les Américains qui font l'essentiel de ma clientèle.

Il s'exprimait avec aisance, sans forfanterie, comme si ce métier que beaucoup auraient envié n'était qu'un job insignifiant.

— Je vous laisserai mes coordonnées, au cas où…

— Je n'ai pas de réseau là où je vis.

— C'est-à-dire ?

— Un village à seulement soixante kilomètres d'ici, mais plus isolé qu'un bourg en Alaska.

— Allez-y, racontez-moi.

Elle but une gorgée avant de reposer son verre. Le moment était venu de parler d'elle. Elle ne pouvait pas entretenir une conversation en posant seulement des questions. Échange contre échange. Mais elle ne le fit pas à contrecœur. Sam était d'une compagnie agréable. Elle n'ignora pas le regard qu'il jeta sur sa main gauche, cherchant une possible alliance et, s'il y avait dans ses yeux une lueur d'intérêt proche de l'attirance, ses propos restaient sur le ton de la courtoisie discrète, comme s'il devinait qu'à la moindre tentative de séduction, elle se retrancherait derrière un sourire froid et un discours impersonnel.

— J'ai une carte de séjour pour quelques mois. Je travaille sur un livre. Une biographie en fait. Celle de Mirella Freni.

— Dont vous portez le prénom.

— Mes parents aimaient beaucoup cette cantatrice. Je crois qu'ils ont suivi la plupart de ses interprétations, *Violetta, Butterfly*... Vous la connaissez ?

— Je vais vous paraître ignare, mais l'opéra et moi...

Il avait un rire léger, détendu, presque puéril. Ils continuèrent ainsi à deviser amicalement, frôlant le flirt sans jamais s'y engager, évoquant, lui, sa passion pour son métier, elle, sa surprise admirative devant les paysages grandioses de l'Altiplano.

— C'est incroyable ! Il n'y a rien ici, s'étonna-t-il.

— Vous voulez dire : pas de monument, de musée, de cathédrale gothique ? C'est ce qui en fait tout l'intérêt, justement : un désert apparemment hostile, délaissé par les hommes ; la nature à l'état brut ; la genèse du monde.

Il l'écoutait attentivement avec, dans les yeux, une étincelle amusée. Elle termina son verre, se leva.

— J'ai encore trois heures de route, sur une piste défoncée, s'excusa-t-elle, mettant fin à l'entretien.

Il se leva à son tour, tendit la main.

— Prenez tout de même ma carte, et quand vous revenez à Uyuni, faites-moi signe. Si je ne suis pas en vol, je reste toujours à traîner dans le coin. Je serai heureux de vous revoir.

6

PARIS PLONGEAIT DANS LA SOMNOLENCE ESTIVALE. La circulation automobile se faisait moins dense. Le périphérique connaissait des heures agréables. Bénédicte, la secrétaire de Charlotte, partit en congé ; Charlotte ne garda plus que quelques heures de chant avec les rares élèves restés en ville. Ce matin-là, elle avait l'impression d'être sur des montagnes russes, un moment submergée d'enthousiasme, l'instant d'après succombant au chagrin.

Depuis sa dernière rencontre avec le guitariste, elle ne cherchait plus à éluder ses sentiments. Naguère encore, sa vie n'était rythmée que par le travail et son rôle de sœur. Désormais, Milos occupait ses pensées. Elle était amoureuse et se sentait aimée. Ses yeux, ses paroles, ses gestes parlaient pour lui. « Quand tu seras prête, je serai là », lui avait-il dit. Pouvait-elle ignorer cette vérité toute simple ? Un langage sincère où les « je t'aime » étaient accessoires comme ces bibelots précieux auxquels, au fil du temps, on ne fait plus attention, qui sont là sous les yeux et dont on ne voudrait surtout pas se débarrasser. Il avait évoqué la possibilité qu'elle pût tout quitter. Ce n'était pas seulement difficile, c'était impossible. Abandonner un frère handicapé, fût-il tyrannique, lui aurait paru avilissant. Certes, elle n'était pas responsable de l'accident. Ce n'était pas une raison pour se démettre de sa charge. Quand elle partait en tournée avec l'un ou l'autre des chanteurs dont elle était l'agent, elle mettait en place toute une logistique pour pallier son absence : livraison des repas, entretien de la maison, surveillance médicale. Elle lui téléphonait régulièrement, prête à rentrer à la moindre complication.

Indispensable, voilà ce qu'elle était ou ce qu'elle croyait être.

Ce jour-là, elle avait la sensation d'être au creux de la vague. Elle venait de refuser l'invitation de Milos à passer la soirée ensemble, restaurant ou cinéma ou les deux. Elle n'avait pas eu le courage d'accepter, craignant les réactions de son frère. Il pouvait tout aussi bien hausser les épaules avec dédain ou s'emporter. Sa colère allait du mutisme boudeur aux remarques les plus désobligeantes. Parfois aussi, il jouait le pauvre chien abandonné par ses maîtres et l'accusait de mener une vie agréable alors qu'il était cloué dans un fauteuil. Le matin même, il avait abordé une fois encore le sujet de son bureau en ville, désaccord récurrent.

— Tu donnes bien tes leçons de chant ici.

— Parce que c'est plus pratique.

— Cet appartement est assez grand pour abriter ton bureau. Et tu économiserais un loyer.

— L'économie d'un loyer est le cadet de mes soucis. Non, Cédric, je ne déménagerai pas ; mon bureau en ville me convient parfaitement.

Ce besoin de la savoir ici, à son service, était plus qu'un caprice. C'était un projet qu'il mûrissait depuis longtemps et elle se demandait jusqu'à quand elle allait pouvoir lui tenir tête.

Charlotte donna sa leçon à son jeune élève, un garçon plein de talent qu'elle raccompagna à la porte avec des paroles d'encouragement.

Elle n'avait pas fait deux pas dans le couloir qu'on sonna à nouveau. Elle crut l'espace d'une seconde que le garçon avait oublié quelque chose, mais elle se retrouva en face de Thierry Denvers, le kinésithérapeute de son frère, un grand costaud certainement capable de soulever ses patients sans difficulté. Il portait une mallette à la main et arborait un large sourire.

— J'ai croisé un jeune qui m'a évité l'interphone en bas, expliqua-t-il.

Il ajouta que son cabinet était en pleine rénovation et que c'était lui qui se déplaçait.

— Je vais prévenir mon frère.

— Il est au courant et doit m'attendre.

À cet instant, le fauteuil roulant de son frère déboucha dans le couloir. Cédric avait abandonné l'air hostile qu'il affichait depuis leur affrontement du matin pour un sourire jovial. Charlotte s'étonnait chaque fois de cette métamorphose. Regard boudeur pour elle, amabilité courtoise pour les visiteurs. Si elle avait dit que son frère était rancunier, personne ne l'aurait crue.

— Je vous laisse, dit-elle.

Elle s'éloigna d'un pas rapide, entreprit de ranger quelques partitions éparpillées sur le piano. De la pièce à côté, lui parvenaient des bavardages et même des rires. À un moment donné, le thérapeute sortit pour se laver les mains ; la porte resta entrouverte.

— Dès que mon cabinet sera en état, nous reprendrons les exercices sur les appareils, lança-t-il depuis la salle de bains. Après la marche, le footing…

Elle n'entendit pas la suite, la porte de la chambre venait de se refermer brusquement.

« Après la marche. »

Avec un mélange de frayeur et de sidération, elle demeura immobile, quelques feuillets à la main. Elle n'avait donc pas rêvé. Son frère était désormais capable de se tenir debout et d'avancer sur ses jambes. Une angoisse indéfinissable s'empara d'elle, dissolvant son audace, sa volonté. Elle déglutit péniblement puis, le cœur en déroute, prit ses affaires et quitta l'appartement sans un bruit.

Elle ne se rendit pas à son bureau, erra sans but, traversa la passerelle Debilly, descendit sur les bords de Seine. Un nœud douloureux enserrait sa gorge. Elle avait besoin de réfléchir. Elle n'y parvenait pas. Au contraire, elle était au comble de l'incompréhension. Les questions se bousculaient dans sa tête. Tout cela était insensé. Pourquoi Cédric n'avait-il jamais parlé de ses progrès ? Pourquoi n'avait-il pas informé ses parents ? Voulait-il leur faire la surprise ? À moins que ceux-ci ne soient déjà au courant ? Impossible. Ils auraient été trop heureux de lui annoncer la nouvelle. « Cédric marche, tu te rends compte, ma chérie, Cédric a retrouvé l'usage de ses jambes ! » Était-ce à elle de leur dire la vérité ? Mais comment ? Écrire, téléphoner, se rendre sur place ? Révéler un secret que son frère souhaitait manifestement garder ?

Son téléphone vibra. Cédric. Elle ne décrocha pas, le laissa enregistrer le message : « Mais où es-tu passée ? J'ai appelé ton bureau. »

Il n'y avait aucune inquiétude dans la voix de son frère, seule une impatience furieuse.

Elle s'arrêta, s'appuya sur le parapet. En contrebas, la Seine se prélassait. Elle ferma les yeux, vidée de toute émotion. Ses pensées semblaient murées derrière une paroi sombre et infranchissable. Mécaniquement, ses mains pianotèrent sur son portable. Elle constata qu'elles étaient couvertes de sueur.

« Je ne rentrerai pas ce soir, sers-toi dans le réfrigérateur », réussit-elle à écrire.

Elle voulut ajouter « Débrouille-toi ! », mais y renonça. La guerre n'était pas déclarée. Cédric ignorait qu'elle savait.

La rue où habitait Milos lui parut un havre de paix. Elle sonna, la porte s'ouvrit avec un cliquetis rassurant. Elle avait craint qu'il ne soit pas chez lui, mais il était là. Tenue décontractée, chemise ouverte, jean à bout de souffle.

— Charlotte ?

Il ne chercha pas à dissimuler sa surprise ni sa joie de la voir.

— Je suis heureux que tu aies changé d'avis.

— Je ne souhaite pas sortir. J'ai besoin de parler avec quelqu'un.

— Je suis heureux d'être ce quelqu'un.

Elle le gratifia d'un triste sourire, se laissa tomber dans le canapé, embarrassée par ses mains qu'elle croisait et décroisait. Il resta debout, sourcils froncés, conscient qu'il s'était passé quelque chose.

— C'est mon frère.

— J'aurais dû m'en douter.

Elle battit des paupières comme pour chasser une larme qui menaçait de rouler.

— Il marche, lâcha-t-elle d'une voix éteinte. L'autre jour, ce n'était pas un mirage. Il marche.

Elle lui conta la visite du kiné, ce qu'elle avait vu et entendu. Un aveu qui la blessait car elle n'y avait pas cru. Elle posa ses doigts sur son visage, dans un geste d'impuissance. Ce qu'elle racontait était invraisemblable. Une aberration qui, une fois habillée de mots, prenait encore plus d'ampleur.

— J'ai du mal à réaliser l'énormité de son mensonge, avoua-t-elle. Nos parents ignorent tout. L'autre jour au téléphone, ils parlaient d'agrandir l'ouverture qui donne sur la terrasse pour faciliter l'accès à son fauteuil. Cédric était là, à côté de moi, participait à la conversation. Il n'a pas contesté. Il les a laissés dire et il les laissera probablement investir dans des travaux.

Elle leva les yeux sur lui. Il avait une capacité d'écoute extraordinaire, donnant l'impression d'être totalement concentré sur ses paroles comme si le reste du monde n'existait pas.

— C'est peut-être à toi de les mettre au courant, suggéra-t-il d'une voix douce.

Elle secoua la tête, ferma les yeux un instant, déstabilisée par cette idée. Cette inhabituelle fragilité l'émut.

— Tu n'as pas mangé ?

— Non. Je n'ai pas faim.

Sans tenir compte de sa remarque, il alla chercher à la cuisine une bouteille de vin, déposa sur la table une assiette de charcuterie, quelques tapas. Elle accepta un verre qu'elle but à petites gorgées, cherchant ses mots.

— Je me sens stupide, dit-elle après un silence. J'aurais dû savoir qu'il était capable de supercherie pour me garder à son service. Il m'a toujours tenue pour responsable de l'accident. Dès l'instant où mes parents lui ont laissé l'appartement, j'ai quitté mon studio pour aller vivre avec lui. Je suis entrée dans son jeu en me persuadant que si je prenais soin de lui, il serait reconnaissant. Je croyais pouvoir le changer, en faire quelqu'un de… comment dire… de supportable. J'ai eu tort. C'est l'inverse qui s'est produit. Plus je cédais à ses caprices, plus il devenait exigeant, jouant les infirmes pour mieux me retenir.

Il hocha la tête. Elle prit son silence pour un désintérêt.

— Pardonne-moi. J'abuse de ton temps. Je vais partir.

— Je n'ai pas envie de te voir partir, sauf si tu le veux vraiment.

Le souhaitait-elle ? À cet instant, elle ne désirait qu'une chose : rester près de lui.

— Charlotte, ça fait des années qu'on se connaît et c'est la première fois que tu me parles vraiment de toi.

Il s'assit près d'elle, glissa un bras autour de ses épaules. Elle se rapprocha, se laissa aller contre lui. Elle pouvait sentir l'odeur de sa peau, entendre les battements de son cœur sous le tissu de sa chemise. Elle réalisait à cet instant combien elle avait besoin de son amour.

— Cette phrase que tu m'as dite, la dernière fois : « Quand tu seras prête, je serai là. »

— Oui ?

— Je ne m'étais pas rendu compte que j'étais prête depuis longtemps.

Il ne dit rien, la prit dans ses bras et posa ses lèvres sur sa bouche. Il tremblait légèrement, emporté par le désir. Il sut à cet instant qu'elle ne partirait pas, que rien ni personne ne pourrait l'empêcher de l'aimer.

***

El Pueblo, 15 août

Avant l'aube, le village s'était vidé de la moitié de ses habitants. Emmitouflés dans leurs larges ponchos, ils s'étaient entassés dans de vieux autobus venus d'Uyuni pour l'occasion.

— Vraiment, vous ne voulez pas venir ? avait insisté Isabel.

— Non, Je dois avancer dans mon travail. Si je vais encore à la fête, je vais culpabiliser et je n'en profiterai pas.

— C'est dommage. La *fiesta de la Virgen* est la plus grande fête de l'été. La Madone est portée à travers les rues en grande procession. Toute la journée, il y a des danses, des défilés avec les tambours et, le soir, il y a un grand feu d'artifice.

Mirella avait secoué la tête avec un sourire.

— C'est gentil de me tenter, mais je reste.

Elle avait prêté son 4 × 4 Ford à Li-Marco. Les deux véhicules, celui de Ricky et le sien, débordaient de bagages et de provisions.

— Alors, ce sera pour l'année prochaine.

Une fois seule, elle résista à l'envie de se recoucher pour oublier qu'il n'y aurait pas d'année prochaine. Elle rassembla quelques vêtements dans un sac de sport et partit en direction de la source d'eau chaude. Le plus difficile fut de se dévêtir dans le froid. Mais une fois dans le bassin, au milieu de la vapeur d'eau, elle se sentit revivre. L'air raréfié exhalait le minéral. Une nappe de brume s'élevait de la lagune, l'enveloppait d'une atmosphère frileuse. Un groupe de flamants prit son envol ; elle les vit courir maladroitement à la surface de l'eau avant de s'approprier l'espace, si proches qu'elle put entendre le bruissement de leurs ailes, escadrille pointant sa flèche vers le sud, oiseaux inconscients de l'esthétique de leur vol, de l'harmonie de leurs couleurs, le blanc et le noir se mêlant au rose dans un ciel pourpre. À l'horizon, la clarté de l'aube embrasait les sommets enneigés. Splendeur d'une aurore hivernale.

Par habitude, Mirella caressa sa gorge, la boule roula sous ses doigts.

— Toujours là, fidèle compagnon, à qui je dois d'être ici. Devrais-je te remercier ? Je n'y parviens pas. Disons que, ce matin, je n'ai ni peur ni dégoût.

Moment d'intense bonheur quand explose la beauté du monde…

À l'instant où le premier rayon de soleil atteignit le bassin, elle plongea tout au fond, chercha sous la main la brûlure du geyser, retint longtemps son souffle, jouant avec la pression du jet, avant d'émerger, tête en arrière, dans l'air glacé du matin. Allongée sur le dos, les yeux fermés, elle se laissa bercer par les remous, entre ciel et eau. En apesanteur… Elle serait restée là longtemps, engourdie de chaleur, si la sensation d'une présence ne l'avait fait se redresser.

Un homme se tenait à contre-jour, au bord du bassin. Avait-il dit quelques mots ? Elle n'avait rien entendu. Comme l'autre jour devant Li-Marco, elle se précipita sur son bonnet de laine qu'elle enfonça sur ses rares cheveux mouillés.

L'homme n'esquissa aucun geste. Elle ne voyait qu'une silhouette noire, remarquant qu'il ne portait pas le lourd poncho rayé des villageois. La capuche de son épaisse parka était rabattue sur le front, le col remonté jusqu'aux oreilles, le pantalon étroit enfoncé dans de lourdes bottes fourrées.

— Cancer ?

La brutalité de la question la laissa sans voix. Atroce vérité qui ne méritait pas de réponse.

— Je vais marcher jusqu'à la lagune, enchaîna-t-il d'une voix neutre. On m'a dit qu'il y avait un ours qui rôdait par là-bas. Vous me rejoignez ?

Il avait parlé lentement, loin du débit précipité de la langue espagnole. Un étranger. Un touriste.

Elle le regarda s'éloigner sur le chemin qui conduisait à la lagune, lui tournant le dos. Elle en profita pour sortir du bassin, se frictionner vigoureusement avant de se rhabiller, parka, capuche et bottes elle aussi. Elle hésita un moment et se décida à le suivre. Un Inuit, derrière un autre Inuit.

Il l'attendait au bord de l'eau, plongé dans la contemplation des reflets mauves, le ballet des flamants. Il resta silencieux. Peut-être maîtrisait-il mal la langue.

— Vous n'êtes pas d'ici, lâcha-t-elle après quelques secondes.

— Italien. Je suis arrivé il y a deux jours.

— De quelle région ?

— Milan. La grande ville. Le bruit, la foule. La pollution. Ici, le silence, l'air pur, le désert, espace rêvé pour les animaux sauvages.

— Il n'y a pas d'ours en Amérique du Sud.

— Détrompez-vous. Il en existe une espèce assez rare, l'ours à lunettes, à cause des marques blanches autour des yeux.

— Vous êtes zoologiste ?

Il rit, un rire jeune, détendu.

— Non, ingénieur. Je suis venu compléter l'équipe pour des essais de géothermie. Un ouvrier a aperçu un ours dans le coin. Malgré l'altitude, la végétation est abondante. Il doit s'y trouver une plante qui lui plaît. Et vous ?

— Moi ?

— Oui, vous. Qu'êtes-vous venue faire ici ?

— Disons… une thérapie.

Il marqua une pause.

— Quel cancer ?

— Cancer de la gorge.

Aveu définitif qui soulage et poignarde à la fois. Il tourna son visage vers elle. Elle vit qu'il avait les yeux bleus et ne souriait pas.

— Qu'est-ce que vous n'arrivez pas à avaler ?

— Je mange de tout.

— Je ne parle pas de la nourriture. Je parle d'un épisode de votre vie. Chez nous, on dit : ça m'est resté sur l'estomac.

— Je n'ai pas mal à l'estomac.

— Parce que c'est resté en travers de la gorge.

Elle haussa les épaules, laissa passer un silence contrarié. Psychologie primaire qui l'irritait.

— L'ours n'a pas voulu se montrer, glissa-t-il, espérant renouer une conversation tombée à plat.

Une tentative qui ne fit qu'accentuer l'agacement de Mirella.

— On faisait trop de bruit. Vous feriez mieux de revenir seul, dit-elle en s'engageant sur le chemin du retour.

Il la rejoignit, marcha à son côté, mains dans les poches.

Elle se rendit compte qu'elle avait répondu trop sèchement. Après tout, il n'était pas responsable de sa maladie.

— Ce n'était pas votre jour de chance, ajouta-t-elle pour atténuer sa froideur.

— C'était quand même un jour de chance puisque je vous ai rencontrée. La Française qui parle aux vigognes.

Elle s'arrêta.

— Qui vous a dit ça ?

— Les gens du village qui travaillent avec nous.

Pour la première fois, elle eut un léger sourire.

— Ils bavardent trop.

— C'est vrai ?

— Qu'est-ce qui est vrai ?

— Que vous parlez aux vigognes.

— Oui. Et ça me fait du bien.

Comme chaque jour, en fin de journée, elle irait voir les vigognes. Elle apporterait des restes de pain. Elles étaient toujours aussi farouches, mais au fil des jours, elle avait réussi à les approcher, à les caresser. Elle aurait dû se douter qu'on l'observait.

— Que leur dites-vous ?

Elle réfléchit un instant avant de répondre.

— Je leur parle de la paix que j'ai trouvée ici.

— De l'espoir, peut-être ?

— Celui qui n'a plus d'espoir est déjà de l'autre côté de la vie.

Ils se séparèrent devant le bassin. L'homme hésita à lui tendre la main, à prolonger leur conversation. Il la sentit rétive.

— À une autre fois, dit-il simplement.

Elle eut un mouvement de la tête qui pouvait passer pour un acquiescement et se baissa pour récupérer son sac. Elle n'avait pas envie de le revoir. Elle ne voulait plus se lier avec personne.

***

Deux jours plus tard, Ricky se rendit chez Jhonatán.

— Il est derrière, lui indiqua Wendy qui pétrissait une pâte à gâteau dans sa cuisine.

Ricky traversa la cour, poussa la porte de la réserve. Debout, Jhonatán triait des plantes. Sur sa table, des pots, des étiquettes, des stylos… Il avait profité du voyage pour faire un détour et s'arrêter dans un bosquet où il savait trouver le psilocybe, champignon hallucinogène contenant une forte proportion de mescaline et en rapporter quelques spécimens.

— Tu viens me voir pour ta femme, marmonna le chamane sans lever les yeux.

— Tu joues les devins ?

— Une simple déduction : elle a fait une longue route dans des conditions inconfortables – c'est le moins qu'on puisse dire – et elle en paie le prix.

— Eh bien, tu as tort, Yok se porte à merveille autant qu'on peut l'être à trois semaines de l'échéance. Je ne viens pas pour elle. Je viens pour l'étrangère.

Voilà qu'il parlait comme Yok, « l'étrangère ». Comme s'il ne pouvait pas l'appeler par son prénom.

Jhonatán ne dit rien. Avec des gestes mesurés, il séparait les fleurs séchées les unes des autres, notait leurs noms avant de les glisser dans un bocal de verre.

— Elle est malade, reprit Ricky.

— Je sais.

— Tu le sais et ça ne te fait rien ? s'emporta Ricky devant l'apparente indifférence du chamane.

— C'est hors de mes possibilités.

— Tu pourrais au moins lui préparer quelque chose. Elle se traîne, elle est épuisée.

Jhonatán se redressa brusquement et lui fit face.

— Parce que tu crois qu'on guérit un cancer avec une infusion ? Ricky, tu rêves !

— Alors, tu as compris qu'elle avait un cancer.

— Je l'ai vu dès qu'elle a posé le pied ici, dit-il d'une voix sourde en reprenant son travail. Elle a un cancer et elle est venue chez nous pour se préparer à la mort. Je ne peux rien pour elle.

Ce constat d'impuissance plus que la brutalité des mots secoua le chef du village.

— Tu es sûr de ce que tu as vu ?

— Elle veut qu'on la laisse tranquille. Elle quittera le village au dernier moment.

— Mais peut-être que tu pourrais essayer quelque chose.

— Non, je n'essayerai rien. Pedro a été clair sur ce point. Les étrangers, les Occidentaux nous prennent pour des sorciers et ne croient pas au pouvoir des chamanes. « Laisse-les en dehors de nos pratiques, m'a-t-il dit. Ils n'en tireraient aucun profit. » Elle a un traitement qui lui fait plus de tort que de bien, mais elle se soigne. Les chamanes ne sont pas des surhommes. On n'est qu'un trait d'union entre le monde-autre et les humains. Rien d'autre. Un trait d'union et beaucoup d'incompétence. Ce n'est pas moi qui apporte la pluie, les récoltes, la santé. Ce sont les esprits du monde-autre à qui je le demande. Et s'il me prenait la folie de leur demander de gagner à la loterie, ils ne me l'accorderaient pas.

— Le vieux Pedro nous l'avait dit.

— Alors tu sais aussi bien que moi que je ne peux pas tout. Je connais les plantes. Je peux soulager, c'est vrai, mais ça s'arrête là. J'ai échoué avec ta première femme. Elle aussi avait un cancer. Je n'ai rien pu faire.

— Francesca ne voulait plus vivre.

Jhonatán marqua une pause. Ses pensées semblaient se heurter à des souvenirs douloureux.

— J'aurais fait n'importe quoi pour la sauver. Je l'aimais, Francesca. On l'aimait tous les deux, mais c'est toi qu'elle avait choisi. J'ai accepté son choix et je me suis incliné, mais je l'ai toujours aimée ; même après avoir épousé Wendy. Si j'avais su comment la guérir, crois bien que je l'aurais fait. Par amour pour elle. Par amitié pour toi.

— Arrête, Jhonatán ! On en a souvent parlé. On s'est même disputés à cause de ça. Tu n'as pas pu la sauver parce qu'elle ne voulait pas être sauvée. On avait perdu notre deuxième enfant, notre fille. La vie n'avait plus de sens pour elle. Tu n'as rien à te reprocher. Tu es même parti dans le monde-autre rencontrer Ukhu Pacha, le serpent... C'est lui qui t'a dit...

— Je serais allé voir le diable s'il avait fallu, coupa-t-il avec brutalité. Mais tu as raison, elle ne voulait plus vivre. Quant à Mirella, je suis désolé, c'est à elle de se guérir toute seule.

— Se guérir toute seule ! Qu'est-ce que tu racontes ? C'est la première fois que tu dis un truc pareil.

Jhonatán fit semblant de ne pas avoir entendu et se concentra à nouveau sur ses préparations.

— Comment veux-tu qu'elle se guérisse toute seule, alors qu'elle avale des poisons tous les jours ?

Mais le chamane gardait un silence obstiné. Ricky comprit qu'il ne pourrait plus rien en tirer. Il se dirigea lentement vers la porte, hésita.

— Tu pourrais... tu pourrais repartir là-bas, demander au puma...

La réponse claqua, catégorique.

— Non !

— Pourquoi ?

— Je t'ai déjà donné une réponse. Les Occidentaux ne sont pas réceptifs. La seconde raison, c'est que je me fais vieux, Ricky. Il me faut des semaines pour récupérer. Pedro était plus jeune que moi quand il a passé la main. Tu ne peux pas savoir l'énergie que je dépense chaque fois. Je suis encore épuisé de mon dernier voyage. Un jour, je risque de ne plus pouvoir revenir.

— Le cœur ?

Le chamane haussa les épaules.

— Le cœur, le foie, le cerveau... Ce que j'avale n'est pas innocent.

— Il te faut combien de temps pour récupérer ?

— Le temps qu'a besoin mon corps pour se désintoxiquer.

— Elle sera morte.

Jhonatán leva les yeux au ciel.

— Elle sera morte, je te dis !

— Écoute, Ricky, si je dois faire quelque chose, je le ferai. Je ne crois pas aux coïncidences ni au hasard. Un signe, tu vois, un signe et je t'assure que je reprendrai mon tambour. Ne serait-ce que pour savoir si oui ou non elle doit mourir.

— Tu le ferais ?

— Oui, je le ferais parce que je suis chamane.

***

Dans les jours qui suivirent, Mirella ne revit pas l'Italien. Leur entretien avait été bref. Elle n'avait même pas pensé à lui demander son nom. Il revenait dans ses pensées chaque fois qu'elle se rendait à la source où elle priait le ciel pour ne pas croiser son chemin. Le cancer lui avait ôté non seulement le désir de séduction, mais aussi la simple envie de plaire, ce besoin qu'éprouve chaque être humain de se montrer sous son meilleur jour. Elle s'y rendait au beau milieu de la matinée, quand le soleil était déjà haut, à l'heure où l'usine se manifestait par une activité bruyante, pour être certaine de ne pas le rencontrer. Elle n'arrivait cependant pas à le chasser complètement de son esprit.

— Isabel ? C'est vrai qu'il y a des ours par ici ?

— Il y a toutes sortes de bêtes dans nos montagnes. Des ours, des pumas, des jaguars…, énuméra la patronne de l'auberge en essuyant la table avant de servir le repas. On est dans une réserve, ici. Personnellement, je n'en ai jamais vu. Demandez à mon mari. C'est lui, le guide. Il sait où ils se cachent.

Quand Li-Marco arriva dans la salle où Mirella déjeunait de plus en plus souvent, elle ne lui posa pas la question, se contentant de lui demander s'il pouvait vérifier la pression de ses pneus malmenés sur les pistes caillouteuses.

Li-Marco s'occupait peu de l'auberge qui restait l'apanage de sa femme. S'il rendait quelques services en cuisine, c'était plus pour déboucher un évier ou soulever une grosse marmite. Son domaine à lui, c'était la cordillère Royale. Le terme de guide de haute montagne suivi de son nom apparaissait sur bien des brochures. En fait, il n'était qu'accompagnateur. Il préparait les randonnées, vérifiait le matériel des touristes, consultait la météo et, quand on le désignait comme tel, il ne démentait pas, convaincu qu'il en connaissait autant que ceux qui se paraient de ce titre ronflant, « guide de haute montagne ». Peut-être même plus qu'eux car lui, il était né ici, sur l'Altiplano, et ces sommets, il les avait escaladés dès son plus jeune âge.

— Vous partez en randonnée ? lui demanda-t-il.

— Non, comme d'habitude à la recherche du réseau. J'ai des coups de fil à donner. Peut-être même, j'irai jusqu'à la ville.

Ricky alignait des colonnes de chiffres dans un grand cahier quand il entendit le 4 × 4 démarrer. Il abandonna tout et se précipita chez son voisin. Li-Marco réparait un harnais de lama en vue d'une prochaine expédition avec les bêtes de somme. Il ne s'étonna pas de son intrusion, mais lui fit comprendre d'une grimace qu'il le dérangeait.

— Où est-elle allée cette fois-ci ? interrogea Ricky, peu soucieux de son opinion.

— Elle a pris la route de San Cristóbal.

— Qu'est-ce qu'elle va y faire ?

— Je n'en sais rien. Je suppose qu'elle a des affaires à régler. Pourquoi tu t'inquiètes chaque fois qu'elle prend sa voiture ?

Ricky grommela. C'est vrai qu'il était inquiet. Yok avait fini par semer le doute en lui. Même s'il refusait l'idée qu'elle portait malheur, il devait admettre qu'il pouvait lui arriver n'importe quoi au volant de son engin. Malade comme elle l'était, elle risquait de faire un malaise, de se tuer dans un accident. C'est alors que le malheur tomberait vraiment sur le village. Il voyait déjà les titres dans les journaux. « *Une Française décédée au volant de sa voiture...* » Une enquête aurait lieu, les flics débarqueraient ici. Chacun savait que la police n'avait que mépris pour les Indiens quechuas ou aymaras. L'accession d'Evo Morales au pouvoir n'avait guère changé les mentalités. Ils interrogeraient les habitants, fouilleraient quelques maisons, histoire de faire du zèle. Si Ricky n'avait rien à redouter pour lui-même, il craignait pour les saisonniers qui travaillaient au Chili et transportaient Dieu sait quoi dans leurs sacs. Il connaissait les trafics et fermait les yeux. Ce n'est pas avec le salaire de misère que leur versaient les Chiliens qu'ils pouvaient envoyer leurs gamins faire des études à Potosí ou à La Paz. Nourrir une famille, oui, mais payer l'inscription à l'université, jamais. Et ça aussi, les flics le savaient. C'est ce que lui assénait régulièrement Yok dont l'agressivité envers l'étrangère ne faisait que s'exacerber à l'approche de son accouchement.

— Tu veux que j'aille à sa rencontre ? demanda Li-Marco disposé à apaiser ses craintes.

— Non, je ne veux pas lui donner l'impression qu'on la surveille.

Li-Marco comprit l'inquiétude du chef et chercha le moyen de le réconforter.

— C'est une chance qu'elle soit là, Ricky. Elle donne une grosse somme à Manuel pour son loyer. Quand Wendy vient lui faire son ménage, elle la paie bien, même que ça crée des jalousies. La fille de Pedro est venue lui demander l'autre jour si elle pouvait lui laver son linge. Elle mange ici presque tous les jours, achète des tas de trucs au magasin artisanal…

— Je sais, je sais, c'est une chance.

Pourtant, de cela, Ricky en était de moins en moins certain.

***

Mirella appelait cette piste « la route des cactus ». Il y en avait des centaines sur ces collines peuplées de rien, de hauts cactus chandeliers atteignant parfois six mètres de haut, tellement fournis en épines qu'on aurait pu les croire duveteux. Elle conduisait prudemment en évitant autant que possible les trous pour ménager son véhicule. Les viscaches détalaient à son approche, se faufilaient derrière les troncs, disparaissaient dans les rochers. Elle s'arrêta en haut de la côte. Dans la combe, la petite ville de San Cristóbal se serrait autour de son église. Elle n'irait pas plus loin pour le moment. Son téléphone avait déjà bipé plusieurs fois.

Elle consulta sa montre : bientôt seize heures. Compte tenu du décalage horaire, il était temps d'appeler ses parents. Comme toujours, elle éprouvait un véritable malaise à leur mentir, mais elle y parvint encore, les rassurant sur son état, leur jurant qu'elle était parfaitement heureuse dans son exil.

— Pourquoi as-tu mis des milliers de kilomètres entre nous ? lui reprocha sa mère d'une voix implorante. Si tu voulais te reposer, tu aurais pu le faire dans un coin de France, en toute tranquillité, et pourquoi pas ici, à Menton. Ce sont les derniers jours de l'été et septembre est tellement beau dans le Midi.

— Vous vous êtes enfin décidés.

— Pour quelques jours seulement, nous rentrons demain. Ton père a réussi à se libérer. Juste avant de partir, nous avons invité ton imprésario, Charlotte Montero. Je suppose que vous êtes toujours en contact. Nous voulions discrètement la questionner…

— Mais pourquoi, Maman ? Je vous appelle chaque semaine.

— Tu n'oses peut-être pas nous le dire. Tu as un amoureux, n'est-ce pas ? et il est avec toi en Bolivie…

Comment n'y avait-elle pas pensé plutôt ? C'eût été un bon prétexte pour fuir le monde.

Elle éluda.

— Je profite de mon isolement pour travailler. De nouvelles chansons, des textes qui te plairaient…

Des mensonges, encore.

— Tu es comme Charlotte, tu ne veux rien nous dire. Elle prépare une grande fête pour son anniversaire. Tu seras là, bien entendu. Tu ne peux manquer ça.

L'anniversaire de Charlotte. J'ai failli oublier.

— Ce serait l'occasion pour toi de rentrer enfin à la maison. Nous avons tellement envie de te revoir. Je te passe ton père. Il veut te parler. J'espère qu'il va réussir à te convaincre.

Silence pendant que l'appareil changeait de main. Ce furent les mêmes mots, la même insistance.

— Ta mère a besoin de toi, Mirella. Nos amis aussi se demandent pourquoi tu es allée t'enterrer dans un trou perdu. Justement, j'ai croisé une ancienne connaissance, le docteur Duverger, lors d'un congrès à Paris. Il est oncologue…

Le sang de Mirella ne fit qu'un tour.

— Nous avons fait nos études ensemble. J'ai trouvé étrange qu'il me demande de tes nouvelles. Est-ce que tu le connais ?… Allô… allô… Mirella ? Tu es toujours là ?

— La liaison est très mauvaise, excuse-moi. Non, je ne connais pas le docteur Duverger. C'était probablement une simple formule de politesse. Je suis obligée de raccrocher, Papa, je vous entends très mal. Dis à Maman que je l'aime et que je suis auprès de vous par la pensée.

Mirella raccrocha. Elle resta immobile un long moment. Le chagrin, les regrets s'emparaient d'elle, dissolvant le peu d'audace et de volonté qui lui restait. Elle aurait voulu pleurer, sur elle, sur sa vie qui s'achevait, sur les mensonges qui s'accumulaient. Mais ses yeux demeuraient secs. Même les larmes refusaient de lui apporter leur secours.

Les mains tremblantes, elle se résolut enfin à appeler Charlotte.

— Comment vas-tu ?

La question fatidique.

— Mal. Je ne parle pas de ma santé. Je parle de mes parents.

Elle résuma la conversation qu'elle venait d'avoir avec eux.

— Je me sens tellement coupable, conclut-elle.

Un ange passa.

— Dis-leur la vérité.

— Je ne peux pas. Ils vont s'écrouler.

— Ils ne s'écrouleront pas. Ce sont tes parents, ils sont plus forts que tu ne l'imagines. Ils sauront enfin pourquoi tu les tiens à distance.

— J'ai fait ce choix. J'en porte la responsabilité.

— Tu as refusé de subir la compassion des autres, mais tu n'as pas choisi de mentir.

— Si je parle, c'est moi qui risque de m'écrouler. Tu m'imagines, pleurant sur mon sort au téléphone en leur disant qu'il me reste peu de temps à vivre.

— Ne parle pas, écris-leur !

— Le courrier met plus d'un mois pour parvenir en Europe. D'ici là, il peut s'en passer des choses.

— Je ne pensais pas à la poste. Trouve-toi un accès à Internet, un hôtel, un cybercafé.

Silence.

— Mirella ?

— Je ne peux pas leur dire que j'ai un cancer dans un mail.

Ce fut au tour de Charlotte de respecter un temps mort.

— Tu as raison, reprit-elle, il faut de l'encre et du papier pour dire ces choses. Tu vas m'envoyer ta lettre, en pièce jointe. C'est moi qui l'imprimerai et la mettrai sous enveloppe. Ils l'auront dans deux jours...

Il n'y avait pas de cybercafé à San Cristóbal, mais un hôtel où elle paya le prix d'une chambre pour avoir accès à Internet. Elle rédigea sa lettre avec soin, choisissant chacun de ses mots, s'efforçant de ne pas s'apitoyer sur elle-même et, quand elle cliqua sur « envoyer », elle se sentit presque soulagée. *Advienne que pourra.* Il ne lui restait plus qu'à espérer que ses parents soient assez forts pour accepter la nouvelle.

Elle rentra au village à la nuit tombante. La rue principale était anormalement éclairée. Le Toyota entravait le passage, prêt à partir, phares éclairés, portes ouvertes. Quelques attroupements s'étaient formés çà et là. Des silhouettes se bousculaient autour du véhicule dans une précipitation désordonnée. Isabel apparut brusquement à sa vitre sans qu'elle la vît arriver.

— Que se passe-t-il ?

— C'est Yok. Le bébé ne veut pas sortir.

— Grands dieux ! Qu'est-ce que je peux faire ?

— Rien. Avec la sage-femme, ils vont la conduire à Uyuni. Li-Marco conduira. Ricky sera avec lui. Garez-vous plus loin. Ils ne vont pas tarder à partir.

— Trois heures de route, la nuit, sur une piste défoncée… C'est de la folie !

— Je sais, mais l'hélicoptère des secours est déjà en mission. Ils en font venir un de La Paz. Trop long. Ricky ne veut pas attendre.

Mirella fit marche arrière, rangea la Ford à l'entrée du village et revint à pied. Le tout lui prit trois minutes. Trois minutes pour réfléchir et prendre une décision. Elle avança vers le Toyota.

— Ricky ?

Il lui lança un regard désespéré et ne répondit pas, trop occupé à hisser un matelas à l'arrière du véhicule. À l'intérieur, Gabriela tirait par un bout et poussait de l'autre. À côté, Li-Marco soulevait un jerrican et remplissait le réservoir. Une désagréable odeur d'essence montait dans l'air.

Mirella lui toucha le bras pour attirer son attention. Li-Marco se retourna.

— Où est la radio ?

— On a déjà appelé les urgences, qu'est-ce que vous croyez ?

C'était Ricky qui avait crié. Une voix méconnaissable. Si elle avait pu lire dans ses pensées, elle aurait vu le mot « malheur » associé à son nom.

— Où est la radio ? répéta-t-elle.

— Dans le bureau, répondit Li-Marco sans cesser de verser l'essence.

Elle se précipita chez Ricky. Toutes les portes étaient ouvertes. Un hurlement de douleur monta de la chambre. Un cri qui lui glaça le sang. Elle aperçut Jhonatán et Guadalupe, la sage-femme, qui remuait une cuillère dans un verre. Peut-être tentaient-ils de la soulager en attendant son transfert. Elle ne s'arrêta pas, traversa le couloir d'un pas rapide.

Manuel était devant l'appareil. Il s'agissait d'une vieille radio militaire de la taille d'une valise, avec un petit écran qui déroulait des listes de chiffres. Manuel tournait des boutons qui n'attisaient que des grésillements désagréables.

— Manuel…

— J'essaie d'avoir l'hôpital, dit-il sans lever les yeux.

— Manuel, pouvez-vous joindre l'aéroport ?

— Quel aéroport ? Uyuni ?

— Oui, laissez tomber l'hôpital pour l'instant.

— Pour faire quoi ? Vous voulez affréter un avion ? Vous savez le prix ?

— Joignez l'aéroport, Manuel ! S'il vous plaît !

Supplique teintée d'autorité. Il lui tendit un carnet sans la regarder.

— Je dois avoir la fréquence sur ce bloc-notes.

Attente. Interminable. Jhonatán passa dans le couloir, l'aperçut et s'arrêta. Un regard qui la jaugea et la transperça.

— J'ai l'aéroport ! cria Manuel.

— Demandez à parler à Sam, lui dit-elle d'une voix ferme.

La silhouette de Ricky s'encadra brusquement dans la porte. L'horreur absolue au fond des yeux.

— Qu'est-ce que vous foutez ici ? rugit-il.

Puis, sans attendre la réponse, il ajouta :

— On va partir. Li-Marco est déjà au volant. Manuel, tu as prévenu l'hôpital ?

— Ricky, attendez ! J'ai peut-être la solution, tenta Mirella.

— Quelle solution ? Vous voulez l'opérer vous-même ? Vous ne…

Un geste de Manuel lui coupa la parole.

— J'ai un certain Samuel Galardo Lopez.

Mirella lui arracha le combiné des mains.

— Sam ? C'est Mirella. Vous vous souvenez ? La Française. Terminé. À vous.

— Ravi d'avoir de vos nouvelles. Vous voulez faire une balade de nuit ? Terminé. À vous.

Mirella devinait le sourire enjoué.

— Sam, ce n'est pas pour moi. Une urgence. Une femme qui va accoucher. Dites-moi si c'est possible. Quand et où ? Terminé. À vous.

Trois, quatre, cinq secondes…

— Je peux être chez vous dans vingt minutes…

Mirella se redressa, laissant Manuel reprendre en main la radio.

— Il faut qu'une ambulance aille la chercher à l'aéroport, dit-elle d'une voix que quiconque aurait jugée tranquille alors qu'elle tremblait de tout son corps.

Elle se tourna vers Ricky, immobile, médusé.

— Ricky, dans une heure, Yok est sur la table d'opération…

— Mirella…

— Il faut préparer la piste, décréta Manuel.

— Je… Je… Je ne sais quoi dire.

— Alors, ne dites rien.

— Je ne pourrai pas payer…

— Laissez-moi m'occuper de ces détails et allez prévenir les autres.

Vingt minutes !

Vingt minutes pour élargir la voie, combler les trous, baliser les bas-côtés avec des lampes à gaz.

— C'est vrai qu'ils n'ont pas de bois.

Tout le village s'y mit. Li-Marco dirigeait les opérations. Manuel restait à l'écoute dans le bureau. On dressa un poteau avec une manche à air éclairée par en dessous. Aucun souffle d'air ne la souleva. Ce n'était pas plus mal. Incapable de tenir en place, Ricky allait de la chambre au bureau, ressortait d'un pas saccadé pour suivre l'avancée des travaux, lancer des ordres contradictoires. *La mouche du coche !* songea Mirella. Li-Marco le rabroua vertement.

— Fiche-nous la paix et va plutôt rejoindre ta femme !

Le bruit d'un moteur dans le ciel les figea tous. Puis un cri :

— Le voilà.

— C'est un petit avion, clama un gamin déçu.

— Pourquoi ? Tu croyais qu'on allait faire venir un Boeing !

Mirella admira la dextérité du pilote, atterrissage parfait, demi-tour au ralenti en dépit de l'étroitesse de la piste. Déjà, Ricky se précipitait, suivi de Li-Marco. Mirella resta en retrait. Moitié soulevée, moitié sur ses pieds, Yok fut installée sur un brancard improvisé, roulée dans une couverture aussi lourde que colorée. Ricky s'installa près d'elle, lui prit les mains, le regard anxieux. Mirella vit les yeux de Sam chercher quelqu'un dans la foule, alors qu'il lançait déjà les moteurs. Elle s'avança.

— Merci, Sam. Je suis sûre que tout ira bien maintenant. Faites vite.

Il lui dit quelques mots qu'elle comprit mal à cause du bruit ; il était question d'une prochaine visite à Uyuni. Elle acquiesça d'un signe de tête.

— Remettez la facture à Ricky avec vos coordonnées bancaires, ajouta-t-elle. Bonne chance à vous trois.

L'avion roula sur la piste, prit de la vitesse et s'éleva dans le ciel. Des centaines d'yeux l'accompagnèrent. Il y eut même quelques applaudissements avant qu'il ne prît de l'altitude et ne s'évanouît dans la nuit.

Alors, une chape de plomb s'abattit sur Mirella. Plus lourde et plus rude que tout ce qu'elle connaissait. La tension de ces derniers moments qui l'avait portée, subjuguée, l'abandonna soudain et elle retomba dans une réalité aussi cruelle qu'inéluctable. La maladie qui la rongeait, les liens d'amitié impossibles à tisser, la mort au bout du chemin. Aucun avion ne pourrait la sauver, aucun soin en urgence. Elle s'éloigna rapidement et, une fois chez elle, s'effondra sur son lit, anéantie, désespérée.

7

LA NOUVELLE ARRIVA AU PETIT MATIN. Ricky était père d'une petite fille dodue et joufflue qui avait donné beaucoup de mal et de douleur à sa mère avant de voir le jour. Terrorisée à l'idée de perdre l'enfant, Yok avait tout supporté, offrant sa souffrance à la Pachamama pour qu'elle lui octroie le bonheur de connaître sa fille. Elle l'avait appelée Maria-Salva.

— Les Incas disent qu'il ne faut jamais laisser la souffrance inutile, expliquait Wendy.

Assise par terre au milieu du magasin artisanal, elle avait troqué le tricot pour la broderie. Plusieurs aiguilles préalablement enfilées de laines de couleurs étaient piquées dans une pelote qui ressemblait à un ballon de rugby.

— Il faut la sortir de soi et l'offrir aux dieux. C'est à eux de la transmuter en bonheur, joie, félicité... Toutes les mères aymaras savent ça.

— Ça doit être difficile de sortir la douleur de soi.

— Avec un peu d'entraînement, on finit par y arriver. On en fait une boule, une pelote un peu comme celle-ci, et on l'envoie dans l'univers.

— Et ça marche aussi pour les maladies ?

— Oh, ça marche pour tout. Les soucis, la tristesse. Le vieux Pedro pourrait vous en dire plus. Vous devriez aller le voir avant qu'il parte.

— Il va s'en aller ? s'étonna Mirella.

— Dans la montagne. Depuis le temps qu'il en parle. Il ne voit ni n'entend plus grand-chose. Il n'a plus de dents et ne mange que des soupes. Son temps est terminé, qu'il répète à longueur de journée. Il espère que la Pachamama va venir le chercher pendant son sommeil. Mais la Pachamama ne veut pas s'encombrer de lui ; elle l'a peut-être oublié. Alors il va partir à sa rencontre et lui donner sa dépouille. Les bêtes feront le reste.

— C'est terrible !

— C'est ce que font les vieux chamanes. Ils emportent les plantes avec eux et boivent leur dernier thé là-haut.

Prendre son dernier thé là-haut et précipiter sa fin.

— Dites-moi, Wendy, vous parlez toujours de la Pachamama, mais il y a les autres dieux…

— La Pachamama, c'est comme la Sainte Vierge, déclara Wendy sans lever les yeux de son ouvrage.

Mirella émit un petit gloussement amusé.

— Je sais, vous avez réussi à vous accommoder de la religion chrétienne.

Wendy ne releva pas l'ironie.

— Il y a Ukhu Pacha. C'est le serpent. On n'aime pas trop avoir affaire à lui, ni avec les âmes perdues du monde d'en bas. Les fantômes, il faut les laisser là où ils sont.

— Et le dieu du Ciel, de l'Univers ? Vous ne le priez jamais ?

— Hanan Pacha. Trop haut, trop élevé. Inaccessible. La Pachamama est plus proche de nous. Elle reste abordable.

L'Indienne changea d'aiguilles, choisit un fil jaune et attaqua un rang de personnages incas.

Occuper ses mains, comme Wendy, comme Gandhi, voilà ce qu'elle devrait faire au lieu de s'empoisonner le cerveau avec des idées morbides...

— Quel est l'animal de Hanan Pacha ?

Wendy tourna son regard vers la fenêtre, les montagnes.

— Lui aussi, on ne le voit plus guère. Trop rare... Trop chassé avant...

Sa voix était triste, chargée d'émotion.

— Qui est-ce ?

— L'oiseau.

— Quel oiseau ?

— Le grand condor.

* * *

Septembre. Printemps austral. Sécheresse des prairies. Alpagas, lamas et vigognes avaient élargi leurs champs de pâturage jusqu'au pied des montagnes couronnées d'une couche de glace qui se confondait avec le ciel. Mirella les rejoignit, foulant l'herbe dure. Des têtes se dressèrent, la scrutèrent, analysèrent son aura. Faudrait-il bondir ? Elle avança à pas lents, des galettes dans les mains. Les bêtes la reconnurent. Au fil des jours, elles s'étaient habituées à sa présence. Les moins farouches s'approchaient, se laissaient caresser. Elle murmurait à leur oreille. « La Française qui parle aux vigognes. »

Elle leur dit que ce matin avant l'aube, Ricky et Jhonatán étaient partis chercher Yok et le bébé à Uyuni. Ils rapporteraient des cageots de fruits, de légumes, quelques poulets aussi. La communauté organisait un grand dîner pour fêter l'avènement de Maria-Salva. Guillermo, le fils aîné que Ricky avait eu de sa première femme, serait là pour l'occasion car il voulait connaître sa petite sœur.

Deux ans plus tôt, Guillermo avait réussi le concours d'entrée à l'École Nationale de musique. Ricky avait consenti à son départ pour La Paz, à condition qu'il soit sous la garde d'une lointaine cousine qui voulait bien s'occuper de lui en échange d'une grande partie de sa bourse d'études. Aujourd'hui, âgé de vingt ans, il jouait non seulement de la flûte des Andes et de la plupart des instruments du folklore sud-américain, mais aussi de la clarinette et du trombone. L'orchestre symphonique d'El Alto, la ville haute de la capitale, l'engageait parfois en remplacement d'un titulaire, rémunération qu'il complétait en se produisant avec un groupe de musiciens pour des mariages ou des réceptions.

Guillermo débarquait avec sa petite formation. Tous les quatre avaient pris le bus de nuit pour Uyuni et loué sur place un fourgon pour eux et leur matériel.

Mirella abandonna les vigognes après avoir vidé ses poches. De loin, elle aperçut plusieurs 4 × 4 garés le long du stade. Isabel, qui la guettait derrière les rideaux de l'auberge, sortit aussitôt.

— Ricky et Yok sont arrivés. Tout le monde était là pour admirer la petite et féliciter les parents. Une naissance dans la communauté, c'est tellement rare !

— J'irai la voir moi aussi. Pourquoi toutes ces voitures ?

— Celles des touristes. Ils avaient retenu depuis plusieurs semaines. Je suis en train d'installer les tables pour le repas de ce soir. Ça ne vous embête pas si je vous mets avec eux ? Il faut que je laisse une place pour la scène.

— Pas de problème. Ils sont nombreux ?

— Les trois premiers 4 × 4 sont ceux des Hollandais. Ils reviennent du Chili et montent sur le Pérou. Les deux autres, ceux des Canadiens qui repartent demain. Ils viennent de faire l'ascension de l'Ollagüe. C'est Li-Marco qui leur a servi de guide. Les chauffeurs préfèrent manger entre eux, vous savez. Je vais leur dresser une table près de la porte. Il y aura aussi les techniciens de l'usine.

— Les Italiens ?

— Oui. Plusieurs dîneront ici, d'autres viendront après le repas, avec les villageois. Juste pour le concert.

— Vous aurez assez de place pour tout le monde ?

— Les gens de chez nous s'assoient par terre, vous savez. On pourra aussi rajouter des bancs. La pièce est grande. Alors, je vous mets avec les Hollandais ou les Canadiens ?

— Faites comme cela vous arrange, Isabel.

Mirella lui sourit avec amabilité, alors qu'elle n'éprouvait qu'indifférence pour ce souper. Si elle avait pu, elle aurait décliné l'invitation, aurait avalé un léger bouillon et se serait glissée entre les draps pour dormir, tenter d'oublier qu'elle était malade, que ses forces l'abandonnaient jour après jour, que le traitement l'épuisait et n'améliorait ni sa santé ni son sommeil. « Partir dans la montagne et boire son dernier thé. » C'était à la fois angoissant et terriblement tentant. Mais ce soir, elle se devait d'être là et de faire bonne figure, pour Yok.

Elle se dirigea vers la maison de Ricky. Comme d'habitude, la porte était ouverte. Elle aperçut les musiciens qui répétaient dans le salon. Elle alla les saluer l'un après l'autre, guère plus jeunes qu'elle, mais à ses yeux des gamins. Guillermo lui montra leurs instruments, deux charangos, sortes de guitares de différentes tailles, plusieurs flûtes, une harpe et même des percussions.

— Vous connaissez la musique andine ? demanda Guillermo.

— Oui. J'ai même quelques albums chez moi. J'aime beaucoup.

— J'espère qu'on ne vous décevra pas.

La silhouette de Ricky s'encadra dans la porte.

— Mirella.

— Bonjour, Ricky. Comment vont Yok et le bébé ?

— Ils vont bien. Venez... Mirella, il faut que je vous dise, Yok se sent terriblement coupable de vous avoir mal jugée. Tout était de votre faute, l'accouchement qui se présentait mal, l'hélico des secours parti en mission, même dans l'avion, elle disait qu'on allait se crasher à l'atterrissage. Ne riez pas, Mirella, moi-même... pardonnez-moi...

— Vous voulez bien me présenter Maria-Salva ?

Elle pouvait sourire avec suavité, prononcer des paroles aimables, alors qu'elle n'avait qu'une envie, se retrouver seule avec sa souffrance et sa maladie.

— Allons-y.

La jeune mère se leva à son arrivée et lui tendit les mains. Des larmes coulèrent de ses yeux quand Mirella la prit dans ses bras.

— Merci.

— Je suis heureuse d'avoir pu vous rendre service.

— C'est plus qu'un service. Vous m'avez rendu la vie.

Quelques secondes plus tard, elle se pencha au-dessus du berceau. Un petit minois couronné d'une touffe de cheveux plus noirs que le jais, de longs cils sur des joues rebondies, deux petits poings serrés, posés sur le drap brodé.

— Votre fille est magnifique, murmura-t-elle, sincèrement émue.

— Vous voulez la porter ?

C'était proposé timidement, comme un cadeau qu'elle souhaitait lui offrir.

— Ne la réveillons pas. Une autre fois peut-être.

Yok acquiesça d'un sourire et se pencha à son tour pour ôter une poussière imaginaire sur la couverture. Son regard était illuminé d'un bonheur indicible. Un bonheur qui remplit Mirella de désespoir.

* * *

Quand Mirella entra dans la salle du restaurant, la plupart des tables étaient déjà occupées et on servait la soupe. Les Canadiens, trois couples de Québécois, s'étaient installés sur deux bancs, face à face, et lui avaient laissé une place en bout de table. Le magasin artisanal avait reçu leur visite car ils arboraient tous le traditionnel bonnet des Andes, les uns des ponchos, les autres des pulls où se promenaient des lamas blancs sur fond de couleurs. Gabriela pouvait être satisfaite du travail de ses tricoteuses. Les Canadiens l'accueillirent en levant leur verre. Elle n'aurait jamais pensé être aussi heureuse de s'exprimer à nouveau en français, d'échanger, tout en mangeant, des impressions sur les paysages, la nourriture, l'accueil des villageois. Elle se surprit même à rire de leurs anecdotes de montagnards. Les Italiens arrivèrent les derniers, reconnaissables à leur parka bleu sombre. Avant de s'installer, l'un d'eux tourna son visage vers elle. Elle reconnut l'homme rencontré à la source et l'examina plus attentivement. Entre trente et quarante ans, les cheveux noirs, longs et bouclés sur la nuque, la mâchoire carrée, bleuie d'une barbe naissante. Elle répondit à son salut en inclinant la tête avec l'intuition qu'il ne s'en tiendrait pas à ce simple échange muet.

— L'Ollagüe, cinq mille huit cent soixante-dix mètres, lança un des Canadiens. J'aurais bien aimé faire un six mille avant de rentrer au pays.

— Ne sois pas impatient. L'an prochain, nous ferons le Parinacota. Six mille trois cent quarante mètres, répondit son voisin.

— J'ai intérêt à m'entraîner.

Mirella ne s'engagea pas dans une discussion sur les sommets de la Cordillère. L'ascension des montagnes n'était plus pour elle. Pas plus que les projets d'avenir. Elle nota que la jeune femme auprès d'elle ne la quittait pas des yeux. Elle parlait peu et mangeait sans prêter attention à ce qu'elle avait dans son assiette. À la fin du repas, Mirella la vit reposer sa tasse de thé et sortir un objet de sa poche.

— Tu oublies qu'il n'y a pas de réseau ici, lui dit quelqu'un sur le ton de la plaisanterie.

— Je cherche une photo.

— Quelle photo ?

— Celle d'un concert à New York.

Mirella se sentit pâlir. Mais se ressaisit très vite. Elle lui toucha le coude et posa discrètement un doigt sur sa bouche.

— Je crois que nous nous sommes déjà rencontrées, lui dit-elle. C'était dans une randonnée autour du lac Saint-Jean, n'est-ce pas ? Ou bien dans les Laurentides ? Je ne me souviens plus.

La jeune femme lui jeta un regard à la fois surpris et troublé. Elle hésita quelques secondes.

— Ce devait être dans les Laurentides, répondit-elle sans que ses yeux ni sa voix ne trahissent son mensonge.

— Magnifique circuit, n'est-ce pas ?

— Magnifique, en effet.

Elle balbutia quelque chose à propos des fruits du hasard, attendit que la conversation roule sur d'autres sujets et se pencha discrètement vers Mirella.

— Vous êtes Mirella, la chanteuse, chuchota-t-elle en aparté.

— Merci de garder le secret, tant que nous serons ici.

— Je pourrais prendre une photo ? Je vous promets de la tenir secrète jusqu'à mon retour.

— Entendu. Voici les musiciens. Ce sera l'occasion de faire un selfie.

Les tables furent repoussées, les bancs déplacés. On rajouta des chaises et des tabourets, puis les villageois arrivèrent avec leurs coussins, s'installèrent par terre, les enfants au plus près de l'orchestre. Tout un remue-ménage couvert par des interpellations et des plaisanteries en plusieurs langues, tour de Babel où chacun s'amusait royalement. La jeune admiratrice prit plusieurs photos de Mirella. Celle-ci pianota quelques mots sur son portable.

— Vous lirez votre dédicace quand vous aurez du réseau, lui dit-elle avec un sourire. Un grand merci pour votre discrétion. Et puis, je vais vous faire une confidence, je suis heureuse d'avoir été reconnue.

— Est-ce que je pourrai en parler à mes amis ?

— Bien entendu. Il n'y a qu'ici que je souhaite garder l'anonymat.

La salle était pleine à craquer. Mirella trouva une place sur un banc au fond, le dos appuyé au mur. Quelqu'un se glissa à son côté, roula sa parka pour en faire un dossier pour deux.

— Vous n'êtes pas revenue à la source, dit l'homme en se tournant vers elle, ses yeux bleus la scrutant avec intensité.

Elle détourna le regard. La promiscuité les obligeait à se serrer l'un contre l'autre.

— J'y suis allée à des heures où vous ne pouviez y être.

— Pourquoi ?

Et comme elle ne souhaitait pas répondre, il ajouta :

— Le cancer n'est pas contagieux.

Une fois encore la brutalité du mot la fit sursauter. Sur la scène improvisée, les musiciens accordaient leurs instruments.

— Comment vous appelez-vous ?

— Mirella.

— Moi, c'est Leandro. Pourquoi m'avez-vous évité ?

— La raison n'est-elle pas évidente ?

— Pas pour moi.

Avec une audace qui la surprit, il glissa ses doigts entre les siens, les serra avec une discrétion légère, mais aussi une fermeté qui ne dissimulait rien de ses intentions. Mirella sentit le rouge lui monter au visage. Elle demeura immobile, silencieuse. Elle aurait dû retirer sa main, faire cesser ce jeu, mais elle en fut incapable. Il émanait de lui une volonté à laquelle elle ne pouvait résister. Cette situation frisait l'absurde. Rien n'était logique. Pas plus son attitude que la sienne.

— Je repars demain pour l'Europe, déclara-t-il d'une voix neutre.

— Votre travail est déjà terminé ?

C'est à peine si elle reconnut sa voix dans ces quelques mots.

— Non, on ne fait que commencer. Mais l'entreprise a un gros problème en Sicile. Des forages éclatés au pied de l'Etna.

— Et il n'y a que vous pour y faire face ?

Un sourire plein d'espièglerie éclaira son visage. Il lui parut soudain très jeune.

— J'ai du mal à croire que je suis le seul à trouver la solution, mais je me sens flatté. Ça fait plaisir de voir qu'on reconnaît mes compétences.

Une musique des Andes aux accents presque douloureux s'éleva dans la salle. Un grand silence se fit et tous les regards se tournèrent vers le fils de Ricky, debout sur la scène improvisée. L'air grave et concentré, il joua seul les premières mesures, puis les guitares enchaînèrent, rythmées par les percussions. Quand les voix des garçons, chaudes et graves, résonnèrent, une vibrante émotion s'empara de l'assistance. La gorge nouée, Mirella écoutait, se laissait imprégner par les sonorités, retrouvait des accords oubliés. À un moment, elle se surprit même à fredonner dans sa tête. Les mots lui revinrent en mémoire. *Je suis l'oiseau qui vole au-dessus des tempêtes, sourd à l'agitation du monde…* Sa mère avait parlé d'une harpe, mais elle réalisait à cet instant que la flûte des Andes était l'instrument idéal. Ces paroles, elle les avait chantées en concert, mais son instinct de musicienne lui avait interdit de les enregistrer. Il manquait une âme à cette musique. Milos le lui avait laissé entendre. Elle comprenait maintenant ce qu'il avait voulu lui dire. La symphonie était belle, mais ce n'était pas le bon arrangement.

Il était trop tard. La maladie l'emportait alors qu'elle venait de trouver la solution. Cette chanson, écrite avec son cœur et qui la bouleversait au plus profond d'elle-même, demeurerait inachevée. Un sentiment d'impuissance l'envahit. Cette main qui pressait la sienne l'empêcha de laisser couler ses larmes.

— Quelque chose ne va pas ?

— Tout va bien.

— Pourquoi cette crispation de vos doigts ?

— Je ne m'en suis pas rendu compte.

Plus tard, après les nombreux applaudissements et les félicitations, Isabel vint proposer du thé, du café.

— Rien pour moi, dit Mirella. Il se fait tard. Je vais rentrer.

Elle se leva, le visage impénétrable.

— Je vous raccompagne, décida Leandro.

Elle maîtrisa un sursaut, hésitant sur la conduite à tenir. Elle aurait dû refuser net, prétendre vouloir rester seule, prétexter une migraine. C'eût été compréhensible vu l'état dans lequel elle se trouvait. Mais elle ne fit rien de tout cela, au contraire, elle acquiesça d'un signe de tête.

Dehors, la nuit était claire, la route déserte. À nouveau, la main de Leandro s'empara de la sienne, une main vigoureuse et chaude qui annihilait toute forme de résistance. Devenait-elle folle ? Elle avait l'impression de se débattre dans un torrent d'émotions, honte, peur, désespoir… Et ce besoin d'oublier, quelques minutes encore, la maladie, l'issue fatale. Elle avançait dans l'instant présent, un pas après l'autre, sans nier le secret plaisir de se soumettre à la volonté de cet homme, à sentir la chaleur de son corps contre le sien.

Une fois devant sa porte, elle se tourna vers lui, signifiant que le moment de la séparation était arrivé.

— Laissez-moi entrer, lui dit-il.

C'était plus une injonction qu'une prière.

— Mon réfrigérateur est vide. Je n'ai rien à vous offrir.

— Je ne suis pas venu boire un verre, s'emporta-t-il. Que croyez-vous, Mirella ? N'avez-vous pas encore compris que j'ai envie de vous. Depuis le matin où je vous ai vue, nageant au milieu d'une vapeur d'eau, vous n'avez pas quitté mon esprit. Je venais à la recherche d'une bête sauvage et j'ai trouvé une nymphe. Je n'ai plus eu qu'un seul désir, celui de vous revoir, peut-être de vous conquérir.

Elle tressaillit.

— Comme un succès féminin qu'on ajoute à une liste ?

— Non ! Comme un sommet inaccessible, un de ces volcans qui nous entourent et nous défient chaque jour. Vous savez ce qu'est le désir, Mirella. Je ne vous apprends rien.

— Il s'est définitivement éteint depuis ce mois de juin.

Il ne dit rien, ne se vanta pas de pouvoir le ranimer. Une expression indéfinissable passa sur son visage, qu'elle ne sut interpréter. Simplement, il l'enlaça, posa ses lèvres sur les siennes. D'abord léger, son baiser devint passionné, impérieux ; ses mains glissèrent sous son blouson, la pressèrent contre lui. Le parfum de sa peau, quelque chose de masculin et de discret à la fois, l'émouvait au plus profond d'elle-même, réveillait des sensations oubliées. Un homme qui la prend, caresse sa nuque, ses cheveux… Les coups dans sa poitrine étaient si violents qu'elle avait la sensation qu'on pouvait les entendre. Il s'écarta doucement et poussa la porte.

La pièce était plongée dans la pénombre. Elle le vit s'arrêter sur le seuil, balayer la salle des yeux. Seule une lumière filtrait par la fenêtre, éclairant l'entrée de la cuisine ouverte sur une table, des chaises, un évier, celle de l'autre pièce à demi fermée. Un coin de lit, une couverture pliée. Ce fut comme un appel, il la souleva dans ses bras, l'emporta dans la chambre.

Elle s'était persuadée que ses gestes seraient fébriles, précipités, fruits de ce désir qu'il avait d'elle. Il n'en fut rien. Il prit son temps pour la déshabiller, explorant minutieusement sa taille, ses hanches, ses épaules, parcourant son corps pour en connaître les moindres secrets. Débarrassé de ses plus lourds vêtements, il entreprit de dégrafer son chemisier, ouvrant un bouton après l'autre, découvrant chaque fois un peu de sa peau pour y déposer ses lèvres, respirer sa chaleur. Cette retenue exacerbait son désir. Un délicieux frémissement s'empara d'elle, monta le long de ses jambes, jusqu'à son cerveau et avec lui ce sentiment d'abandon qui précède le plaisir. Quand il fit lentement descendre la bride de dentelle sur son bras, suivant la courbe de son cou, descendant jusqu'aux rondeurs de sa poitrine, elle n'y tint plus.

C'est elle qui l'entraîna vers le lit.

***

Debout devant la fenêtre, Caroline Abrial contemplait le jardin. Le vent de septembre avait semé quelques pétales sur l'herbe déjà haute. Inconsciemment, elle porta la lettre à son cœur. Elle en connaissait maintenant chaque mot, chaque virgule. Cherchant un appui, elle appuya son front contre la vitre. Sa fraîcheur ne lui apporta aucun réconfort. Elle eut l'impression que les roses de la haie pâlissaient, que le gazon virait au gris.

Il faudra que je demande au jardinier de venir tondre, songea-t-elle machinalement.

L'enveloppe qu'elle tenait dans l'autre main lui échappa, flotta un moment dans l'air avant d'atterrir sur le sol avec un bruit de feuille morte. Un bristol s'en détacha :

« *Mirella m'a envoyé ce courrier à votre intention,* écrivait Charlotte Montero. *Je ne l'ai pas lu. Je me suis contentée de l'imprimer et de vous le faire parvenir comme le souhaitait votre fille…* »

Elle ne l'a pas lu, mais elle sait, pensa Caroline.

Elle abandonna la fenêtre et, d'une main hésitante, prit son portable. Pour la troisième fois, elle tenta d'appeler Charlotte : « Je ne suis pas disponible pour le moment. Veuillez laisser un message ou contacter ma secrétaire. »

Suivait le numéro du secrétariat. Caroline l'avait bien entendu contacté. Mais la personne qu'elle avait eue au bout du fil lui avait assuré qu'elle ne pouvait en aucun cas l'aider, lui conseillant d'attendre le retour de Mlle Montero. Une vague de désespoir la submergea. Elle se laissa tomber dans le fauteuil, anéantie.

C'est dans cet état que la trouva Denis à son retour.

— Caroline ?

Il jeta sa veste dans le vestibule et bondit vers elle.

— Caroline ? Que se passe-t-il ? cria-t-il en la prenant dans ses bras.

Il eut la sensation de soulever un pantin désarticulé et lut l'horreur sur son visage marbré de taches rouges.

— Dis-moi quelque chose !

— Mirella a un cancer.

— Mirella. Notre fille ?

— Elle… elle écrit qu'elle n'en a plus pour très longtemps.

Il la regarda, incrédule. Il avait l'habitude de la douleur, l'avait lue sur de nombreux visages au cours de sa carrière de médecin. Mais ce qu'il lisait dans les yeux de sa femme était pire encore.

— Elle est rentrée ?

— Elle est toujours en Bolivie.

Elle lui tendit la lettre qu'elle serrait encore entre ses doigts. Soudain, les larmes jaillirent et roulèrent sur ses joues.

— Denis, Denis, notre fille…

— Viens t'allonger.

Elle se laissa conduire docilement jusqu'à la méridienne, posa la tête sur l'accoudoir. Denis s'installa à son côté, commença à parcourir les deux feuillets. Elle devinait où il en était, lisait en même temps que lui et, à mesure qu'il avançait dans sa lecture, elle voyait le bouleversement sur son visage avec, en plus, une sorte de fermeté qu'elle était incapable d'éprouver. L'idée de lui prendre la main, de chercher son aide lui traversa l'esprit, poussée par son besoin inné de s'appuyer sur un bras secourable, d'abandonner le poids de sa douleur à un autre. Elle se retint. Personne, pas même son mari, ne pouvait aujourd'hui la réconforter. Ses faiblesses coutumières n'avaient rien de comparable avec l'épreuve que le destin lui envoyait.

— Crois-tu qu'elle souffre ? murmura-t-elle d'une toute petite voix, quand, au bout de plusieurs minutes, il reposa la lettre.

— Elle a un cancer de la gorge, souffla Denis Abrial comme s'il n'avait pas entendu.

— Pourquoi n'a-t-elle pas voulu se faire soigner ici ?

— Je comprends pourquoi Duverger m'a demandé de ses nouvelles. Le traitement est pénible. J'en connais les effets dévastateurs.

— Denis, tu ne réponds pas à mes questions.

— Parce que je ne connais pas les réponses, ma chérie.

Un gémissement s'échappa de ses lèvres. Elle refoula un sanglot quand le téléphone sonna. Denis décrocha aussitôt : Charlotte.

— Charlotte, étiez-vous au courant ?

— Mirella me l'a annoncé dès le premier jour. Elle m'avait fait promettre de garder le secret pour ne pas vous alarmer. Je sais simplement qu'elle ne voulait pas infliger à ses proches les conséquences de sa maladie. « Il n'est pas utile qu'ils me voient souffrir », m'a-t-elle souvent répété.

— Peut-on se rendre sur place ? Vous avez sans doute une adresse.

— Je ne connais même pas le nom du village où elle s'est réfugiée. Chaque semaine, elle prend sa voiture et se rend là où il y a du réseau. En général, elle vous appelle, vous en premier. Ensuite c'est moi. Je continue à diriger sa carrière. Je reçois son courrier, j'y réponds, mais j'ignore où elle se cache. J'ai seulement les coordonnées d'une banque.

— Hum... Est-ce qu'elle manque de quelque chose ?

— De l'argent, vous voulez dire ? Je vous rassure. Vous n'êtes peut-être pas au courant, mais son dernier disque est au top des ventes. Elle a probablement une petite fortune sur son compte. Si elle a besoin de quelque chose, ce n'est certainement pas d'argent.

— Ici, elle pourrait avoir les traitements les plus récents, les cliniques les plus modernes...

— Ce n'est pas ce qu'elle souhaite, monsieur.

— Que peut-on faire alors ? s'emporta Denis Abrial, plus irrité par son impuissance que par la remarque de Charlotte.

— Rien, monsieur. Le meilleur moyen de l'aider est de respecter son choix.

Denis raccrocha, regarda Caroline qui n'avait rien manqué de la conversation, qui laissait maintenant couler ses larmes.

Il la prit dans ses bras.

Dans la nuit qui suivit, Caroline fut incapable de trouver le sommeil. Denis ne dormait pas non plus. Elle le sentait à ses mouvements retenus, au rythme de sa respiration. Le soir, ils avaient discuté longuement, avaient envisagé plusieurs solutions pour communiquer avec leur fille, même celle de se rendre en Bolivie. Toutes aboutissaient à une impasse. Elle résista au besoin de se blottir contre lui, s'obligeant à l'immobilité pour ne pas le déranger. Le lendemain, elle lui dirait qu'elle avait mal dormi. Comme elle le lui disait souvent. Il la savait fragile et elle se complaisait dans cette opinion, avait fini par s'en convaincre. Ses malaises, ses insomnies étaient devenus des réalités. Après la naissance de Mirella, elle avait mené une existence tranquille, presque nonchalante, entre un mari attentionné et une fillette adorable, mais pas toujours docile, qu'elle avait comblée d'amour, refusant de la confier à une nounou ou à des grands-parents dont elle craignait l'emprise. Quand Mirella était entrée dans l'adolescence, leur relation mère-fille s'était muée en complicité. Les samedis, elles jouaient au tennis ensemble, parcouraient les sentiers à vélo ; les jours de pluie, elles écoutaient de la musique, allaient au cinéma, plus tard au théâtre. Chaque fois qu'il pouvait se libérer, Denis se joignait à elles ; les vacances étaient des jours merveilleux. Ce n'est que plus tard, quand Mirella avait commencé à sortir avec des jeunes gens de son âge, que Caroline avait montré les premiers signes de sa faiblesse. Leur affection était toujours aussi profonde, mais sa fille devenait plus indépendante, sortait avec ses amis du conservatoire, participait à des voyages entre étudiants. Alors Caroline avait recherché une épaule sur laquelle s'appuyer, imputant son manque d'énergie à une lassitude permanente, sans jamais admettre que l'éloignement de sa fille en était la cause. Peu à peu, Denis avait pris l'habitude de la ménager, lui évitant toute contrariété, ôtant chaque pierre de son chemin. Que pouvait-il faire aujourd'hui ? Ce qui arrivait à leur fille dépassait tout ce qu'on pouvait imaginer C'était une catastrophe. « *J'ai un cancer et je crois que je vais mourir,* écrivait-elle. *Ce n'est pas la mort qui me fait peur, c'est la souffrance que ma disparition va infliger à ceux que j'aime… et c'est vous que j'aime le plus…* »

8

« Hallucinatoires ou réelles, des rencontres bizarres [...] sont également interprétées comme les signes d'une communication privilégiée avec l'invisible. »
Michel Perrin, *Le Chamanisme*

MIRELLA FUT RÉVEILLÉE par un grand bruit au-dessus de sa tête. Sur le coup, elle crut qu'un des panneaux solaires venait d'exploser avant de réaliser qu'ils étaient exposés au sud, côté cuisine. Elle se leva précipitamment, chassa de sa mémoire les dernières images de Leandro peuplant ses nuits et poussa les volets. Manuel et son épouse accouraient, aussitôt rejoints par Li-Marco et Isabel, alertés par le choc. Elle enfila rapidement un jean et un pull, essaya de comprendre ce qui se passait, mais ils parlaient en aymara. Quand elle sortit à son tour, d'autres villageois surgissaient des maisons alentour ; parmi eux, Ricky, Jhonatán, Wendy...

— Qu'est-il arrivé ?

— Ça m'a l'air d'être un oiseau.

— Un oiseau tombé du ciel ? Comme ça ! Tout seul ?

Les yeux levés, elle tentait d'apercevoir le volatile, mais ne vit qu'une masse de plumes, roses et noires au milieu de la paille. Manuel alla chercher une échelle. Il attrapa l'animal par la patte, le fit tomber sur le sol. L'oiseau était mort, sans aucune blessure apparente.

— C'est déjà arrivé par le passé ! lança une voix.

Tous se retournèrent vers celui qui venait de parler : le vieux Pedro. Il avançait lentement sans l'aide de canne. Ses cheveux blancs auréolaient un visage à la peau tannée, plus ridé qu'une vieille pomme. Les gens s'écartèrent quand il s'approcha.

— Un flamant, déclara-t-il en retournant l'animal. Probablement trop vieux pour terminer son voyage. Il a choisi ta maison, Manuel. Et tu remarqueras qu'il a pris soin de ne froisser que le chaume.

Tous attendaient, écoutant l'oracle du vieux chamane.

— L'autre oiseau tombé du ciel avait aussi choisi une maison. La mienne. C'était il y a plus de soixante ans. C'est lui qui m'a désigné. Envoyé par les esprits.

— Et alors ? demanda Manuel, peu réjoui à l'idée d'être « désigné ».

— Désigné pour l'apporter à la Pachamama, dans les montagnes où vit le puma. Pour l'offrir en nourriture.

— Dans les montagnes ?

— Sinon, il se serait laissé tomber dans la lagune ou ailleurs.

— Tu veux que j'apporte sa dépouille dans les montagnes ? À mon âge ?

— Oui. C'est ce qu'il faut faire.

Le vieux chamane se pencha.

— Il faut garder les plumes pour les costumes de danse. Elles sont sacrées. Et partir chercher le puma. Li-Marco te guidera. Hein, Li-Marco ?

Ce dernier acquiesça, mais ne dit mot. La parole de Pedro n'était jamais discutée. Mirella observait la scène sans trop comprendre. La culture de ces Indiens ne cessait de la surprendre. Les Européens auraient attribué au hasard la chute du volatile et personne ne se serait soucié de l'interpréter. Pour ces descendants d'antiques civilisations, c'était un signe envoyé par les dieux.

— Qu'est-ce qu'elle veut, la Pachamama ? demanda quelqu'un.

— Je n'en sais rien. Mais il ne faut rien négliger. Jhonatán, tu vas les accompagner. En hommage à la Terre Mère qui a choisi notre village. Tu connais les rites.

Un long silence ponctua ses instructions. Il promena son regard sur les visages, s'assurant qu'il avait bien été compris. Personne ne se permit le moindre mot de contestation, pas même Manuel qui s'était rapproché de Li-Marco, cherchant inconsciemment son soutien. Jhonatán ramassa la dépouille, un souffle de vent emporta un peu du duvet. Le vieux Pedro commença à s'éloigner sur le chemin. Il n'avait pas fait trois mètres qu'il fit volte-face.

— Elle aussi doit y aller, articula-t-il en pointant un doigt impérieux dans la direction de Mirella. Après tout, c'est sur SA chambre que l'oiseau est tombé !

L'injonction dictée devant tout le monde acheva de lui briser les nerfs. Mirella estimait qu'elle avait assez de poids à porter avec sa maladie sans y ajouter celui d'une superstition. Tout cela pour apporter à manger à un animal sauvage qui ne demandait rien à personne. Elle voulut s'en plaindre à Jhonatán, mais il discutait avec Li-Marco et Ricky. Elle préféra rentrer chez elle, se préparer un thé brûlant, oublier la scène et les projets de marche en montagne. Quelques minutes plus tard, c'était lui qui frappait à sa porte. Elle l'invita à entrer. Il tira une chaise de la cuisine, s'installa à la table, l'observa tandis qu'elle prenait une autre tasse et y versait le thé. Elle avait parfaitement conscience du regard du chamane fixé sur elle.

— Il paraît que vous voyez l'aura des humains, m'a expliqué Wendy.

— Ma femme exagère. Disons que je devine l'humeur des gens à travers certains gestes.

— Et que voyez-vous en moi ?

— Je vois l'agacement. Mais aussi le découragement.

— Vous savez que je suis malade.

Ce n'était pas une question, il n'y avait donc pas de réponse à donner. Elle détourna les yeux.

— Vous êtes venu à cause de cet oiseau tombé sur le toit de ma chambre, n'est-ce pas ? Vous êtes de l'avis de Pedro. Il faut l'emmener dans les montagnes. Il faut que, moi, je l'emmène dans les montagnes.

— On pourrait se contenter de jeter le volatile dans les environs. Ce ne sont pas les bêtes sauvages qui manquent par ici. Mais on doit respecter les signes.

— Respecter les signes !

Le chamane marqua un silence, hésitant à parler de ces choses-là avec une étrangère. Il choisit une autre voie.

— On vient de discuter avec Li-Marco. Il a des clients américains qui souhaitent voir le puma. Réunir les deux expéditions serait une bonne idée. Pour cela, il faudrait partir dès demain.

Il leva les yeux sur elle.

— Je voudrais que vous veniez avec nous.

Elle s'assit en face de lui, porta la tasse à ses lèvres.

— Vous pensez que Manuel n'est pas concerné, n'est-ce pas ? C'est moi.

— Oui. Il n'y a pas de hasard.

— Les fameux signes.

Le chamane hocha la tête.

— Que va-t-il se passer si je viens ?

— Li-Marco a repéré une femelle puma et deux jeunes à l'est du parc national. À deux jours de là. On pourrait bivouaquer à flanc de montagne, après avoir jeté les morceaux de viande sur leur passage. De loin, il serait facile de guetter sans être repéré.

— On aurait des chances de l'apercevoir ?

— Je pense que oui. C'est pourquoi ce serait bien que vous veniez.

— Et s'il ne venait pas ? Si votre puma dédaignait l'offrande ?

Jhonatán garda le silence. C'est elle qui répondit à sa place.

— Cela voudrait dire que la déesse de la Terre ne s'intéresse pas à moi, que je suis une étrangère et, même si je sais pas mal de choses sur les chamanes et leurs rites, je ne suis pas des vôtres. Je vais vous dire une chose, Jhonatán, le puma ne viendra pas. À mes yeux, tout cela n'est que fétichisme.

C'était exactement ce que Pedro lui avait dit trente ans plus tôt. Les Occidentaux n'y comprennent rien. Elle poursuivit :

— Votre Pachamama – si elle existe vraiment – n'a que faire d'une Française atteinte d'un cancer, venue dans ce village pour y trouver la paix avant la phase terminale.

Elle était consciente de le provoquer et s'attendait à une réplique cinglante. Il n'en fut rien. Jhonatán huma la vapeur du thé, but une gorgée, claqua la langue comme s'il s'agissait d'un vin spiritueux. Elle s'étonna de ce calme si proche du détachement.

— La Pachamama est la Terre Mère, dit-il enfin, comme s'il s'adressait à un enfant récalcitrant. Elle protège tout ce qui vit, sans distinction, les humains quelle que soit leur race, les animaux, les végétaux…

— Et je devrais croire en elle ?… Croire qu'elle enverrait une bête sauvage manger un morceau de viande ? Et si je poursuis le raisonnement, croire que, par ce signe, elle m'accorderait la guérison ?… Simplement parce que vous, un chamane, vous me le dites ?

— Les dieux nous parlent. Il faut savoir les entendre.

— Écoutez, Jhonatán, je suis ouverte à beaucoup de traditions. J'accepte les croyances des uns et des autres sans porter de jugement. Mais ce à quoi vous me demandez de croire me dépasse.

— Je sais. Pour nous, c'est une évidence.

— En même temps, je suis dans une telle désespérance que je voudrais m'accrocher à cette étincelle d'espoir. Hypothétique espoir ! Je suis dans une impasse. Parce que, quand l'étincelle s'éteindra, je retomberai encore plus bas. C'est ça qui me fait peur.

Il reposa sa tasse, leva les yeux sur elle, affligé par la détresse de sa voix.

— La Pachamama n'existe que par la force de votre pensée. Si vous l'ignorez, elle vous ignorera. À vous de choisir si vous voulez la faire exister.

Mirella se mit à rire, un petit rire de dérision et de scepticisme.

— Si un puma se présentait, il aurait intérêt à être énorme, immense et vorace, pour que je commence à croire, répliqua-t-elle sur le ton de la plaisanterie. Mais je doute qu'il s'approche. Ce sont les fourmis qui se régaleront.

Une fois encore, Jhonatán choisit le silence. Il se dressa, puis repoussa sa chaise.

— Ricky ainsi que ma femme nous accompagneront. Avec Li-Marco et Manuel, ça fait cinq. Le Toyota suffit. Mais si vous êtes des nôtres, il faudra prendre la Ford et se répartir entre les deux voitures.

Elle laissa passer deux secondes, ménageant son effet.

— Je viendrai.

***

À l'aube, ils chargèrent les bagages et la nourriture. Ricky prit le volant du Toyota.

— Mirella, laissez-moi conduire votre 4 × 4, dit Li-Marco. Je connais chaque ornière, chaque caillou.

Elle accepta, soulagée qu'il prenne cette responsabilité. Jhonatán s'installa à l'arrière avec Wendy. Manuel monta avec Ricky. Après trois heures sur une piste caillouteuse, ils trouvèrent un large chemin en partie asphalté, annonçant un retour à la civilisation. La végétation avait changé. Les herbes étaient plus fournies, arbres et buissons foisonnaient. Ils firent une brève halte pour manger leur casse-croûte au bord de la route, puis ils s'engagèrent sur le flanc d'une vallée au fond de laquelle courait un fleuve aux eaux boueuses.

— Le Río Grande, annonça Li-Marco à l'intention de Mirella. Mais pas celui de l'Amérique.

Ils entrèrent dans un village où couraient les poules, où les chiens dormaient sur les bas-côtés.

— On va passer la nuit ici, déclara-t-il. Un paysan nous offre un coin dans sa grange. C'est là que mes clients américains doivent nous rejoindre.

— À quelle altitude sommes-nous ? demanda Mirella qui s'étonnait des activités rurales ressemblant à ce qu'elle connaissait en France.

— Autour de deux mille cinq cents mètres. Il y a des vestiges des Tiwanakus, non loin d'ici. Ce sont eux qui sont à l'origine de ce système complexe d'irrigation et de drainage encore utilisé par les villageois.

Ils soupèrent de quelques pommes de terre bouillies et de viande de lama séchée. Une vieille femme leur apporta des fruits et du fromage. La nuit tombait, ils s'installèrent pour dormir.

Avant de s'allonger, Mirella fouilla dans ses affaires, éparpillant pulls, chaussettes, tee-shirts...

— Vous avez perdu quelque chose ? interrogea Ricky.

— Je crois que j'ai oublié ma pharmacie.

— Si j'osais, je vous dirais que c'est une bonne chose. Ma première femme est morte d'un cancer. J'ai vu sur elle les effets de son traitement : nausées, vertiges, fatigue. Vous verrez, sans vos pilules, demain matin vous serez en pleine forme !

Elle ne trouva rien à dire à part :

— Je suis désolée pour votre épouse.

Quelques mots murmurés à voix basse.

De multiples questions se bousculaient dans sa tête. Médicaments, chamanisme, superstitions. La Pachamama n'avait pas sauvé la femme de Ricky. Pourquoi la sauverait-elle aujourd'hui ? S'y mêlait l'image de Leandro qu'elle s'efforçait de refouler derrière une barrière d'indifférence, sachant qu'au moment où le barrage céderait, son apparent détachement volerait en éclats. Elle serait alors incapable de repousser les souvenirs et la douleur s'abattrait sur elle plus sûrement qu'une nuée de criquets sur un champ de blé.

Le lendemain, le couple de touristes et leur chauffeur arrivèrent alors qu'ils terminaient de fermer les sacs.

Échange de poignées de mains, de quelques mots en anglais et espagnol, sourires chaleureux, les présentations étaient faites. Le chauffeur des Américains restait sur place. Il promit de s'occuper des voitures. Un rendez-vous fut fixé deux jours plus tard au même endroit.

Li-Marco prit la tête de la troupe, précédant les Américains. Il se retournait parfois pour leur montrer une plante rare, ou le fruit d'un arbre, jouant son rôle de guide à la perfection. Ricky les laissa prendre un peu d'avance. Mirella s'intercala entre lui et Manuel. Jhonatán et Wendy fermaient la marche.

Le chef du village avait dit vrai. Elle se sentait bien. Aucune nausée n'était venue contrarier un solide petit déjeuner. Ses jambes n'avaient pas tremblé quand elle avait ajusté son sac à dos sur ses épaules. Elle marchait en rythme, retrouvait les habitudes de la montagne : les muscles travaillent, les yeux analysent, l'esprit s'évade. Elle attendait ce moment depuis longtemps, comme après un deuil, quand on garde une attitude de façade le temps d'une cérémonie et qu'on s'abandonne au chagrin une fois les amis partis. Et, lorsque les premières gouttes de sueur perlèrent sur son front, elle ouvrit les vannes de ses souvenirs et laissa couler ses émotions.

Après le départ de Leandro, la solitude s'était révélée atroce, pire que tout ce qu'elle avait redouté. Ça n'avait pas été une vague, mais un tsunami de désespoir qui s'était abattu sur elle, dévastant tout ce qui lui restait de vie et de bon sens.

Leandro, sa chaleur, sa délicatesse. Douceur des mots chuchotés à l'oreille, fièvre des baisers sur sa peau, exaltation de son souffle, de ses caresses, jusqu'à l'explosion finale où leurs deux corps unis n'en avaient fait plus qu'un.

Leandro, que l'aube éveille, qui se glisse hors du lit, qui dépose une dernière fois ses lèvres sur sa tempe, qui ose murmurer l'interdit : « *Ti amo.* »

Bruit d'un moteur, claquement d'une portière, une voiture qui s'éloigne… Et elle, qui pleure, qui pleure, qui ne croyait pas avoir autant de larmes dans les yeux. Des sanglots qui n'en finissent pas, qui la secouent, la déchirent jusqu'à l'épuisement.

Dernière nuit d'amour. Dernier amour. Souffrance plus terrible encore que celle du corps.

Elle comprenait maintenant pourquoi elle avait accepté cette expédition. Les croyances chamaniques, espoir d'une intervention divine, n'y étaient pour rien. Elle voulait exorciser ses souvenirs, cette torture qui lui broyait le cœur.

D'un coup de reins, Mirella redressa le sac à dos, serra le ceinturon. La sueur maintenant ruisselait sur ses tempes, dans son dos. Deux taches empourprées enflammaient ses joues. La fatigue anesthésiait ses sens. D'un signe de tête, elle refusa les feuilles que lui tendait Ricky. Elle connaissait les vertus de la coca pour lutter contre la fatigue, le mal de l'altitude. Mais elle en connaissait aussi les effets pénibles : surcroît d'énergie, incapacité à s'endormir, insomnies prolongées. Or elle voulait dormir, oublier, le temps d'une nuit, qu'un homme était venu, l'avait aimée malgré la maladie, météore laissant derrière lui l'étonnement que cela ait pu survenir.

Après trois heures de montée, Li-Marco s'arrêta, attendit que Ricky le rejoigne.

— C'est ici. Regarde ! Les traces sur le sol sont fraîches… La bête est passée là, il y a quelques heures à peine.

Mirella voulut s'approcher. Wendy la retint par la manche.

— Laissez-les faire. Moins il y aura d'odeurs humaines sur le passage, mieux ça vaudra.

— Que vont-ils faire ?

— Trouver un bon endroit pour la viande, la chair de l'oiseau. C'est moi qui l'ai préparée. J'ai mis les plumes de côté pour les costumes, les coiffes.

— Vous êtes déjà venue ici ?

— Oui, quand j'étais jeune. Mais je n'ai pas vu le puma. Vous savez, il ne faudra pas vous décourager, s'il ne vient pas. Les scientifiques mettent des caméras pour l'observer. Je suis sûre qu'il renifle les caméras et les évite. C'est un animal farouche qui ne se laisse pas avoir par un bout de viande.

— Vous pensez qu'on a fait toute cette route pour rien.

Wendy haussa les épaules.

— Jhonatán a dit qu'il fallait essayer. Il attend un signe.

— Pour qui ? Pour Manuel ou pour moi ?

— Pour vous, bien sûr.

Ils dissimulèrent la viande sous quelques feuilles sèches, à l'extrémité d'un promontoire et poursuivirent leur ascension. Le sentier s'incurvait, suivant le flanc de la montagne. Au centre de la courbe, se découvrit une cavité sous la falaise, dôme poli par la violence des eaux dans une période reculée. C'est là que Li-Marco déposa son sac, puis il s'avança vers l'à-pic. En contrebas, le fleuve déroulait son ruban de soie argenté, bordé d'un fouillis végétal.

— D'ici, on aperçoit le promontoire où on a laissé la volaille. Approchez-vous si vous ne craignez pas le vertige.

Les deux Américains s'avancèrent prudemment. Mirella les suivit. Wendy et Manuel restèrent en retrait.

— Le puma chasse à l'aube, plus rarement au crépuscule. Jamais la nuit. Mais pour plus de sûreté, on va faire des quarts, Manuel, Ricky, Jhonatán et moi. On vous réveille dès qu'il approche. Andrew, préparez votre caméra. L'animal ne gardera pas la pose.

— C'est moi qui filme, intervint l'Américaine. Andrew tremble trop quand il est ému.

Ils rirent, détendus, heureux.

Ils installèrent le campement sous la roche. Même repas que la veille, viande froide, pommes de terre bouillies, fromage. Pas question de faire du feu. Ils purent préparer un thé grâce à l'eau chaude d'une Thermos. Li-Marco et Ricky répondaient aux multiples questions des deux touristes. Joan et Andrew étaient mariés depuis sept ans, vivaient à La Nouvelle-Orléans. Lui, travaillait dans les pétroles, elle, pour une compagnie d'assurances. Ils ne manquaient pas d'argent et dépensaient tout en expéditions, l'Europe, l'Asie, l'Afrique et, ces deux dernières années, l'Amérique latine. Mais cette soif de voyages s'effaçait depuis quelque temps devant celle plus impérieuse de fonder une famille.

— Un jour, les enfants partiront avec nous, viendront jusqu'ici.

— Et s'ils sont d'une nature casanière ?

— Impossible. Surtout si on leur montre les photos d'une panthère des Andes.

La panthère des Andes. Dans la bouche de l'Américaine, le mot revêtait une sonorité magique.

À la fin du repas, Jhonatán, procéda au rite habituel : hommes et femmes en cercle, quelques feuilles de coca, enterrées sous la terre, un peu d'eau et de vin versés tout autour, les invocations en langue inca pour la réalisation des souhaits formulés en pensée.

— Qu'est-ce que vous avez demandé ? glissa Wendy à l'oreille de Mirella, après la minute de silence.

— Je croyais que le vœu devait rester secret.

— Pas forcément. C'est même mieux de le dire à quelqu'un qui partage la même idée. Les forces s'unissent. Alors ?

— N'avez-vous pas deviné ?

— Vous voulez guérir.

— À ma place, ne le souhaiteriez-vous pas ?

— Vous êtes jeune. Vous avez l'avenir devant vous. Il faut avoir confiance en la Pachamama.

Mirella marqua une pause. Wendy avait la sagesse des âmes simples vivant au contact de la nature.

— Quand il ne reste plus guère d'espoir, on est prêt à se tourner vers... (elle faillit dire « vers n'importe quoi ») ... vers les dieux des autres, acheva-t-elle.

— Nos dieux sont aussi les vôtres ; il n'y a que le nom qui change. Qu'est-ce que vous faisiez en Europe ? Vous n'écrivez pas des livres ?

— J'écris des chansons, je compose des musiques. Je suis chanteuse. Enfin, j'étais chanteuse.

Terme aux multiples interprétations qui laissa Wendy sceptique.

— Ah, c'est bien. Quand vous irez mieux, il faudra chanter chez nous.

— C'est promis. Et vous Wendy, quel est votre vœu le plus cher ?

— Mes enfants, mes deux garçons. L'aîné veut travailler à l'usine, l'autre devenir intermédiaire.

— Intermédiaire ?

— Vous savez. Ceux qui nous achètent à bas prix notre quinoa et vous le vendent dix fois plus cher en

Europe. Pareil pour la laine. Ah, les intermédiaires ! Ça gagne mieux que l'élevage d'alpagas. Je souhaite qu'ils ne soient pas broyés par la machine économique…

La nuit pouvait être fraîche. Les Américains se glissèrent dans leur sac de couchage, les autres s'enroulèrent dans des couvertures.

Mirella tassa un pull en guise d'oreiller. Tous les muscles de son corps criaient de douleur. Sa dernière randonnée en montagne remontait au mois de juin de l'année précédente. Plus d'un an. Ce n'était pas les promenades autour du village qui compensaient son manque d'entraînement. Malgré la fatigue, le sommeil lui échappait. Sa main caressa le renflement à la base de sa gorge.

Que crains-tu le plus, imposteur ? La cyclophosphamine ou la Pachamama ?

Elle était de ces naufragés qui s'accrochent à deux branches à la fois, n'osant lâcher la première pour faire confiance à la seconde. Allopathie d'un côté, croyances de l'autre. Oubliant inconsciemment son traitement, son cerveau – ou son instinct – avait déjà fait le choix. L'expédition, la possible rencontre avec un fauve, lui redonnaient l'espoir.

Jhonatán prit le premier quart, après le crépuscule. Quand Ricky vint le relever, deux heures plus tard, il sentit en s'allongeant près de sa femme que peu d'entre eux dormaient. Excitation et fatigue conjuguées. Manuel, peut-être, mais il n'en était pas certain. Il comprit très vite que, pour lui comme pour les autres, le sommeil ne viendrait pas. Ses pensées vagabondaient. Sa vie, sa famille, son métier d'éleveur, son rôle de chamane aussi. Depuis ce jour où Pedro les avait conduits dans la montagne avec Ricky – pas loin d'où ils se trouvaient d'ailleurs –, ce jour où il avait su qu'il deviendrait son successeur, il s'était efforcé de remplir sa mission du mieux possible et d'apporter aux autres les fruits de son savoir. Jusqu'à présent, il n'avait pas trop mal réussi, à l'exception de Francesca. Tous lui avaient dit qu'il n'avait rien à se reprocher. C'est elle qui avait choisi. On ne peut pas aider quelqu'un contre sa volonté. Il avait bien réfléchi. Si le puma venait manger l'offrande, il revêtirait son masque d'homme-lynx et repartirait là-bas, dans le monde-autre, pour obtenir des dieux la guérison de la Française. Il en avait parlé avec Pedro la veille du départ. Le vieux avait retrouvé le ton doctoral comme quand il était gosse.

— Je t'ai appris à ménager ton corps. Un bon chamane ne multiplie pas les transes pour faire plaisir aux uns et aux autres. Le cœur peut lâcher. Et plus on avance en âge, plus c'est dangereux. Mais si la Pachamama se manifeste, pas question de lui désobéir. Tu prends ton tambour et tu fais ce qu'elle te demande, avait-il ordonné.

— Même si c'est pour l'étrangère ?

— Oui, même pour elle.

Wendy devina sa tension, elle tendit une main vers lui. Il la serra entre les siennes, heureux qu'elle fût là.

— Tu n'es pas obligé de repartir, glissa-t-elle à son oreille.

— Tout va dépendre de ce qui va se passer.

— Jhonatán ?

— Oui ?

— Arrête de te prendre pour la Pachamama.

— Je ne me prends pas pour la Pachamama. J'attends un signe d'elle.

— Tu t'impliques trop. J'ai peur.

— Ne t'inquiète pas. Essaie de dormir.

La nuit fut longue, les heures s'écoulèrent lentement. Jhonatán déchiffrait les bruits qui meublaient le silence : stridulations d'insectes, craquements de branches, roulements de pierres dans la falaise… Quand la première clarté pointa à l'est, elle réveilla une courte rafale de vent. *Les feuilles sèches vont s'envoler, la viande sera mise à l'air.* Il ne savait pas s'il fallait le déplorer ou s'en réjouir. Plus tard, il entendit Manuel secouer Li-Marco pour la dernière relève. Il finit par s'assoupir. Enfin.

Le soleil était déjà haut quand il émergea du sommeil. Sa première pensée, son premier regard furent pour l'homme, assis près du ravin, dont les doigts jouaient machinalement avec une brindille.

Il sut tout de suite qu'il ne s'était rien passé. Ce fut comme un poignard plongé dans son cœur. Il ferma les yeux. Il y avait cru. Il y avait tellement cru. Qu'était-il allé raconter à l'étrangère ? La culture indienne, le symbolisme ? Un oiseau tombé sur un toit ! Il avait vu un signe là où il n'y avait que le hasard de la nature. Orgueil et présomption. Jamais, il n'aurait pensé en être autant affecté. Li-Marco lâcha le rameau qu'il triturait, se tourna vers lui. Le signe de négation de sa tête confirma ce qu'il savait déjà.

Les uns après les autres, ils se réveillaient. Nuit sans sommeil, endormis à l'aube, ils émergeaient dans un matin déjà avancé. La chaleur montait. Le ciel sans nuages miroitait d'une clarté presque surnaturelle. Les paroles furent inutiles, tous avaient compris. Il était trop tard, le puma ne viendrait plus.

Mirella roulait sa couverture avec plus de précaution qu'il n'était nécessaire, s'efforçait d'occuper ses mains, dissimulait son visage dans l'ombre. Le chamane chercha l'aura, trouva le désespoir. La culpabilité le submergea. Il détourna la tête.

Au nord, la Cordillère ourlait le ciel de sommets enneigés. Dans un océan de bleu, le soleil explosait.

Et soudain, il le vit, s'immobilisa, pétrifié.

Ce point noir à l'horizon.

Li-Marco suivit son regard, se dressa vivement. Trop vivement. Une pierre, sous sa chaussure, roula dans la pente, entraînant une avalanche de cailloux. Le bruit réveilla les cerveaux embrumés. Tous levèrent les yeux, suspendirent leurs gestes, essayant de comprendre cette agitation. La vie s'arrêta quand ils comprirent.

Là-bas, le point grossissait, devenait oiseau. Son œil exercé avait reconnu les humains depuis longtemps, bien avant qu'eux-mêmes le reconnaissent. Cou tendu, il n'en continuait pas moins son vol vers eux, vers la proie, là-bas sur la roche.

Ailes déployées, porté par l'air qui montait de la pente, l'avatar du dieu suprême surfait au-dessus de l'abîme, alliant la puissance et la grâce.

— Magnifique !

Andrew tomba à genoux, les bras en croix. Joan, caméra à l'œil, filmait. Dédaigneux, l'oiseau s'éleva, exécuta un tour complet au-dessus du canyon, balançant lourdement ses ailes démesurées pour revenir vers son but. Son ombre gigantesque jouait avec les feuillages, s'enfonçait dans les profondeurs du gouffre, surgissait brusquement devant le soleil. La magie de cet instant dépassait tout ce qui était humainement concevable.

Mirella s'avança vers le bord de la falaise, tendit la main, paume ouverte, offrant quelque chose qui ressemblait à l'amitié. Quand il fut à moins de cinq mètres d'elle, il poussa une sorte de sifflement rauque. Le souffle d'air caressa son visage ruisselant de larmes. Elle le vit plonger, saisir dans ses serres le don des hommes et l'emporter avec lui. Tous le suivirent des yeux, jusqu'à ce qu'il disparût, avalé par les nues. Alors, le murmure de Jhonatán mit le point d'orgue à ces minutes d'intense émotion :

— *El gran cóndor.*

9

Septembre, France

Les enfants étaient retournés à l'école. Les panneaux publicitaires de la capitale rivalisaient de couleurs pour vanter les cartables les plus en vogue ou les cahiers de la réussite.

Autrefois, le 1er octobre fixait la rentrée des classes. Dans une France essentiellement rurale, les trois mois de vacances permettaient aux gamins d'aider leurs parents dans les champs. On en était bien loin, non seulement de la ruralité française, mais aussi des enfants, un râteau à la main, rassemblant les derniers épis sous l'autorité des adultes. Désormais, la plupart d'entre eux vivaient, l'œil rivé sur leur Smartphone, indifférents aux remarques des anciens qui, à la première occasion, en faisaient tout autant.

Charlotte poussa la porte de son bureau. Elle était en avance et Bénédicte n'était pas encore arrivée. Une petite pluie fine tombait sur Paris. Elle secoua son manteau couvert de gouttelettes. Depuis plusieurs jours, trois noms dansaient la sarabande dans sa tête. Cédric, Milos et Mirella. Et pour chacun, la même question ; que devait-elle faire ? La sonnerie du téléphone la délivra momentanément du problème.

— Bonifacio Verdi. J'aurais voulu parler à Charlotte Montero.

Elle connaissait ce nom sans pouvoir le relier à un souvenir.

— C'est moi. Que puis-je pour vous ?

— Il s'agit de Mirella.

Elle fronça les sourcils. Pouvait-il s'agir d'un journaliste ? Elle aimait les journalistes, mais pas leur curiosité.

— Vous êtes son agent, n'est-ce pas ? reprit la voix à l'autre bout de la ligne.

Un éclair l'éblouit. Bonifacio Verdi, le producteur des plus grands noms de la variété. Un Sud-Américain d'une soixantaine d'années, beau parleur et travailleur infatigable, capable de miser une fortune sur un inconnu quand il sentait poindre le talent.

— En effet, je m'occupe de sa carrière.

— Je suis chez moi, à La Paz. J'ai interrompu ma nuit pour vous cueillir avant l'effervescence d'une journée de travail.

— Qu'est-ce qui mérite un tel empressement, monsieur Verdi ?

— S'il vous plaît, appelez-moi Bonifacio. J'ai la chance de porter le même nom que le grand compositeur italien, mais je ne veux en aucun cas usurper sa notoriété.

— Entendu, Bonifacio. De quoi s'agit-il ?

— Une grande tournée de Mirella en Amérique latine. Ça vous tente ? J'ai appris qu'elle séjournait à Chiquena de Bolivia, ce serait l'occasion de voir avec elle…

Bonté divine ! Bonifacio Verdi savait où était Mirella.

— Comment avez-vous su qu'elle était en Bolivie ?

— Des bavardages autour d'un verre sans intérêt. Pour ce projet…

— Je vous en prie, ces bavardages me concernent. Mirella avait exigé que son exil reste secret.

Soupir d'impatience à l'autre bout du fil.

— La semaine dernière, j'étais à Montréal pour rencontrer des collègues du métier. Des carrières qui montent en flèche, d'autres qui descendent encore plus vite. Vous savez ce que c'est. Bref, l'un d'eux a une amie qui rentrait d'un trek dans les Andes. Elle avait une photo dédicacée de Mirella sur son téléphone. J'ai pensé…

— Une photo de Mirella ?

— À Chiquena en Bolivie. Exactement.

— Vous avez cette photo ?

— Non, bien sûr que non, s'irrita Verdi. Pourquoi l'aurais-je enregistrée ? L'idée m'est venue comme ça, par hasard. Alors, j'ai écouté son dernier album, puis les précédents. Et je me suis dit qu'on pourrait mettre sur pied une grande tournée dans les capitales d'Amérique du Sud. Elle n'y est jamais allée, n'est-ce pas ? Peut-être avec un nouveau style, un nouvel orchestre, quelque chose de plus… comment dire… de plus andin. Le folklore sud-américain revient en grande force. Il faut naviguer avec le courant, n'est-ce pas ?

Quelques mois plus tôt, Charlotte aurait bondi de joie.

— Écoutez, monsieur Verdi…

— Bonifacio.

— Écoutez, Bonifacio. Je trouve que c'est une excellente idée. C'est même génial. Mais je dois d'abord contacter Mirella. Laissez-moi quelques jours, le temps qu'on en discute ensemble. Quelle que soit sa réponse, je vous tiens au courant…

Charlotte raccrocha, l'esprit en déroute.

Chiquena.

Mirella se cachait à Chiquena. Elle ouvrit son ordinateur. Bolivie, cartes géographiques, images satellites. Le curseur parcourut le pays. La Paz, Potosí, Uyuni, San José.

Chiquena ! Elle l'avait.

Le désert, zone blanche. Pas de Google Earth. Encore moins de Mappy. Elle se brancha sur les vidéos de voyageurs enthousiastes qui embellissaient la réalité, visionna les films de cinéastes professionnels plus authentiques. Paysage minéral de l'Altiplano, champs de quinoa, geysers d'eaux brûlantes, camélidés au long cou festonnés de pompons, rares étendues d'herbes ponctuées de lagunes aux noms évocateurs.

— Alors, c'est là que tu te caches !

Dans la pièce à côté, Bénédicte s'installait. Elle l'entendait ouvrir et fermer des tiroirs, feuilleter des papiers. Elle l'appela par l'interphone.

— Bénédicte, pourriez-vous faire une recherche sur Chiquena en Bolivie ? demanda-t-elle après avoir échangé quelques banalités. Il y a certainement un moyen de communiquer avec ce village.

— Je vais m'y atteler.

Un éclair lui traversa l'esprit. Communiquer d'abord. S'y rendre ensuite.

À nouveau son téléphone sonna. C'était son portable, appel personnel : Cédric. Elle maîtrisa l'envie de ne pas répondre, mais finit par céder à la cinquième sonnerie.

— Charlotte ! Qu'est-ce que tu fais ?

— Je travaille.

— Moi aussi, figure-toi ! lança-t-il d'une voix impatiente. J'ai besoin que tu ailles à la poste chercher un colis.

— Tu peux le faire toi-même. Le bureau est parfaitement aménagé pour tous les handicaps.

— C'est un appareil de musculation volumineux.

— Pourquoi ne l'as-tu pas fait livrer à domicile ?

— Je ne vais quand même pas attendre le bon vouloir des livreurs alors qu'il est à la poste.

— Tu n'as pas eu d'appareil de musculation pendant des années et maintenant tu en veux un dans la journée ?

— Oui, c'est comme ça.

Elle argumentait pour le principe. Si elle cédait trop vite Cédric se méfierait. Depuis quelques jours, une idée qui n'était pas encore une décision commençait à germer. Mais elle avait besoin de temps.

— Bon, j'irai le chercher, dit-elle sur le ton de celle qui capitule.

Elle raccrocha. Dans sa tête, la ronde des trois noms prit fin. Les cas de Milos et Mirella furent relégués à plus tard. Ne resta que celui de son frère. Le problème était énorme, mais une solution se faisait jour peu à peu.

Elle s'empressa d'aller à la poste. *Tu veux ton colis, tu vas l'avoir !*

La surprise se peignit sur le visage de son frère quand elle le déposa chez elle.

— Tu as fait vite, constata-t-il, trop étonné pour formuler autre chose qu'une banalité.

— Comme on se débarrasse d'une corvée, répliqua-t-elle.

Quand elle revint au bureau, Bénédicte avait des nouvelles de Chiquena.

— Le village possède une radio. L'administration de Potosí doit me rappeler pour nous donner la fréquence.

— Au moins un point positif. Ce village n'est pas totalement isolé.

Si Mirella ne téléphonait pas d'ici une semaine, elle trouverait bien le moyen de faire passer un message. Et un voyage en Bolivie n'était pas exclu.

— Autre chose. Milos a téléphoné. Il rappellera ce soir après le concert.

Milos était en tournée avec un orchestre irlandais. Il lui manquait. Elle avait hâte d'entendre sa voix. Les souvenirs de leur dernière nuit étaient si intenses qu'elle en frémissait encore aujourd'hui. Ils s'appelaient tous les jours quelle que soit l'heure et leurs conversations n'avaient plus grand-chose de professionnel.

— Si tu peux te libérer, viens passer quelques jours en Irlande, lui disait-il.

Rendez-vous, courrier administratif, nouvelles directives pour les intermittents du spectacle, le travail ne lui laissa guère de répit tout au long de la journée. En fin d'après-midi, elle trouva enfin un moment pour joindre ses parents dans les Cévennes. C'est sa mère qui décrocha.

— Allô, ma chérie, je suis tellement heureuse de t'entendre.

L'intonation avait encore perdu de sa fermeté. Au fil des mois, la voix de sa mère modulait, se transformait en celle d'une petite fille un peu évaporée, un peu superficielle.

Mme Montero avait laissé Paris derrière elle et la responsabilité de Cédric à Charlotte. Son fils, trop bien-aimé, elle le lui avait confié. Les rôles s'étaient inversés. La mère, la fille... Elles n'en avaient jamais parlé explicitement, mais Charlotte savait qu'elle se sentait coupable, une culpabilité qu'elle dissimulait derrière une affection grandiloquente et une fragilité attribuée à l'âge.

Elles échangèrent les nouvelles, parlèrent brièvement de la pluie dans le Nord, du beau temps dans le Sud.

— Comment va Papa ?

— Son nouveau traitement lui convient très bien. Il dort mieux et ne tousse presque plus.

— C'est une bonne nouvelle. Maman, je voulais te parler de mon anniversaire.

— Oh, mais ça devait être une surprise !

— Maman, un anniversaire n'est jamais une surprise. Pour mes quarante ans, je sais que Papa et toi préparez quelque chose de grand. Je vais te demander de repousser la fête de quelques jours car je voudrais rejoindre Milos...

— Mais c'est impossible, ma chérie. Tout est déjà retenu. La salle, l'orchestre. Les menus sont déjà imprimés... On a nos billets d'avion sur un vol Nîmes-Paris...

Le ton montait dans les aigus, signe d'impatience ou de tristesse.

— Maman ! Pourquoi ne m'as-tu pas prévenue ?

— Mais justement, ça devait être une surprise !

Sa mère s'était lancée dans ces préparatifs non seulement pour occuper son esprit, mais aussi pour rendre justice à sa fille. L'idée de la décevoir ne traversa pas l'esprit de Charlotte une seconde

— Bon, d'accord. Je partirai après mon anniversaire. Vous avez prévu un grand nombre d'invités, je suppose.

— Oui. Mais laisse-moi au moins garder cela secret.

— Et Cédric est d'accord ?

— Il n'a pas fait d'histoires. Il a bien sûr exigé que la salle et les jardins soient accessibles. Ce que j'ai confirmé.

— Merci, Maman. Je t'aime.

— C'est moi qui dois te remercier. Crois bien que je suis consciente de ce que tu fais. Je t'aime aussi.

Pour rien au monde Cédric n'aurait renoncé au plaisir de gâcher une surprise, à éteindre la flamme d'un agréable projet, à affadir un mystère en levant un pan du voile. Il se fit une joie de dénoncer à sa sœur ce qu'il appelait « les manigances de notre mère », ignorant qu'elle était déjà au courant.

— Si tu savais ce qui se prépare pour ton anniversaire ! lança-t-il au milieu du repas. Un truc grandiose.

Charlotte reposa sa fourchette, le regarda sans mot dire.

— En fait, nos parents sont en train de dépenser des sommes folles pour tes quarante ans. Le grand tralala. Un bel hôtel à la campagne, un chef en cuisine, une piste de danse suffisamment grande pour que je puisse tournicoter sans heurter les valseurs. Je me demande quelle sera la taille du gâteau.

Le silence de Charlotte, loin de le déconcerter, l'incita à poursuivre :

— Je ne me suis pas privé de la présence de quelques copains. Plus on est de fous plus on rit, n'est-ce pas ? Au besoin, ils pousseront mon fauteuil pour me faire danser. C'est bien de penser aux handicapés.

Il s'exprimait avec un sourire froid, une sorte de satisfaction malveillante. Charlotte gardait un calme olympien, maîtrisant l'envie de lui jeter à la figure ce qu'elle savait de sa prétendue infirmité. Il n'y avait pas si longtemps, elle aurait eu de la compassion, aurait trouvé les mots pour apaiser son amertume. Ce temps-là était révolu. Dans quelques jours, elle rejoindrait Milos en Irlande… Et de là, elle s'envolerait pour La Paz.

— Tu n'as rien d'autre à ajouter ?

— Je reconnais qu'accéder au cercle des quadragénaires mérite qu'on festoie largement. Cependant, je serais curieux de connaître la note, ironisa-t-il en piquant un morceau de viande dans le plat.

Elle ne résista pas au plaisir de lui lancer le dernier trait.

— Demande donc à Papa. C'est lui qui signe les chèques comme ceux qui complètent régulièrement ton compte en banque !

***

La fin de l'été n'avait pas amoindri la profusion de fleurs de ce grand hôtel de campagne où les Montero étaient descendus pour quelques jours. Les jardins débordaient de massifs colorés. Une double haie de rosiers conduisait à la charmille, sous laquelle des tentes avaient été dressées pour protéger les buffets de la chute des feuilles. Le long des pelouses, aussi vertes qu'au printemps, des serveurs en veste blanche proposaient une flûte de champagne ou quelques mignardises, sur des plateaux festonnés de dentelle. Les proches parents étaient arrivés les premiers. Ses grands-parents l'avaient serrée dans leurs bras, les cousins l'avaient félicitée avant de s'égailler par les sentiers entre la piscine et le terrain de tennis. Sur l'estrade, au fond de l'immense vestibule transformé en salle de bal, un animateur d'une trentaine d'années, un chapeau de cow-boy vissé sur le front, installait sa sono et ses micros.

— Nos parents ont le bras long, ils ont même commandé le soleil, glissa insidieusement Cédric à sa sœur.

Charlotte lui jeta un regard noir. Elle se tenait devant l'entrée, en haut des marches, vêtue d'un ensemble pantalon et veste d'une extrême élégance.

— Pour une garden-party, c'est plus adapté, avait-elle dit à son père qui regrettait qu'elle n'ait pas choisi de porter une robe.

— Tu as peut-être raison. En tout cas, cette nouvelle coiffure te sied à ravir. Personne ne peut croire que tu fêtes tes quarante ans.

Charlotte avait demandé qu'on installe une table pour les cadeaux. Elle tenait à les ouvrir devant ceux qui les lui offraient.

— Ma chérie, lui avait dit sa mère, tu es sûre de vouloir procéder ainsi ?

— Oui, Maman. Quand c'est moi qui apporte un cadeau, j'aime bien voir la tête des gens à qui je l'offre. J'imagine que c'est pareil pour tous.

— Et si tu es déçue ?

— Ne t'inquiète pas, Maman, personne n'en saura rien.

Le monde de la variété était largement représenté, producteurs, chanteurs, directeurs artistiques, même certains de ses élèves devenus des amis.

— J'ai demandé aux parents de Mirella de venir, mais ils ont décliné l'invitation, déplora Mme Montero. J'ai cru comprendre qu'ils se faisaient du souci pour leur fille.

— Oui, c'est la raison pour laquelle j'ai décidé de me rendre en Bolivie. Je dois absolument la rencontrer.

— Et ton frère ?

— Comme d'habitude : la cave pleine de bons vins, une noria de gens à son service et des repas livrés… qui pour beaucoup finiront à la poubelle, ajouta-t-elle avec amertume.

— Il m'a dit un jour qu'il ne se sentait pas bien quand tu t'absentais. C'est sans doute la raison pour laquelle il n'a pas d'appétit.

Charlotte leva les sourcils. *Personne pour satisfaire ses caprices et essuyer sa mauvaise humeur*, faillit-elle laisser échapper. Comment sa mère pouvait-elle encore se laisser prendre au jeu de son fils ? Au lieu de ça, elle demanda d'une voix détachée :

— Maman, quelle serait ta réaction si tu apprenais que Cédric pouvait récupérer l'usage de ses jambes.

— Je n'en croirais pas un mot. Je connais par cœur les sentences des chirurgiens après les multiples opérations qu'il a subies. Je me les suis souvent répétées pour m'en convaincre.

— Néanmoins ?

— Pourquoi me poses-tu cette question ? Ce n'est pas gentil de m'illusionner.

— La science fait des progrès.

— Si miracle il y avait, je crois que je m'évanouirais de bonheur.

Jusqu'à tard dans l'après-midi, Charlotte partagea son temps à bavarder, danser, chanter. À voir son visage rayonnant, personne n'aurait pu croire qu'en réalité son esprit bouillonnait. Elle ne négligea personne, mais évita soigneusement de croiser le fauteuil de son frère qui, le matin même, n'avait pas manqué de traiter les festivités de « pure mascarade destinée à épater la galerie ». Une de ses amies tentait de mériter sa présence en le ravitaillant en assiettes de hors-d'œuvre et en remplissant son verre.

Quand vint le moment tant attendu du gâteau, tous se rassemblèrent dans le hall. Le chef, en toque et blouse blanches, fit une entrée remarquée. Posée sur un chariot roulant, piquée de lumière et de feux de Bengale, la pyramide de sucre et de meringue se transformait en une véritable fontaine d'étincelles. Les cris d'admiration et les applaudissements résonnèrent sous le grand lustre tandis que l'hymne incontournable célébrait Charlotte soufflant ses bougies. Plus émue qu'elle ne le souhaitait, elle prit le micro qu'on lui tendait, remercia ses parents, ses amis, tous ceux présents, déclencha les rires quand elle plaisanta sur ce prétendu difficile passage de la quarantaine. Son regard croisa celui de son frère installé dans son fauteuil au premier rang. Il avait posé sur sa tête un de ces chapeaux de papier destinés aux enfants, jouait au bouffon ridicule et semblait la défier d'un œil moqueur. Elle n'en avait cure, elle avait préparé ce moment depuis longtemps.

— Je voudrais profiter de l'occasion pour remercier par-dessus tout...

Elle marqua un temps d'arrêt, ses yeux cherchant un visage parmi la foule.

— Oui, il est venu là, à ma demande, Thierry Denvers, annonça-t-elle en tendant une main dans sa direction, le kiné de Cédric qui a accompli un travail extraordinaire.

Tous les regards convergèrent vers l'intéressé. Il y eut même quelques applaudissements.

Charlotte marqua une pause, chercha ses mots, voulant avant toute chose protéger sa mère et son père.

— Monsieur Denvers, vous n'avez pas dû comprendre pourquoi votre patient tenait tant à circuler encore dans son fauteuil roulant...

Elle vit son frère pâlir.

— Je vais vous le dire, monsieur Denvers. Il voulait faire la surprise à nos parents et à nos amis. Je crois que le moment est venu de leur annoncer qu'il peut marcher à nouveau.

Il y eut une seconde de silence que transperça un cri.

— Cédric !

Mme Montero ne s'évanouit pas. Elle porta ses deux mains à son visage. La stupeur et l'incrédulité se lisaient sur tous les visages.

— Cédric ! Est-ce vrai ? lança-t-elle d'une voix perçante.

Son visage était exsangue, bouleversé. Elle tremblait de tous ses membres.

— Mais oui, Maman. Il marche, poursuivit Charlotte avec un sourire engageant. Et bientôt, si j'en crois M. Denvers, il pourra courir.

Cédric ne remuait pas un cil. De livide, son teint avait viré au cramoisi et son regard avait perdu toute expression.

Charlotte eut un rire léger.

— Pour la première fois de ma vie, j'ai réussi à intimider mon frère. Il faut l'excuser. C'est un grand jour pour lui. Je devais être l'héroïne de la fête, mais il m'a détrônée.

Cédric dissimula une grimace de mépris. Toutefois, il était suffisamment intelligent pour savoir que la partie était perdue. Denvers était là, il ne pouvait plus reculer. Exprimer sa rage n'aurait fait que souligner l'imposture. Avec un sourire qui tenait plus du rictus, il prit appui sur ses accoudoirs, refusa la main que lui tendait Denvers et fit quelques pas en direction de sa mère, sous les exclamations et applaudissements de la foule…

***

Il attendit le soir pour faire éclater sa fureur.

— Tu me le paieras !

— Je n'ai rien à te payer, Cédric. La farce est terminée. Les parents quittent l'hôtel demain, tu pourrais partir avec eux. Je suis sûre que ça leur ferait un immense plaisir.

Charlotte pliait un dernier chemisier qu'elle rangea dans un sac de voyage. Devant elle, Cédric, debout sur ses deux jambes, ne décolérait pas.

— Je reste ici.

— Pas moi. Mes valises sont prêtes, le taxi ne va pas tarder.

— Où vas-tu ? Ton ancien appartement est loué, tu ne peux pas virer tes locataires sur un coup de tête.

— Sois tranquille, je ne vais *virer* personne. Je connais une charmante garçonnière qui n'attend qu'une présence féminine.

— Tu vas chez Milos ? Ce foutu guitariste de m...

— Ne sois pas grossier, Cédric. Milos vaut dix fois mieux que toi.

— Ne me dis pas que tu aimes ce type.

— Je ne me suis pas encore posé la question. Mais ça pourrait venir. J'y réfléchirai à mon retour de Bolivie. Tu sais tout de mes projets.

— En Bolivie ! Et moi ?

Elle se redressa, passa devant lui la tête haute, marcha jusqu'à la bibliothèque. D'un tiroir, elle tira une feuille de papier.

— La liste des fournisseurs : traiteurs, livreurs, infirmiers, pompiers, personnel de service... autant de numéros de téléphone que tu peux appeler. Et, en dernier, celui du serrurier. Au cas où tu te retrouverais dehors...

Elle lui fit face, retrouvant la dignité qu'elle avait si souvent perdue en sa présence.

— C'est fini, Cédric. Il faut te faire à cette idée. Je ne serai plus là pour exécuter tes ordres.

Sa transformation fut spectaculaire. Il avala péniblement sa salive. Son dos se voûta. Les coins de sa bouche retombèrent comme s'il allait se mettre à pleurer. Cédric jouant la grande scène de la fragilité, un de ses plus beaux rôles. Charlotte ne s'y laissa pas prendre. Elle était seulement consternée.

— Cédric, ce que tu pourras dire ou faire n'y changera rien. Tu es libre, je suis libre. On se quitte en frère et sœur si tu es d'accord. Mais je n'irai pas au-delà.

Sa tentative de paix demeura vaine. Découvert, il se lança dans une diatribe transformant son dernier accablement en rage qui n'eut pour effet qu'un haussement d'épaules de la part de sa sœur.

— Eh bien, va au diable ! hurla-t-il.

Elle prit ses affaires et sortit.

Une fois dans la rue, elle se redressa, souffla tout l'air de ses poumons, comme pour se débarrasser des miasmes d'une pollution aussi toxique que pernicieuse.

10

« La tâche du chamane sera par exemple,
en cas de maladie, d'agir sur l'âme du patient
ou d'extraire l'élément pathogène introduit
dans son corps. »
Michel Perrin, *Le Chamanisme*

ILS AVAIENT PEU PARLÉ PENDANT LA DESCENTE. Tous gardaient au fond des yeux l'image d'un rêve devenu réalité. Ils marchaient les uns derrière les autres, concentrés sur les risques d'éboulements, soucieux d'assurer chaque pas et d'éviter la chute. Ils arrivèrent en fin d'après-midi dans la grange où ils avaient dormi deux nuits auparavant.

Les langues se déliaient, les rires fusaient, tandis qu'ils partageaient l'omelette aux œufs frais, le pain de quinoa, le vin des hauts plateaux. L'atmosphère n'était plus la même. L'oiseau géant, le condor royal, émissaire des dieux, leur avait rendu visite. Fascinés par sa puissance, ils l'avaient regardé s'offrir en spectacle, ermite du ciel consentant à leur présence, humant l'appât offert.

— Je ne l'avais jamais vu d'aussi près, avoua Li-Marco qui pourtant avait souvent bourlingué sur les hauts plateaux.

Joan rembobina le film, montra à tous les images amassées par son objectif. Incroyable cinéaste, capable de maîtriser son émotion pour immortaliser l'ineffable. Mirella parlait peu, anesthésiée par la fatigue, sentant monter la fièvre en elle comme, au printemps, la sève monte dans les arbres.

Elle écoutait d'une oreille distraite les commentaires profanes qui consolidaient les souvenirs, les assujettissaient en statistiques : « Trois mètres d'envergure... pas loin de quatre... douze à quinze kilos de muscles... » Elle souriait, lointaine, habitée par la seule vision d'ailes démesurées, d'un col blanc sur un habit noir, d'un œil qui la transperçait. Ses paupières devenaient si lourdes, qu'elle ne parvenait pas à s'intéresser à la conversation. Elle s'écroula sur sa couverture avant qu'ils aient terminé le repas.

Le lendemain, après les adieux, les dernières embrassades, les échanges d'adresses, Jhonatán s'installa à l'avant de la Ford, à côté de Li-Marco, lui laissant la banquette arrière où elle s'allongea, jambes repliées, la tête sur les genoux de Wendy. Après cinq heures de route, ils la déposèrent sur son lit. Wendy l'aida à se dévêtir. Carla s'empressa, apportant d'autres oreillers, un pichet où surnageaient des herbes. Elle mourait de soif, but avec avidité. Puis, grelottante malgré la sueur qui ruisselait sur sa peau, elle s'enfouit sous les couvertures. Carla se pencha.

— J'ai fait le ménage pendant votre absence et j'ai trouvé ça près de la douche, murmura sa logeuse en glissant dans sa paume un objet brillant. Le fermoir est cassé, mais c'est facilement réparable.

Mirella ne se souvenait pas d'avoir porté une chaîne.

— C'est une médaille italienne, poursuivit Carla. Il ne faut pas la perdre.

Leandro !

Elle referma les doigts sur le bijou, pressa la main contre son cœur, et sombra dans le sommeil.

Elle n'eut plus conscience de la nuit ni du jour, du temps qu'il faisait au-dehors. Carla et Wendy allaient et venaient, retapaient l'oreiller, rinçaient le verre, remplissaient la théière. Elle devinait leur présence à travers les bruits qui ponctuaient ses rêves. L'infusion était différente. L'odeur, la saveur, la consistance même, avaient changé. Très sucrée pour en cacher l'amertume. Elle ne s'en inquiétait pas. Jhonatán connaissait les plantes. Elle lui faisait confiance. Hanan Pacha, le dieu créateur, lui avait envoyé son oiseau et le grand condor l'avait saluée de son cri. L'espoir pointait. S'était-il seulement éteint ? Des images défilaient sous ses paupières. Leandro, Charlotte, les amis… Leandro revenait souvent. Submergée par son souvenir, elle sentait monter en elle une vague d'insoutenable chagrin, serrant la médaille, seule consolatrice.

Bientôt un visage s'imposa, celui de son père. Sa mémoire retrouva des moments oubliés. Petite fille juchée sur un poney ; lui, tenant la bride, la rassurant d'un mot. Élève studieuse, affrontant de terribles calculs arithmétiques ; lui, s'invitant à son côté avec un sourire. Le premier cornet de glace dans le jardin du Luxembourg, la première bouée aux Sables-d'Olonne. Sa mère n'était jamais loin. Elle n'appelait jamais son mari par son prénom, elle disait « trésor », lui prenait le bras, glissait ses doigts dans ses cheveux. Lui disait

« chérie » ou « ma chérie ». Elle les voyait sourire, chuchoter des secrets dont elle était exclue, Caroline riait, se serrait plus fort contre lui, cherchant son appui. Mirella aurait pu être jalouse de leur intimité. Elle ne l'était pas. Dès son plus jeune âge, elle avait modelé une représentation idyllique de ce que devait être un couple. La complicité, la joie de vivre, la protection, une communion de sentiments qui forgeait l'amour.

Le miroir chimérique s'était brisé, un an auparavant, sur le parking de l'hôpital, à Paris. Elle s'y était rendue incognito pour visiter une amie victime d'un accident et elle les avait vus tous les deux, serrés l'un contre l'autre, unis dans un baiser passionné. Ils s'étaient séparés à leur corps défendant. Elle, blonde, grande, nordique, une walkyrie en tailleur, suggérant la force et la volonté dans ce geste pour saisir son poignet, le retenant un instant encore avant de le repousser. Lui, le visage défait, acceptant la séparation, tel un enfant renonçant à une douceur, sachant qu'elle lui fera mal ou qu'il n'y a pas droit. Mirella avait vu et compris. Un poignard s'enfonçant dans son cœur n'aurait pas suscité plus de douleur.

Quand la femme était montée dans le taxi, Mirella s'était approchée. Elle avait lu la surprise, l'effarement vite effacé, dans le regard de son père. Il n'avait pas nié, ne s'était ni excusé ni fait de reproches, n'avait manifesté aucun remords. Les choses de la vie. Non, ce n'était pas sa maîtresse. Il n'avait pas de maîtresse. Juste une rencontre, deux médecins réunis par hasard au cours d'un congrès.

— Tu vas divorcer ?

— Pourquoi voudrais-je divorcer ? Elle est mariée, mère de famille. Elle vit au Danemark et nous ne nous reverrons plus.

— Alors pourquoi ?

— Tu ne peux pas comprendre.

— Explique-moi !

Elle insistait, le cœur en rage. Plus qu'à sa mère, c'est à elle qu'il avait fait du tort. En un instant, il avait détruit l'image qu'elle se faisait du couple.

Haussement d'épaules désabusé.

— Expliquer quoi ? Un désir passager, une attirance mutuelle ? Ou plus simplement le besoin de réduire la tension ?

— Quelle tension ?

Il n'était pas en colère, il énonçait des faits.

— Celle que nous subissons chaque jour, qui menace de nous exploser au visage, de nous anéantir. Dans mon métier, les directives pleuvent, l'administration nous asservit à des protocoles parfois stupides. Je perds des patients, je réussis à en sauver d'autres. Je voudrais tous les sauver. Elle supporte la même chose dans un autre cadre. Et quand on rentre à la maison, d'autres soucis nous attendent.

— Maman est un souci ?

— Tu connais ta mère. Fragile, languissante. Je suis là pour la soutenir. Depuis des années, je suis le mur sur lequel elle s'appuie. La nécessité de relâcher, le besoin de répit…

— D'une récréation ?

— D'une soupape pour laisser tomber la pression. Et elle était là pour m'écouter.

— Vous avez parlé ?

— Oui, de ce que je te dis là. J'aime ta mère, Mirella. Je ne la quitterai pas.

— Mais tu l'as trompée !

Elle était partie en courant, ne lui avait jamais pardonné. Elle l'avait rayé de son affection, jugé, condamné.

Entente de façade, pour protéger Caroline. Sourire distant, baiser glacial.

Dans sa chambre, Mirella émergea de ses souvenirs. La sueur coulait sur son front. Son cœur battait la chamade. Ce rappel du passé l'avait épuisée. Des ombres dansaient dans un nuage de vapeur bleue. Elles s'enfuirent quand elle battit des paupières, une silhouette demeura debout devant la porte.

— Papa ?

L'homme leva une main apaisante.

— Mais qu'est-ce que tu fais là ?

— Je suis venu te demander pardon.

Elle se redressa sur un coude, la silhouette s'évanouit soudain pour se découper à contre-jour dans l'embrasure de la fenêtre. Fait étrange, elle ne s'étonna pas de ce déplacement aussi bref que furtif.

— Tu as fait tout ce chemin pour me demander pardon ?

— C'était nécessaire.

Elle demeura immobile. Son instinct lui interdisait tout mouvement. Tourner la tête entraînerait une nouvelle dérobade.

— Je t'ai fait du mal. À toi plus qu'à ta mère qui n'a rien su. Il y a des mensonges – je devrais dire des omissions – qui sont salutaires. Je ne te demande pas d'oublier. C'est impossible. Je te demande de remettre cet épisode à sa juste place. D'une entorse à la morale, tu as fait un péché mortel. Tu as élevé un accident de parcours au rang de cataclysme. Un banal événement qui t'est resté en travers de la gorge…

Où avait-elle déjà entendu cette phrase ?

— Papa !

Elle tendit la main vers lui, mais la silhouette se désagrégea. Elle voulut la retenir, mais seul un cri rauque s'échappa de ses lèvres. Le songe s'était brisé. Les larmes roulèrent sur ses joues.

Carla poussa la porte, apporta une nouvelle théière. La vapeur s'échappait par le col, elle l'aida à boire en murmurant des paroles apaisantes.

— Carla, il y avait un homme ici. Vous l'avez vu ?

— Il n'y a personne. Vous avez rêvé.

— Vous pensez que j'ai des hallucinations ?

— Oui. À cause de la tisane. C'est Jhonatán qui la prépare, une décoction de plantes et de champignons. Il dit qu'il faut rêver. Ça nettoie le cerveau, ça donne des solutions aux problèmes. Vous avez trouvé la solution à votre problème ?

Elle but une gorgée, toussa pour ne pas s'étrangler.

— Je ne sais pas. Et vous, Carla, vous arrive-t-il de rêver ?

— De moins en moins souvent. Je suis trop vieille maintenant.

La femme mit la main sur son poignet, son front.

— Vous avez encore de la fièvre. Dormez.

Elle posa la tête sur l'oreiller, écouta les pas de Carla décroître dans le couloir. Elle voulut garder les yeux ouverts, scrutant les silhouettes qui pourraient se fondre dans la pénombre. Le sommeil la gagnait malgré elle. Si elle eut encore des hallucinations, elles furent confuses. Elle échangea quelques paroles sans queue ni tête avec sa mère, Charlotte, le docteur Lemonier. Elle chercha Leandro, mais il refusa de se manifester.

***

Elle prit conscience des tambours longtemps après les premiers roulements. Les flammes d'un feu de camp lançaient des ombres nacrées sur les murs de la pièce.

Avait-elle ouvert les yeux ou laissait-elle encore divaguer son imagination ? Les tambours et le feu. La cérémonie aux dieux. La transe d'un homme, un chamane dont l'âme se fondrait dans un esprit animal pour communiquer avec le monde-autre. La fumée âcre qu'il humait à en pleurer, les psychotropes dont il s'abreuvait transformeraient son corps en une coque vide. L'invisible s'en irait à la rencontre d'un autre invisible, puma ou condor, pour obtenir leur grâce. Adoubé, son fantôme agirait en son nom.

Accompagné par les incantations des servants, l'homme martelait le sol pour en faire sortir les démons qui pourraient l'empêcher d'entrer dans le monde-autre.

Mirella, depuis le silence de son lit, sentait les vibrations de la terre, respirait les vapeurs qui filtraient par l'entrebâillement de la fenêtre. Elle pensait à la Pythie de Delphes qui mâchait des feuilles de laurier et respirait des odeurs de soufre avant de rendre ses oracles. Elle attendait quelque chose, mais elle ne savait quoi. Attendre, rester en haleine, écouter sa respiration, les pulsations de son sang, méditer. La méditation devenait prière. Les oraisons apprises par cœur chez les bonnes sœurs n'avaient pas eu grand effet sur elle, mais les fables de La Fontaine demeuraient gravées dans sa mémoire. *Le Rat et le Lion* avait sa préférence. Le rat, bestiole honnie, peuplant les égouts nauséabonds, terrifiant pour les dames qui hurlent à sa vue, ce rat, un jour, vint au secours du roi lion.

Le chamane, espèce en voie de disparition, pourchassé par les prêtres conquistadors, méprisé par la culture occidentale, pourrait-il venir au secours de la grande pharmacopée ? Le rat, le lion. Elle attendait et, soudain, elle sut qu'*il* était là.

La porte était ouverte et il en occupait toute la béance. Mais elle ne le vit que plus tard. L'œil met parfois un certain temps à adopter ce qu'il ne reconnaît pas. L'oiseau à tête de lynx. Le corps couvert de plumes, des épaules aux guêtres. Sous le masque, les yeux du félin, pupilles dilatées… Monstre jailli du néant.

Curieusement, elle ne ressentit aucune crainte quand elle le vit s'approcher. Juste une sorte d'excitation. Ses pas n'avaient aucun poids. Il semblait voler. N'était-il pas oiseau ? Dehors, la cadence des tam-tams s'accéléra, entra en résonance avec les battements de son cœur. Les serres, les griffes ou simplement les mains se posèrent sur son cou. Elle retint son souffle. La brûlure la déchira. Elle ferma les yeux. L'instant d'après, la bête avait disparu, emportant un morceau de chair avec elle… Ainsi que le condor s'était emparé de l'appât.

***

Pendant quatre jours, elle se débattit avec la fièvre, les rêves, le délire. Elle fut réveillée au matin du cinquième jour par des piétinements de sabots. Ouvrant les yeux, elle aperçut dans l'entrebâillement de la fenêtre un museau noir sous de grands yeux perdus au milieu d'une laine épaisse.

— Les vigognes, murmura-t-elle.

— Pas les vigognes, précisa Carla qui entrait dans la pièce, l'alpaga de Li-Marco à la recherche d'une friandise.

Elle souriait de toutes ses rides ; sa robe aux multiples jupons formait une corolle autour de sa taille et sa longue tresse s'ornait de pompons.

— De retour parmi nous, dit-elle en s'approchant du lit pour lui prendre la main.

— Vous avez mis votre costume aymara, reconnut Mirella.

— Manuel m'emmène en ville avec Ricky et quelques autres.

Elle aperçut la chaîne perdue au milieu des draps.

— Je peux essayer de la faire réparer par le bijoutier. Ce n'est pas quelqu'un que je fréquente, plaisanta-t-elle, mais je crois savoir qu'il a une boutique dans la rue principale.

Mirella la prit entre ses doigts. Elle ne se souvenait pas d'avoir rêvé de Leandro. En fait, elle ne se souvenait de rien. Elle la tendit à Carla.

— Merci de faire ça pour moi. Dites-moi, Carla, qu'est-ce que j'ai attrapé ?

— Oh, rien de bien méchant : une grosse fatigue. Manuel m'a dit que vous aviez vu le condor, là-haut, dans la montagne.

Mirella parcourut la pièce du regard, s'arrêta près de la porte.

— Il est venu ici.

— Qui est venu ici ?

— Le condor.

— Peut-être. Il se passe des choses étranges quand Jhonatán fait le grand voyage.

Quelques bribes de souvenirs remontèrent à sa mémoire : le son des tambours, les odeurs âcres d'une fumée venue du dehors, l'apparition d'un félin sur un corps d'oiseau. L'homme-lynx, le chamane. Instinctivement, elle porta ses doigts à sa gorge. Rien, la peau lisse, juste un peu de chaleur. Le souvenir de la brûlure lui revint en mémoire. L'imposteur s'en était allé.

— C'était quand ?

— Il y a quatre jours.

Quatre jours ! Ses parents, Charlotte ! Sans nouvelles depuis… depuis plus de deux semaines. Ils allaient remuer ciel et terre pour la retrouver.

— Carla, il faut que vous me rendiez un service. Prenez mon téléphone. Je vais écrire un texto.

— Vous savez, moi, ces appareils modernes…

— Vous n'avez rien à faire, juste à l'emporter avec vous. Quand vous entendrez le bip, c'est qu'il est envoyé.

Elle tapa un premier message rapide pour Charlotte, un autre plus long pour sa mère, racontant brièvement la randonnée en montagne, cause de son silence. Elle ne parla pas de la fièvre qui avait suivi, choisissant ses mots pour la rassurer : « Je vais bien, Maman, conclut-elle, mon séjour ici est riche d'expériences. Je t'aime. »

Elle allait appuyer sur la touche envoi, quand elle se ravisa et ajouta : « Dis à Papa que je l'aime aussi. »

Aidée de Carla, elle se leva, s'habilla. Le miroir de la salle de bains lui renvoya l'image de la fatigue, mais aussi de la convalescence. À la base du cou, une tache rouge qui commençait à virer au brun. Sans l'absence de la *chose,* elle aurait pu croire avoir rêvé.

De retour dans le séjour, son regard fut attiré par les boîtes de médicaments sur la table. Depuis quand avait-elle cessé son traitement ? Dix ou douze jours, peut-être plus. Elle eut le sentiment de trahir un engagement, mais cette trahison, loin de la culpabiliser, la fit sourire. Tourner les talons face à la toxicité.

Dans sa cuisine, Carla faisait chauffer l'eau pour le thé tout en chantonnant.

Ces paysans des hauts plateaux ont une joie de vivre qui transparaît dans tout leur être, songea-t-elle.

Elle but plusieurs tasses, se contenta de croquer une galette tartinée de confiture.

— Vos jambes ne vont pas vous porter, grommela la vieille femme qui préparait à dîner. Vous tenez vraiment à sortir ?

— Pour le moment, mes jambes continuent à m'obéir. J'ai une visite à rendre.

— Les vigognes ?

— Plus tard, les vigognes. Merci, Carla, vous êtes un ange, dit-elle en plaquant un baiser sur son visage étonné. Maintenant, Jhonatán.

Assis devant sa porte, il semblait l'attendre. Il la regarda d'un air bienveillant et malicieux à la fois.

Elle prit place près de lui sur la planche de bois qui faisait office de banc. Le soleil autorisait le tee-shirt. Un vent venu de l'est apportait des senteurs minérales. Le silence les réunit, jusqu'à ce que Mirella se décide à parler.

— Carla m'a dit que vous avez été malade, vous aussi.

— Sacrée gueule de bois. J'ai vomi tripes et boyaux pendant deux jours. Mais je vais bien.

— Je suis désolée. Je...

— Ne le soyez pas. Le message dans la montagne était clair. Je savais que je ne risquais rien.

Un nouveau silence.

— Qui jouait du tambour quand vous êtes venu chez moi ?

— Pedro, le vieux chamane. Il connaît les rites.

— Je croyais qu'il voulait s'en aller... boire son dernier thé.

— Il y a renoncé depuis qu'il a vu Maria-Salva.

— La fille de Yok ?

— Il a reconnu en elle l'âme d'une puissante chamane.

— Ce n'est qu'un bébé.

— Il espère voir les premiers signes dans quatre ou cinq ans. Je sais qu'il tiendra jusque-là. Je n'étais guère plus âgé que la petite quand il m'a repéré.

Mirella se tut. En digne Occidentale, elle se sentait terriblement étrangère à ces coutumes.

— Entre Maria-Salva et vous, ça fait beaucoup d'années.

Il eut un petit rire.

— Je sais ce que vous pensez, que je suis trop vieux pour lui enseigner le monde invisible. Soyez rassurée, il y aura un intermédiaire. Non, pas un de mes fils. Ils sont beaucoup trop techniciens. Ils vont jouer avec les ordinateurs, pas avec les tambours. Je les laisse aux mathématiques, ça peut toujours servir. Un jeune de San José commence son apprentissage avec moi. Il a dix-huit ans et a obtenu une bourse pour suivre des études de médecine à La Paz.

— Médecine ?

— Ça vous étonne ? Mais c'est très complémentaire. Même s'il ne va pas jusqu'au bout, il aura suffisamment de connaissances pour aider les autres et se protéger en même temps.

Elle posa deux doigts sur sa gorge, pensa à l'ablation impossible à la chirurgie.

— Comment avez-vous fait ça, Jhonatán ?

— Je n'ai que des souvenirs très fugaces.

— Vous avez enlevé l'imposteur.

— Qui ça ?

— Celui que j'appelais l'imposteur. Cette chose qui n'est plus là.

L'homme soupira, leva les yeux, fouilla le brouillard qui couronnait la chaîne des volcans, à la recherche d'une image qui s'obstinait à le fuir.

— Il existe des chamanes qui se souviennent de tout ce qu'ils font quand ils sont de l'autre côté. Je ne dois pas être un bon chamane.

— Vous êtes un bon chamane, Jhonatán. Quand vous étiez… là-bas… vous saviez ce que vous deviez faire et vous l'avez fait.

— J'étais guidé. Il y avait le lynx, il y avait aussi le condor… Je me souviens d'une chose : quelqu'un chantait. Une voix de femme, limpide. Un ruisseau.

Mirella retint son souffle.

— Elle chantait dans une langue étrangère, mais j'ai reconnu la mélodie. Pas rock, pop ou jazz. Non, celle que joue le fils de Ricky, notre musique à nous, la musique des Andes.

Les mains de Mirella se mirent à trembler.

— Jhonatán, il faut que je vous dise quelque chose. Je suis chanteuse.

Il sourit.

— Vous êtes célèbre ?

— Sans vantardise, je pense que oui.

— Même en Bolivie ?

— Pas en Amérique latine, mais en Europe, en Amérique du Nord, au Japon… Je commence à être connue au Brésil.

— C'est vous que j'ai entendue.

— Je n'ai jamais chanté accompagnée par des musiciens sud-américains.

Un silence.

— Ça se fera un jour, annonça-t-il.

La nappe de brouillard se dissipait, dévoilant les sommets enneigés. Le visage tourné vers le soleil, Mirella s'interrogeait sur le sens de ces mots. Le passé, l'avenir, le monde-autre. Tout cela la dépassait. Depuis des mois, ses pensées s'étaient murées dans un tombeau sombre où elle n'existait que par son cancer. Et voilà qu'elles poussaient les portes, cherchaient l'issue, s'offraient des velléités de liberté. Hors les murs de la maladie, les idées bouillonnaient.

— Vous croyez que je vais guérir ?

— Ce n'est plus à moi de décider. Quelque chose a été enlevé. À la place, il reste du vide. Quand on détruit une maison, soit on rebâtit, soit les friches, les herbes, s'emparent du terrain.

— La nature a horreur du vide, c'est ça que vous voulez me dire ? Quelque chose va prendre la place du vide ?

— C'est ce qu'on apprend à l'école.

— Un autre cancer ? Une récidive ?

Jhonatán haussa les épaules, lui laissant la réponse.

— Si je choisissais la musique, un nouveau style de musique, vous croyez que ça comblerait le vide ?

***

La pyramide du Licancabur se dressait au-dessus de la Cordillère. Les traînées vertes du manganèse tranchaient sur les ocres d'anciennes laves. Les éboulis couleur acier s'accrochaient à la pente, s'agrippaient à la neige du sommet. Beauté éternelle à laquelle l'œil finit par s'habituer jusqu'à n'être plus regardée, admirée.

Mirella leva les yeux.

— Non, dit-elle à voix haute. On ne s'habitue jamais à la splendeur.

Le village derrière elle n'était plus qu'un point gris le long du ruban de la piste.

— C'est comme du Mozart. On connaît chaque note, mais on ne s'habitue jamais.

Les vigognes s'en étaient allées, au-delà de la vallée.

« Il vous suffit de trouver le pâturage et vous les verrez ! » lui avait dit Isabel chez qui elle avait fait halte pour manger un morceau avant de partir.

Trois jours s'étaient écoulés depuis sa visite à Jhonatán, trois jours à reprendre des forces, à réfléchir, à composer avec les notes, à écrire dans son carnet de musique des chansons que d'autres chanteraient, ou elle-même si la vie lui offrait cette chance. L'espoir s'était ancré dans son cœur que c'était possible ; non pas la conviction que la chose allait bien se passer, mais plutôt la certitude que cette chose avait un sens quelle que soit la façon dont elle allait se passer.

Puis elle avait fait son sac, emporté les restes de son repas – poulet au citron, galettes de quinoa, bananes et pommes – toujours trop copieux chez Isabel. Elle marchait lentement, mesurant chaque pas, consciente qu'elle était encore en convalescence.

Et si tu ne les trouves pas aujourd'hui, tu les trouveras demain.

Mais elle s'entêtait. C'était un besoin aussi vital que l'eau qui chantait dans sa gourde. Son objectif, c'était la nappe verte qu'elle apercevait là-bas, engendrée par un de ces nuages typiques des Andes, un de ces vagabonds isolés qui venaient du Pacifique, se frayaient un passage entre les cols, portés par des vents capricieux, et qui, trop lourds de pluie, s'arrêtaient en chemin, se posaient au-dessus d'une combe, se délestaient de cataractes puissantes et repartaient, plus légers, vers d'autres contrées, laissant derrière eux la terre reconnaissante qui verdissait en quelques heures.

Et, soudain, derrière le talus de sable jaune, elle les vit. Les vigognes, aussi paisibles que la lagune éphémère qui éclaboussait de soleil. Apparition miraculeuse, sujet d'inspiration pour le pinceau de Millet.

— Pourquoi êtes-vous allées si loin ?

La première dressa la tête à son approche, une touffe d'herbe dépassant du museau, mastiquant consciencieusement.

« Il faut bien manger », sembla lui répondre son regard.

Mirella connaissait leur manège. Au début, elles s'écarteraient, farouches, mécontentes d'avoir été dérangées ; puis, si le bipède importun s'avérait inoffensif et indolent, elles reviendraient pas à pas, touffe après touffe, récupérer leur pré carré. L'instant qu'attendait Mirella qui pourrait sortir de son sac quelques friandises, tronçons de banane ou morceaux de galette. L'approche commencerait, viendraient les caresses entre les oreilles, pour les plus hardies, puis les murmures à voix douce, la communication. Conscience animale ou conscience humaine, c'étaient les mêmes ondes.

« La Française qui parle aux vigognes. » Le souvenir de Leandro lui revint avec une telle intensité qu'un gémissement s'échappa de ses lèvres. Rémanence d'une nuit d'amour. Cette expression lui répugnait, trop souvent galvaudée, caricaturée, synonyme d'ébats amoureux centrés sur le seul plaisir sexuel. Mirella avait goûté d'autres sensations, partage dans le langage du corps, communion des sens, fusion de la pensée. Dans le roman *Pour qui sonne le glas,* la vieille femme explique à Maria, la jeune et jolie Espagnole, que, dans une vie, on touche trois fois au nirvana. Cette nuit-là, Mirella avait touché au nirvana pour la première fois. Coïncidence, Maria et elle portaient un accessoire vestimentaire semblable : le bonnet de laine pour cacher la nudité du crâne. Maria avait été tondue par les nationalistes espagnols, elle par les médicaments qui combattaient le crabe.

Leandro. Où était-il à cette heure ? Que faisait-il ? Avait-il encore une pensée pour elle ? Et surtout, allait-il revenir en Bolivie ? Elle le souhaitait, mais pas avant quelques jours, quelques semaines, le temps de voir ses cheveux repousser, le temps d'être certaine que l'imposteur s'en était allé. Son aspiration fut si forte qu'une onde de joie la submergea.

— *Je suis l'oiseau qui reviendra à la nouvelle saison...*, chantonna-t-elle.

D'abord chuchotée, sa voix s'amplifia, retrouva les accents oubliés, la fluidité des notes. Étonnées, les vigognes levèrent la tête. Au lieu de se tourner vers la chanteuse, leurs oreilles cherchèrent dans la roche l'écho de ce nouveau langage. Conversation avec la montagne qui répondait. Ce fut un jeu. Refrain après refrain, son chant s'affermit, d'autres paroles surgirent de sa mémoire, et avec elles les souvenirs des concerts, les ovations de la foule... Elle ferma les yeux, le doute n'existait plus, elle chanterait à nouveau.

***

Avec le printemps austral, les touristes se raréfièrent. Le village s'installait dans une paisible routine qui allait durer plusieurs mois. Aidée de Li-Marco, moins sollicité, Isabel ne maintint plus qu'une seule serveuse en cuisine. Les autres s'en allèrent rejoindre les équipes des peigneuses et tricoteuses pour approvisionner le magasin artisanal en pulls, bonnets, écharpes. Grâce aux ouvriers italiens, l'auberge conservait une petite activité.

Un soir, ils arrivèrent bien après la tombée de la nuit, prirent place à leur table habituelle à l'exception d'un grand gaillard aux larges épaules, aux cheveux grisonnants. Son regard chercha Mirella qui terminait son repas. La main tendue, le sourire aux lèvres, il s'avança vers elle.

— Mademoiselle Abrial ? Mirella ?

Elle acquiesça d'un signe, serra une poigne ferme.

— Alvise Petroni, le nouveau chef d'exploitation. Je suis heureux de vous rencontrer. Mes fils ont tous vos disques. Et moi, je vous ai vue en concert à Milan.

— Je suis flattée, monsieur Petroni. Ici, je suis plutôt une anonyme. Comment avez-vous appris que j'étais là ?

— Par Leandro. Je l'ai croisé à une réunion.

— Leandro !

Il se méprit sur le ton de sa voix, crut à une interrogation.

— Oui, Leandro Sforza. Vous vous souvenez ?

Si elle se souvenait !

— Il m'a beaucoup parlé de vous.

Elle tressaillit. Que pouvait avoir raconté Leandro ? Était-il ce genre de goujats qui se vantent auprès d'un copain de leur nuit de débauche. Avait-il traduit femme fragile par fille facile ? Cette pensée traversa douloureusement son cœur.

— Votre nom n'a pas cessé de lui trotter dans la tête. Ce n'est qu'une fois au pays qu'il s'est souvenu. Mirella, Mirella Abrial, la célèbre chanteuse.

Maintenant il savait.

— Il m'a fait jurer de ne pas le crier sur les toits.

Elle hocha la tête, mais conserva un mutisme attentif.

— Comment allez-vous ?

Ce n'était pas une formule de politesse, mais un réel intérêt.

— Que vous a-t-il dit ?

— Cancer de la gorge. C'est resté entre nous. Vous permettez ? demanda-t-il désignant une chaise de la main.

Il s'assit en face d'elle, leva la main pour appeler Isabel.

— Un verre de vin ? Vous comme digestif et moi comme apéritif, dit-il après avoir jeté un rapide coup d'œil sur son assiette vide. Il m'a parlé de vous, de votre désir de vous retirer du monde et de garder cela secret.

Isabel apporta la bouteille, les verres, lui évitant de répondre.

— Un vin du Chili, annonça-t-elle en extrayant le bouchon d'une main experte. Vous verrez, il est excellent.

Elle s'éloigna avec un clin d'œil espiègle à l'intention de Mirella. Alvise Petroni remplit les verres, goûta en premier, claqua la langue, satisfait.

— Elle a raison, il est bon. Pas à la hauteur de nos vins italiens, mais appréciable. À votre santé ! lança-t-il. Mon vœu n'est pas une parole en l'air. Il est sincère.

— Je vous remercie.

Ils burent en silence, prenant le temps de déguster le breuvage.

— Vous êtes ici pour longtemps, monsieur Petroni ?

— Probablement plusieurs semaines. En fait, votre question en cache une autre : est-ce que Leandro va revenir ?

Elle se sentit rougir, incapable de maîtriser la gêne qui s'emparait d'elle à l'idée d'être percée à jour.

— Il reviendra sans doute, mais dans combien de temps, je ne saurais le dire. Tout dépend de ce qui va se passer avec l'Etna. Il devait me remettre une lettre avant mon départ. Ça ne s'est pas fait ; la dernière réunion a été annulée. Deux jours plus tard, je prenais l'avion pour La Paz. Je ne l'ai pas revu.

Joie et déconvenue à la fois. Elle dissimula ses sentiments derrière un sourire.

— Peut-être voulait-il simplement une dédicace ?

Il leva son verre, regarda la lumière jouer à travers la couleur du vin, but une gorgée.

— Ce n'est pas son genre de courir après une célébrité pour une signature.

Il se tut. Réfléchissait-il au contenu du message ? S'interrogeait-il sur ce qu'avait pu être leur relation ? Elle prit la décision d'être claire.

— Leandro et moi avons été très proches.

— Intimes ?

— Oui, c'est ça. Intimes.

Elle toucha la médaille autour de son cou.

— Il l'a oubliée chez moi. Il ne vous en a pas parlé ?

— Non. Leandro est un gars discret. Quand on se voit, on parle boulot, déplacement, un peu de la famille. Il connaît mes garçons. Ils sont presque du même âge. Ça ne va pas plus loin. C'est bien que ça se soit passé comme ça entre vous. J'ai une adresse au siège social de la compagnie, si vous voulez lui écrire.

Elle fit non de la tête.

— Vous avez raison. Deux mois avant d'avoir une réponse. D'ici là, vous serez guérie. J'aperçois déjà quelques mèches qui dépassent de votre bonnet.

— Parce que je ne prends plus mon traitement.

Elle l'ôta délicatement, attendit sa réaction.

— Sigourney Weaver dans un de ses films, dit-il en hochant la tête. Je ne sais plus lequel. Je sais seulement qu'elle était magnifique. Vous lui ressemblez.

Elle le remercia d'un sourire.

— Si vous avez arrêté le traitement, c'est que vous avez mis votre espoir de guérison ailleurs.

— C'est bien possible.

— La chimio ne sert à rien si les malades ne donnent pas un but à leur vie. Et vous, quel est votre but ? Le retour à la chanson ?

— Si vous saviez combien j'ai hâte de remonter sur une scène.

— Invitez-moi à votre prochain concert.

— Je n'y manquerai pas.

Ils jouaient sur des incertitudes, ils le savaient. Mais c'était bon d'y croire.

— Voilà la patronne qui arrive avec les plats. Les copains s'impatientent, lança-t-il en repoussant sa chaise. Je vous laisse. On se verra plus tard.

Il se leva, fit trois pas, se retourna.

— Un de nos techniciens a apporté sa guitare. Je serais heureux que vous nous chantiez quelque chose un de ces soirs. Si vous êtes d'accord, bien sûr...

Avec l'arrivée d'Alvise Petroni, le voile fut levé sur son identité. Bientôt, tout le village sut qu'il abritait une célèbre chanteuse. Elle n'écrivait pas un livre, elle écrivait des chansons.

— Pourquoi nous l'avoir caché ? lui reprocha Ricky.

— Je n'ai pas envie de voir débarquer une armada de journalistes en quête de sensationnel. J'ai un cancer. Vous imaginez le scoop ! La télévision serait capable d'affréter un hélicoptère, d'offrir une fortune à Sam et à son avion, pour un film de trois minutes.

— Le village envahi par les médias, ça me plairait bien.

— Non, Ricky. Au début peut-être. Après, c'est vous qui me chasseriez. Les journalistes partis, d'autres meutes suivraient. C'en serait fini de votre tranquillité. Vous les auriez partout, à souiller votre source d'eau chaude, à grimper sur votre clocher, à courir après les flamants rien que pour le plaisir de les voir s'envoler. Ils iraient jusqu'à dresser une antenne satellite, une énorme parabole au milieu des pâturages pour avoir du réseau. Les vigognes n'aimeraient pas ça. La Pachamama non plus.

C'est cette dernière évocation qui fit pencher la balance. Ricky hocha la tête.

— Mais vous chanterez pour nous ?

— Pas avant d'avoir répété. Je dois m'entraîner.

— Comment ça, vous entraîner ?

— Juste un peu ; juste pour retrouver ma voix. Je n'ai pas l'intention de pousser la chansonnette comme on le fait quand on est sous la douche. Je veux faire quelque chose de beau. Et je chanterai en espagnol.

— En vraie professionnelle.

— Oui, comme l'a fait votre fils quand il est venu pour la naissance de Maria-Salva.

Alvise Petroni lui présenta le guitariste : Marcello, la quarantaine, qui se donnait des airs gitans, cheveux longs, anneau à l'oreille, collier de fèves sèches. Comme beaucoup d'entre eux, il jouait divinement. Il fut heureux de rencontrer Mirella qu'il connaissait de notoriété sans l'avoir jamais entendue chanter.

— Moi, c'est plutôt le hard-rock.

— Chacun ses goûts, répondit-elle avec un sourire.

Ils se ménagèrent quelques moments de liberté pour étudier les partitions. Ils mirent au point trois chansons. « Pas une de plus », insista-t-elle. Distraire sans lasser. Se faire connaître sans s'imposer. Marcello partageait cette opinion.

Le concert fut organisé en plein air, un samedi soir, pour permettre aux jeunes, pensionnaires, d'y assister. Tous les villageois étaient là, curieux de voir comment celle qu'ils croisaient tous les jours, avec laquelle ils parlaient de la pluie et du beau temps, l'étrangère qu'ils avaient fini par considérer comme une des leurs, allait se métamorphoser en chanteuse. Et pas n'importe quelle chanteuse, une célébrité, disait-on. Même que les

Italiens la connaissaient et qu'ils avaient des enregistrements sur leurs ordinateurs.

Devant son miroir, Mirella ne parvenait pas à maîtriser sa nervosité. Autrefois, dans sa loge, elle disposait d'une maquilleuse, d'une coiffeuse, parfois d'une habilleuse, quand un couturier lui demandait de porter un de ses modèles. Ce soir-là, elle était seule, mais aussi fébrile qu'avant une représentation. Elle pensa à Charlotte. Elle eût aimé la savoir ici, être rassurée par ses conseils. Son amie lui manquait. Elle dessina le contour de ses yeux, de ses lèvres, ce qu'elle ne faisait plus depuis qu'elle était ici, caressa d'une main tremblante la fine toison de ses cheveux. Ils repoussaient, c'était indéniable, mais différents. Plus fins, bouclés, alors qu'elle les avait toujours connus raides ; plus clairs aussi, avec des reflets roux, des cheveux de bébé. Elle repoussa le bonnet de laine, choisit un carré de soie coloré qu'elle noua derrière la nuque, laissant les deux pans retomber sur son épaule à la manière des jeunes Espagnoles du siècle passé, une jupe évasée, un haut sans manches sur lequel elle posa son écharpe en laine de vigogne, autour de son cou, la médaille de Leandro tel un porte-bonheur.

Manuel et Carla l'attendaient à la porte. Carla s'extasia sur sa tenue, Manuel apprécia d'un hochement de tête et, jouant le rôle du présentateur, la prit par la main pour la conduire sur la scène, où Marcello accordait sa guitare. À la différence de Mirella, il paraissait très détendu. Il avait noué ses cheveux en catogan, portait un tee-shirt à la gloire d'une équipe de football sur un jean sans couleur. Sa présence nonchalante rassura Mirella. Au premier rang, elle aperçut Gabriela, assise près de Yok, Ricky, sa fille dans les bras, Wendy entre ses deux garçons, les amis, les voisins, les Italiens ; d'autres arrivaient, tout un public qui la regardait, les uns avec perplexité, les autres avec une attention nouvelle, comme s'ils la voyaient pour la première fois. Il y eut quelques applaudissements réservés. On ne se prononçait pas. On leur avait annoncé une chanteuse de renom. Ils attendaient confirmation.

Mirella eut la sensation de se retrouver des années en arrière, quand elle devait se soumettre à des auditions. Comme autrefois, le doute et l'appréhension s'emparèrent d'elle. Ce fut Marcello qui la tira d'affaire en jouant les premières notes. Elle ferma les yeux, se laissa emporter par la mélodie. Puis sa voix s'éleva, d'abord murmure, avant de s'affermir, soutenue par la guitare. À mesure qu'elle avançait, elle retrouvait les inflexions, gravité dans les basses, cristal dans les aigus. « Joue avec ta voix, caresse les paroles comme si c'était du velours », répétait Charlotte. Elle fit signe à Marcello d'enchaîner sur la deuxième et la troisième chanson sans faire de pause. Elle avait la légèreté du timbre, la maîtrise du souffle. Elle chanta la guerre et la paix, l'amour perdu et revécu, la souffrance et l'espoir. Les mots touchent autant que les notes. Ce n'était pas par hasard qu'elle avait choisi ces chansons. Portant une main à sa gorge, elle chercha le mal, ne trouva que la vibration. *La musique me réconcilie avec la vie*, pensa-t-elle. *Je chante la vie.* L'idée s'imposa avec force. Chanter pour vivre. Vivre pour ne pas mourir. Debout, derrière la foule, elle aperçut Jhonatán, croisa son regard. *Puissiez-vous avoir réussi.* Principal témoin des émotions, sa voix avait la couleur de la gratitude.

Quand Marcello plaqua les derniers accords, qu'elle salua en s'inclinant profondément, comme elle le faisait à chaque représentation, il y eut un instant de silence. Sidération. L'étonnement et l'incrédulité. Puis ce fut une tempête d'applaudissements. Alors elle sut qu'elle avait gagné. Elle ne savait pas quoi ; mais elle avait gagné. Les yeux embués de larmes, elle salua une seconde fois, porta ses deux mains à ses lèvres en signe de baisers. Ils célébraient sa voix, sa musique, son talent. Elle vivait un moment exceptionnel, le retour à la chanson, le retour à la vie.

Marcello posa sa guitare, la serra dans ses bras, les yeux brillant de fierté.

— Bravo. Maintenant, je pourrai me vanter d'avoir accompagné la grande Mirella.

— Merci, Marcello. Vous êtes un musicien exceptionnel.

Elle fut aussitôt entourée, embrassée, félicitée.

Les questions fusaient autour d'elle.

— On ne savait pas. Qui pouvait se douter ?

— Alors c'est vrai ? Vous êtes une chanteuse célèbre ?

— Et c'est vous qui composez les textes ?

Elle acquiesçait, souriait avec une sensation d'irréalité qui anesthésiait les derniers doutes, la plongeait dans une joie proche de l'euphorie. Une euphorie qui l'accompagna tout au long de la soirée, ne la quitta pas de la nuit, la tenant éveillée jusqu'à l'aube où elle put enfin trouver le sommeil.

11

Charlotte atterrit à Uyuni au petit matin, après plus de trente heures d'un voyage épuisant. Depuis quelques années, les attentes aux contrôles étaient devenues un enfer. Files interminables dans des chicanes, piétinant debout, avançant pas à pas, après n'avoir dormi que quelques heures de manière sporadique. Elle était épuisée. Elle demanda au premier chauffeur qui accourait vers elle – Delsin, lut-elle sur son badge – de la conduire à l'hôtel, n'importe lequel. Elle lui dit qu'elle n'avait rien retenu et qu'il lui fallait absolument dormir. Le décalage horaire, l'altitude, le manque de sommeil dissolvaient ses capacités de réflexion. Il lui fallait impérativement une douche et un lit.

Delsin était dans une mauvaise passe. Sa femme venait d'être hospitalisée – des complications après l'accouchement de leur premier bébé. Les soins coûtaient cher ; la nourrice, la meilleure qu'ils aient pu trouver, ne voulait pas être payée de promesses en l'air.

Cependant il croyait en sa chance, il croyait surtout en la Sainte-Mère dont la médaille se balançait à son rétroviseur. C'est vrai qu'elle avait d'autres chats à fouetter, la Sainte-Mère, et qu'elle l'abandonnait souvent à ses misères. Ce matin-là, justement, la vierge lui faisait signe. Cette femme, avec son langage parfait teinté d'accent, ses bagages d'une grande marque de maroquinerie, son tailleur-pantalon impeccable malgré les heures de vol, laissait derrière elle un parfum de dollars à laquelle il ne fut pas insensible. Il fut discret et poli et la déposa devant le plus bel hôtel de la ville. Delsin savait qu'il recevrait une gratification du gérant tout en espérant un bon pourboire de sa cliente. Ce qui n'était pas certain, car les touristes fortunés n'étaient pas toujours les plus généreux. La plupart du temps, c'était l'inverse. Il l'accompagna dans le hall une valise dans chaque main, ignorant les roulettes. Il aurait volontiers appelé l'ascenseur si le liftier n'était pas intervenu. Comme elle lui glissait une poignée de billets dans la main, il s'enhardit :

— Madame, si vous avez besoin d'un chauffeur pour visiter la ville et ses environs, je connais tout par cœur, le musée archéologique, le cimetière des trains, le salar d'Uyuni…

— Je dois me rendre au village de Chiquena, coupa-t-elle.

Delsin resta muet.

— Vous ne connaissez pas Chiquena ?

Il mit quelques secondes avant de répondre. Mais la Sainte-Mère lui tapa sur l'épaule.

— Je n'y suis jamais allé, mais je sais où ça se trouve, répondit-il d'une voix précipitée. Los Lípez. Il n'y a pas de route, seulement une piste. Difficile avec une voiture ordinaire… comme la mienne…

— Je suis au courant. Ce n'est pas grave. Je vais peut-être louer les services d'un petit avion…

— Non, non, attendez. Il y a une agence de location de voitures pas loin d'ici. Je vais m'arranger et trouver un 4 × 4. Quelque chose de confortable. Ça vous reviendra moins cher qu'un avion et vous verrez le paysage.

— Si vous le dites.

— Quand voulez-vous partir ?

— Demain matin, ce serait bien.

***

Ils prirent la route une heure après le lever du soleil. Sur le toit de la voiture avait été fixé le dispositif lumineux avec le mot « taxi » en rouge. C'était un véhicule tout-terrain, quasiment neuf, le plus beau sans doute de toute l'agence, équipé de bons pneus, d'un treuil à l'arrière et d'une flopée de jerricans sur le toit.

— Eau et essence, expliqua Delsin. On ne sait jamais.

— Vous croyez qu'on va tomber en panne ?

— Non, mais c'est obligatoire quand on traverse Los Lípez. Des tas de gens se sont perdus et ont tourné en rond pendant des jours à la recherche de la piste. Ne vous inquiétez pas, ajouta-t-il devant son air sceptique. J'ai une boussole.

— Une boussole ?

— Pas de GPS. Pas de réseau. C'est ce que vous appelez une zone blanche ou noire, selon le point de vue où on se place. Soyez sans crainte, on sera à destination dans quatre ou cinq heures. Chiquena n'est pas le bout du monde.

Non, mais ça n'en est pas loin, songea Charlotte en s'installant à côté du chauffeur.

Après une bonne nuit de sommeil et un solide petit déjeuner, elle se sentait mieux. Restait l'adaptation à l'altitude. Elle ne s'en sortait pas trop mal, à l'exception de quelques maux de tête passagers que Delsin s'empressa de dissiper en l'abreuvant de thé-coca préparé à l'avance dans une Thermos. Sa femme leur avait aussi donné une quantité de sandwichs à la viande de lama que Charlotte trouva fort bons.

Quand ils arrivèrent à Chiquena, elle savait tout de Delsin, de son travail, de sa famille, de ses projets comme celui d'apprendre une langue étrangère, de servir de guide aux touristes. De son côté, Charlotte n'avait pas dissimulé la vérité. Elle était manager et s'occupait de la carrière de plusieurs professionnels de la variété. Elle se rendait à Chiquena pour rencontrer un de ses clients et décider de son avenir. Elle n'entra pas dans les détails, mais le peu qu'elle servit à Delsin le remplit d'étonnement et d'admiration.

La voiture s'arrêta devant l'auberge. Li-Marco et Isabel sortirent aussitôt, Gabriela et Wendy abandonnèrent leur tricot. Ricky les rejoignit ainsi qu'une ribambelle de gamins curieux. On ne s'aventurait pas à Chiquena sans prévenir, encore moins en taxi. Les tour-opérateurs réservaient des mois à l'avance et les touristes indépendants se renseignaient sur les disponibilités quelques jours avant de débarquer. Une arrivée à l'improviste relevait de la folie sur les hauts plateaux.

Tous jaugèrent le véhicule avant même son arrêt complet. Animés des sentiments les plus divers, curiosité, méfiance, intérêt, ils regardèrent en descendre la jeune femme élégante, mais couverte de poussière de la tête aux pieds. Ils demeurèrent immobiles, muets tandis que chauffeur et passagère échangeaient, l'un sa carte professionnelle, l'autre une liasse de billets.

— Vous repartez tout de suite ? interrogea la femme. On peut boire un verre ici.

— J'ai tout ce qu'il faut dans la glacière. Et si je ne rapporte pas la voiture ce soir, l'agence va envoyer toutes les voitures de police à mes trousses. Pas par crainte pour ma sécurité, mais pour récupérer l'engin.

Ils rirent comme de bons amis. Puis la voiture fit demi-tour et s'éloigna, laissant derrière elle un sillage de sable brillant sous l'éclat du soleil.

Ricky s'avança.

— Bonjour, madame.

— Charlotte Montero, dit-elle en tendant la main. Vous devez être le chef du village. Mirella m'a parlé de vous. Je suis son agent.

***

C'était le premier bain de Maria-Salva dans la source d'eau chaude. Yok marchait lentement dans le bassin et la promenait entre ses bras à la surface de l'eau. La petite semblait apprécier et gazouillait en réponse aux comptines de sa maman.

— Votre fille est magnifique, dit Mirella qui se prélassait tout près, et vous prenez tellement soin d'elle !

Yok sourit de contentement.

— Voulez-vous la tenir pendant que je me change ? La récréation a suffisamment duré pour ce petit bout. Maintenant que je sais que ça lui plaît, je reviendrai plus souvent.

Le bébé changea de bras. Comme chaque fois qu'elle avait eu l'occasion de la porter, une vague d'émotion lui serra le cœur devant tant de fragilité et d'espérance. Mais elle n'eut pas le temps d'apprécier ce grand moment, une fillette courait sur le sentier en criant.

— Mirella ! Mirella ! Il y a une dame au village qui veut vous voir. Elle est arrivée en taxi. Une Française, comme vous !

***

— J'ai l'impression d'atterrir sur une autre planète, avoua Charlotte en secouant la tête.

— Ce n'est pas une impression. Ce village est une autre planète.

Elles étaient installées dans la cuisine, de part et d'autre de la table où une bouteille de vin rouge remplaçait la théière. Dehors, la nuit apportait son silence et sa sérénité. La surprise avait été totale pour Mirella. Les embrassades s'étaient prolongées, noyées d'émotion, de larmes aussi. L'une après l'autre, elles avaient raconté leur histoire. Questions et réponses avaient fusé sans interruption jusqu'au moment où, quand elles avaient été rassasiées de nouvelles, quelques pauses étaient venues émailler la conversation.

— Alors, tu t'es réconciliée avec ton père, constata Charlotte en croquant une galette de quinoa.

Mirella parcourut la pièce du regard, réfléchissant rétrospectivement à ce qui s'était passé en elle.

— Je me suis rendu compte que j'avais réagi comme une femme bafouée. Avec le temps, j'ai compris que ce n'était pas si grave.

— Tu as changé. Tu n'avais pas cette ouverture d'esprit auparavant.

— Je ne suis plus la même. C'est comme si j'avais franchi une porte. Les parents ne sont jamais parfaits, mais ils sont précieux. La vie m'est précieuse.

— Avec ou sans Leandro ?

Mirella se tut, cherchant la bonne formule, touchant la chaîne à son cou.

— Fatalement sans lui. L'histoire est terminée. Deux adultes consentants, conscients de la brièveté de leur relation et l'acceptant comme un don du ciel ou du hasard. Une nuit d'amour parmi les dizaines que nous pouvons avoir vécues ou que nous vivrons. Lui, qui assouvissait un désir, moi qui cédais, assoiffée de tendresse.

Elle baissa les yeux.

— J'ignorais que ce souvenir serait si puissant et qu'il me hanterait jusqu'à n'en plus dormir.

— Tu es amoureuse.

— Un mot trop fade pour dire ce que je ressens.

— Tout n'est peut-être pas fini. N'oublie pas qu'il a tenté de renouer par l'intermédiaire de cet ingénieur italien.

Mirella eut un geste vague de la main.

— Il pouvait écrire à la maison de disques.

— Et la lettre aurait atterri à la direction des ventes, puis à la production avant d'arriver à ton appartement de Paris que tu as vendu.

— Il y a les réseaux sociaux, Internet, Facebook, Twitter…

— Pourquoi l'aurait-il fait ? Il sait très bien qu'ici tu n'en aurais rien su.

Mirella ferma les yeux. Charlotte poursuivit :

— Cesse de penser que le lien est rompu. Accorde-toi un rêve. Imagine une missive qui se promène à travers la France. Paris, Menton, Rouen… Un jour ta mère va t'annoncer qu'un courrier est arrivé à ton intention.

Mirella but une gorgée et se mit à rire, retrouvant sa bonne humeur.

— Si tu savais tous les films que mon imagination a inventés ! J'en ai parlé aux volcans, à la source d'eau chaude. J'en ai même parlé aux vigognes.

— Et que t'ont-ils répondu ?

— Rien. Ou plutôt, si, une phrase, une seule : c'est toi qui crées ta vie.

Dans le silence soudain, les mots flottèrent comme les nues au-dessus d'un lac : « C'est toi qui crées ta vie. » Dehors, les derniers consommateurs quittaient l'auberge. Comme chaque soir, c'était Li-Marco qui les mettait dehors. Le verbe était haut et les esprits embrumés.

— Et toi, Charlotte ?

— Milos termine sa tournée en Grande-Bretagne. Moi, je suis ici. Nos esprits se rejoignent au-dessus des océans.

— Que va devenir Cédric ?

Elle haussa les épaules.

— Il va chercher une bonne âme sur laquelle exercer son pouvoir. C'est dans sa nature. Il lui faut quelqu'un à manipuler, comme il m'a manipulée. Figure-toi que, jusqu'à la dernière minute, j'ai eu peur. Je m'étais imaginé qu'il allait me rejoindre chez Milos. Je n'avais pas confiance en moi. J'avais claqué la porte, mais je ne sais pas comment j'aurais réagi s'il était venu, ce soir-là. Je le connais. Il aurait pleuré, se serait lamenté sur son sort. « Tu es ma grande sœur, tu ne peux pas m'abandonner. Ne me laisse pas, j'ai besoin de toi… » Je l'ai entendu si souvent, jouant la corde de la sensibilité, des émotions, des souvenirs communs : « On a fait tellement de choses ensemble. » Toujours la même histoire. Lui, la victime et moi, le bourreau. Et peut-être que je me serais laissé fléchir. Aux yeux du monde, je suis quelqu'un de fort, de solide. Mais nous avons tous nos faiblesses, notre talon d'Achille. Ce n'est pas facile de faire sa valise et de tourner la page. Heureusement, j'avais Milos et je t'avais, toi. Je savais où te trouver. Il n'y a qu'une fois assise dans l'avion que j'ai éprouvé un réel soulagement. Nous sommes en fuite toutes les deux.

Mirella tendit la main vers la bouteille, versa ce qu'il restait dans leurs deux verres, se leva pour en chercher une autre.

— Laisse tomber ! Une bouteille à deux, ça suffit !

— C'est un vin de la région. À peine dix degrés. Il est bon et se boit comme du jus de fruits. Je l'achète à Isabel.

— Elle m'a installée dans la plus grande chambre de l'auberge avec vue sur la chaîne de volcans. Crois-tu que j'aurai la chance de voir planer le grand condor des Andes ?

— Le grand condor, murmura Mirella d'une voix changée. Je n'ai jamais perçu une telle puissance. L'oiseau mythique qui règne sur le ciel ; le monde est son royaume, les nuages son trône. Quand il s'est approché de la falaise, impavide, hautain, les ailes gigantesques, je me suis sentie… insignifiante. Oui, c'est ça, insignifiante. Sensation d'humilité face à cette démesure.

Elle se tut, but une gorgée, perdue dans le souvenir.

— Et Jhonatán a fait le reste, conclut-elle.

— Demain ou après-demain, je t'emmène à La Paz, décida Charlotte. Je veux que tu fasses des examens. Tu as confiance en ton chamane, d'accord, mais la confiance ne suffit pas. Je veux des preuves. Des preuves scientifiques.

— Moi aussi, j'ai besoin de savoir.

Charlotte se leva. Mirella la raccompagna jusqu'à l'auberge. Elles s'embrassèrent avec chaleur.

— Je suis contente que tu sois là, dit Mirella.

— Moi aussi, je suis heureuse d'être venue…

Charlotte s'arrêta devant l'entrée, se retourna vers son amie.

— Tu as vu ? Les portes sont en paille tressée.

— La paille de quinoa. Le bois est rare ici. Une autre planète.

***

La Paz étirait ses tentacules dans toutes les directions, mégalopole indifférente au relief. Elle rampait aussi bien sur les pentes qu'au fond des ravines, sous un ciel balafré de câbles, anesthésiée par le chant des télécabines qui s'entrecroisaient dans un ballet sans fin. Jungle humaine, rayonnante de poussière sous le soleil des hauts plateaux, La Paz rugissait, klaxonnait, chantait, dansait, défilait. Là, le cortège des écoles de musique en costumes folkloriques côtoyait la parade militaire au pas de l'oie. Plus loin, la Vierge dans sa châsse dorée, portée par une cohorte d'enfants de chœur en aube blanche, croisait la manifestation des *cocaleros* brandissant drapeaux et pancartes.

— Qu'est-ce qu'ils réclament ? interrogea Charlotte.

— La dépénalisation de la coca.

— Pour quoi faire ? Ils en consomment tous. Et nous aussi.

— La dépénalisation *internationale.*

— Et la Madone, qu'est-ce qu'elle réclame ?

— La même chose que la Pachamama : le retour à la nature, l'équilibre entre les humains et la planète. La fin de l'explosion démographique qui la bouffe jusqu'au cœur…

Charlotte s'arrêta essoufflée au bord du trottoir d'une rue à la pente vertigineuse.

— J'ai mal dormi et j'ai l'impression de souffler comme un bœuf devant la charrue.

— C'est toi qui as choisi l'hôtel, sur El Alto, à quatre mille deux cents mètres, raison pour laquelle tu mastiques des feuilles de coca. Moi, ça fait plus de quatre mois que je suis ici. Je suis acclimatée.

Leur taxi les avait laissées près de la vieille ville qu'elles souhaitaient traverser à pied avant de remonter en direction du Centre général de la santé, gigantesque hôpital sur plusieurs étages qui n'en finissait pas de pousser ses murs.

— Inquiète ?

— Non. Curieuse de savoir si l'heure du rendez-vous sera respectée.

La salle d'attente du pavillon dévolu aux malades du cancer était bondée, mais elles eurent la chance de passer avant d'autres patients sans vraiment en comprendre la raison. L'oncologue, Valeria Perez-Moreno selon la plaque sur la porte de son cabinet, était une femme à peu près du même âge que Charlotte ; maquillage soigné, blouse blanche sur jupe tailleur, cheveux noirs relevés en chignon retenu par des peignes de nacre, pas de bijoux à l'exception d'une belle montre sertie de brillants. Le docteur Perez-Moreno n'avait pas le sourire facile. Les doigts croisés sur son sous-main, elle écouta attentivement Mirella racontant son parcours : examens effectués en France, traitement oral, refus du protocole traditionnel. Charlotte resta en retrait tandis que Mirella sortait de son sac les prescriptions ainsi que les boîtes de médicaments et les notices qui les accompagnaient. Investie de l'autorité que sa position sociale lui conférait, la spécialiste se permit quelques reproches savamment dosés pour exprimer sa réprobation devant une attitude qu'elle qualifia d'irresponsable. Puis elle prit connaissance des papiers avec une attention toute professionnelle et posa quelques questions sur les inévitables effets secondaires. Mirella répondit qu'elle n'en avait plus, passant sous silence le fait que depuis bientôt un mois, elle avait cessé de prendre son traitement.

Bien entendu, elle ne mentionna pas l'intervention d'un chamane, du grand condor ni de la Pachamama. Ici, se dressait le temple de la médecine. Le monde de la science, pas celui des sorciers.

D'une écriture parfaitement illisible pour des non-initiés, Valeria Perez-Moreno gribouilla plusieurs formulaires, prescrivit une série d'analyses et de radios qu'elle balafra de hiéroglyphes avant de poser la question cruciale des honoraires.

— Si vous avez des assurances pour la prise en charge, cela risque de prendre plus de temps.

— Je n'ai pas d'assurance. Je règle tout. En une seule fois.

— Alors, ça ira vite. Le laboratoire se situe au rez-de-chaussée. Vous aurez les résultats dans moins de deux jours. Passez me voir dès réception même sans rendez-vous.

— Système à l'américaine, énonça Charlotte une fois dehors. Tu paies cash et tu es servi en premier. Comment te sens-tu ?

— Bien. À part le bras où l'infirmier a fait la prise de sang. Il m'a fait mal. Un débutant probablement. Il tremblait comme une jeune vierge au soir de ses noces.

— Il t'a reconnue.

— Quoi ?

— Je ne plaisante pas. Il t'a reconnue et va raconter à tous ses copains qu'il a piqué la célèbre chanteuse Mirella. J'ai vu ton dernier album à l'aéroport. Tu commences à être connue en Amérique du Sud, ma chère !

***

Deux jours à attendre. Deux jours à tuer.

— Non, deux jours à flâner, précisa Mirella.

— À respirer les vapeurs d'essence de ces minibus prêts à rendre l'âme, rétorqua Charlotte.

— À se laisser bousculer par les piétons, à visiter les églises, à boire le thé-coca en mangeant des beignets...

— À tenter de comprendre ces inextricables nœuds de câbles électriques à chaque coin de rue. Comment font-ils pour s'y retrouver ?

— La Paz. Tu aimes ou tu détestes. Pas de milieu.

— Donne-moi ton avis.

Mirella prit une seconde de réflexion.

— J'aime.

Mais au fond d'elle-même, elle préférait le silence du désert, la solitude des volcans, le vide de l'Altiplano que comblent le rêve et l'espoir. Elle le lui dit.

Deux jours plus tard, malgré sa foi en Jhonatán, Mirella avait l'estomac noué en passant la porte de l'hôpital. Charlotte lui fit signe de la tête pour l'encourager. Elles suivirent le long couloir jusqu'au bureau du laboratoire où le responsable tendit une enveloppe. Mirella la prit comme on prend un tisonnier chauffé à blanc. Ses doigts tremblaient tellement qu'elle laissa échapper une des deux feuilles. Charlotte les lui prit des mains.

— Laisse-moi faire.

Il y eut quelques secondes interminables. Temps suspendu entre un avant et un après. Puis Mirella vit le sourire de son amie éclairer son visage.

— On ne saura jamais si c'est le traitement de ton chamane ou celui de la médecine, mais tout a l'air normal.

Elles tombèrent dans les bras l'une de l'autre sous le regard étonné du personnel et des patients. Mirella riait et pleurait à la fois.

— Je le savais, répétait-elle. Je le savais.

— Tu le savais, mais tu avais besoin d'une preuve scientifique.

Le soir, allongée sur son lit, Mirella flottait sur un nuage. Elles avaient fêté l'événement en s'offrant la meilleure bouteille du restaurant. Les effets de l'alcool renforçaient encore la volupté dans laquelle Mirella se délectait. Sensations aériennes, félicité absolue, vibration de l'âme.

Dans cet état d'euphorie, savoir ce qui l'avait guérie ne faisait pas partie de ses préoccupations. Quels avaient été les rôles de Jhonatán, de sa réconciliation avec son père, de ces mois de traitement ? *Les trois à la fois,* se dit-elle.

Il lui restait quelque chose à faire avant de revenir au monde : remercier Jhonatán, Wendy, Ricky, tous ceux de Chiquena, et leur dire son bonheur de les avoir connus. Elle écoutait battre son cœur dans le silence de la pièce. Dehors, la ville qui ne dormait jamais se jetait dans la fête nocturne avec d'autres acteurs, d'autres figurants, d'autres célébrations.

***

Dès qu'elle ouvrit les yeux, le lendemain matin, elle aperçut le papier glissé sous sa porte.

« *J'ai une visite à rendre. Profite de ta matinée. Je t'embrasse. Charlotte.* »

Mirella s'étonna de cette escapade, mais qu'importe. Charlotte était libre d'aller et venir où bon lui semblait. Tout en prenant son petit déjeuner, elle relut pour la dixième fois les conclusions de ses examens. Elle les connaissait par cœur. Chaque mot alimentait son bonheur, rajoutait une couche de soulagement, élevait sa gratitude. Laquelle n'allait qu'à Jhonatán : *merci.*

Elle prit le téléphérique pour se rendre au centre-ville. La plaque de la rue Linares se balançait au bout de son fil de fer. La boutique était toujours aussi sombre, les squelettes d'animaux suspendus au plafond toujours aussi poussiéreux, le chapeau de l'Indienne, dans son costume aymara, toujours aussi noir. La reconnaissait-elle ? C'était peu vraisemblable.

— Quand je suis venue, il y a quelques mois, vous m'avez prédit une vie pour une autre.

— C'est bien possible. Tu veux savoir la suite ? J'ai beaucoup de choses à dire à une belle étrangère qui change de vie.

— Je veux juste un renseignement. Comment pourrais-je remercier un chamane qui m'a aidée ?

— Un chamane, tu dis ? Qu'est-ce qu'il a fait ?

— Il m'a guérie.

— C'est bien possible. Les chamanes sont les émissaires des dieux. Tu peux lui donner de l'argent.

— Non, je veux quelque chose de plus particulier.

— C'est toi qui dois savoir. Achète-lui quelque chose, dit-elle en montrant le capharnaüm de sa boutique.

Mirella remplit son sac de friandises pour les enfants du village. Mais rien pour Jhonatán.

— Quel village ? demanda l'Indienne, curieuse.

— Chiquena, dans le Sud Lípez.

Elle fit la grimace.

— Le bout du monde.

— Oui, le bout du monde.

Charlotte l'attendait au bar de l'hôtel devant un verre de chicha, boisson bolivienne par excellence.

— Je te commande la même chose ? demanda-t-elle en guise de bienvenue. Celle qu'on nous sert ici est peu alcoolisée et il n'y a pas de contre-indications. Veux-tu savoir où j'étais passée ?

— Je suppose que tu voulais faire les magasins de la capitale.

— La haute couture de la Bolivie ne m'intéresse pas. J'avais un rendez-vous. Avec un homme.

— Déjà des infidélités à Milos !

Charlotte ne releva pas.

— Pas n'importe quel homme. *El señor Bonifacio Verdi.*

— Connais pas. Sans doute un hidalgo jeune, beau et sans le sou à qui tu vas faire une place dans ta clientèle pour le mener à la gloire.

— Faux sur toute la ligne. Ni beau, ni jeune et encore moins sans le sou. Une des plus grosses fortunes d'Amérique latine. Il brasse des millions de dollars chaque jour. Quant à la gloire, il s'en moque. Il se sert de celle des autres pour alimenter ses insatiables comptes en banque. Bonifacio Verdi est producteur et il a jeté un œil avide sur ta carrière. Il nous attend demain.

***

Bonifacio Verdi n'en pouvait plus de son immobilité forcée. Déjà, en temps normal, il exerçait sur son entourage une forte autorité que lui dictait son impatience dans les affaires à traiter. Sa jambe plâtrée, son fauteuil roulant n'avaient fait que renforcer ce trait de caractère, le transformant en un personnage tyrannique, toujours prêt à exploser contre une serveuse dont le pas lui semblait trop lent, contre son épouse, la troisième du nom et de vingt ans sa cadette, qui s'évaporait aussitôt par crainte de l'orage ou contre ce satané docteur et ses antalgiques qui le faisaient dormir. Or il ne voulait pas dormir, il ne voulait pas souffrir non plus. Il voulait continuer à gérer, à diriger et à faire avancer ses projets.

— Quand est-ce qu'elles arrivent ? cria-t-il à l'homme qui entrait dans la pièce.

Ramón, chauffeur, majordome, secrétaire particulier était l'homme de Verdi. Jusqu'à ce jour béni où son patron s'était cassé la jambe, Ramón s'était considéré comme l'esclave du maître, travaillant d'arrache-pied, devançant ses désirs et obéissant jusqu'à l'obséquiosité. Mais depuis l'accident, les rôles s'étaient inversés. Désormais, c'était lui le maître. Et il souriait intérieurement devant les joues congestionnées, les gestes fébriles, la sueur qui perlait au front, autant de preuves de la colère et de l'impuissance du célèbre producteur de spectacles.

— Est-ce que tout est prêt ?

— Le champagne est au frais et un traiteur doit livrer les en-cas…

— Je ne parle pas de la bouffe, hurla-t-il hors de lui. Je parle du contrat !

Déjà un taxi se présentait au portail.

— Elles arrivent, monsieur !

Il y eut quelques secondes d'attente, des rires étouffés. Bonifacio se raidit. Il n'aimait pas les rires. Il voulait être pris au sérieux. Quand les deux jeunes femmes avancèrent dans la pièce, il appuya les mains sur les accoudoirs de son fauteuil, esquissant un simulacre de salut, se figea aussitôt.

Par sainte Marie, qu'est-il arrivé à ses cheveux ?

Mirella et Charlotte lui tendirent chacune une main qu'il serra l'une après l'autre sans quitter Mirella du regard.

— Monsieur Verdi, je suis désolée de ce qui vous arrive, dit Mirella. J'espère au moins que vous ne souffrez pas trop. Charlotte m'a raconté votre accident.

— Une chute stupide que j'aurais pu éviter si ma gouvernante ne frottait pas si fort les escaliers. Mais laissons cela. Ma remarque va vous sembler impertinente, mais j'ai regardé hier encore des photos et des reportages et je suis surpris…

Mirella n'y alla pas par quatre chemins.

— Le cancer, monsieur.

Il y eut un silence prolongé.

— Mais c'est fini, ajouta-t-elle.

Au même instant, Ramón entra, mettant fin au sentiment de gêne qui planait dans la pièce. Il poussait devant lui un chariot couvert d'une nappe blanche avec de quoi nourrir et abreuver une cohorte d'affamés.

Trop habitué à être servi, Bonifacio Verdi n'y prêta aucune attention. Il dévorait des yeux la chanteuse, et dans son esprit les pensées bouillonnaient. Sa coupe rase était parfaite, mettant en valeur l'ovale du visage. La couleur, dans les blond foncé, s'accordait magnifiquement avec la carnation. Elle avait dû aussi perdre du poids car son pantalon glissait gracieusement sur ses hanches. Quel atout ! Si la chanteuse acceptait de dévoiler sa maladie et sa guérison, c'était le succès assuré. Déjà, il imaginait les affiches, les interviews, les reportages. « *Mirella, la rescapée… Mirella nous revient après des mois de lutte…* »

— Je suis ravi de faire votre connaissance, Mirella. J'ai une foule de projets vous concernant. J'en ai déjà discuté avec votre manager, Charlotte. Mais d'abord, buvons quelque chose.

Ils levèrent leur verre ensemble.

— À votre santé, Mirella ! Madame Montero…

— À votre prochain rétablissement, monsieur Verdi.

— Appelez-moi Bonifacio…

Ils prirent le temps de déguster tout en échangeant quelques banalités jusqu'à ce que Verdi s'écrie d'une voix de stentor :

— Alors, Ramón ! Ce contrat !

Ils restèrent jusqu'au soir à lire et à examiner le contrat point par point. Heure après heure, ligne après ligne, l'atmosphère au départ bienveillante se modifia. La tension monta. Boissons et en-cas subirent plusieurs agressions dévastatrices permettant de rester sur le mode du savoir-vivre. En milieu d'après-midi, la jeune et jolie Mme Verdi, poussée par la curiosité, fit une entrée remarquée pour serrer la main de la célèbre Mirella, mais à la vue du visage réprobateur de son mari, elle s'empressa de disparaître, prétextant un rendez-vous chez la manucure.

Enfin, les deux jeunes femmes se levèrent. Elles avaient le sourire et remercièrent le producteur pour son hospitalité et sa patience.

12

Elles n'avaient pas plus tôt franchi la porte, que Verdi explosait.

— Par tous les saints du ciel, je préférerais me casser l'autre jambe que de recommencer une telle expérience !

— Mais elles ont signé, convint Ramón, pas mécontent de voir son patron diriger sa colère sur quelqu'un d'autre que lui.

Au bord de l'apoplexie, Verdi s'épongea le front et, se penchant en avant, se servit un verre d'alcool fort qu'il avala d'un trait avant de s'en servir un second. À l'exception de la première coupe de champagne, il n'avait bu que du thé ou des jus de fruits, respectant son principe selon lequel un esprit embrumé raisonne moins bien et moins vite. Il s'était vite rendu compte qu'il allait avoir besoin de toutes ses facultés pour garder son sang-froid face à ces deux péronnelles.

— Jamais vu une fille aussi exigeante et aussi pointilleuse que cette Mirella ! rugit-il. Je lui finance une grande tournée à travers l'Amérique, je mets des sommes colossales à sa disposition et elle est là à ergoter sur le moindre détail. Que dis-je, des détails ? Non, pas des détails. Tout. Elle a refait TOUT le projet.

Il but de travers et faillit s'étrangler.

— C'est sûr qu'elle ne manque pas de tempérament, dit Ramón d'une voix tranquille.

— Ce n'est pas du tempérament, c'est de l'ingérence ! gronda Verdi entre deux quintes de toux. D'ordinaire, je traite avec le manager et l'artiste s'exécute. Point final. Le producteur finance, le manager dirige et la chanteuse chante. C'est comme ça que ça doit se passer. Mais pendant trois heures, Montero a laissé faire. C'est l'autre qui négociait. Et maintenant...

Animé d'une fureur qu'il ne contenait plus, il saisit une poignée de feuilles et les jeta à la volée dans la pièce.

— ... il faut tout reprendre.

— À mon avis, elles s'étaient mises d'accord avant de venir, observa Ramón en récupérant les papiers du contrat.

— Évidemment qu'elles s'étaient mises d'accord. Ce changement d'itinéraire ne s'est pas décidé comme ça. Elles avaient dû en parler avant. Commencer la tournée par La Paz ! Ce n'est pas ce que j'avais prévu. On faisait deux mois dans les grandes villes et le clou du spectacle, l'apogée, c'était La Paz. Mais non, il va falloir commencer par la fin.

— Vous savez, monsieur Verdi, ce n'est peut-être pas une mauvaise idée.

— Je n'ai pas dit que c'était une mauvaise idée. Bien au contraire. Et maintenant que j'y songe, je regrette de ne pas y avoir pensé plus tôt. Elle va relancer sa carrière ici, dans la capitale, et après, elle n'aura plus qu'à se laisser porter par le succès.

Le producteur marqua une pause.

— Ramón, ce premier concert doit être un triomphe. Tu vas recontacter tous les médias, la salle de l'opéra et même la scène du grand théâtre en plein air…

— Oui, monsieur.

Les joues empourprées, Verdi but une nouvelle gorgée plus lentement.

— Quand je pense qu'elle veut chanter à Uyuni ! Une bourgade de trente mille habitants ! Autant dire pour des prunes. Tout ça pour permettre au village de Chiquena de venir l'écouter.

Ramón tenta un apaisement.

— Elle a cependant accepté de modifier son style.

Verdi haussa les épaules.

— Ce n'est pas une concession, c'est ce qu'elle voulait dès le début. Montero me l'avait déjà dit au téléphone. Elle veut une musique des Andes. C'est au moins un point sur lequel on a tout de suite été d'accord. Ce sera excellent. Elle a passé ces derniers mois à composer. Mais, bon sang, pourquoi vouloir une autre formation ? Des Indiens en plus ! Je lui avais trouvé les meilleurs : Ignacio, Perez, Angela, Victor… On n'a jamais fait mieux. À la flûte comme à la guitare. Un orchestre andin, bien de chez nous, au top du top. Je suis contrarié, vraiment contrarié qu'elle ne veuille pas d'eux. Et qui a-t-elle choisi pour les remplacer ? Des gamins du conservatoire !

— Des jeunes qui ont du talent, monsieur. Ils ont souvent été récompensés.

— Mais je me fous de leurs médailles ! Ils n'ont aucune expérience, ils ne savent pas ce qu'est une tournée avec une chanteuse célèbre, la pression des médias, la tension des répétitions, l'adaptation à chaque type de public… Par bonheur, elle garde le grand guitariste Milos. Il a de l'autorité et va les prendre en main. Mais ce n'est plus mon domaine. C'est celui de Montero. Elle a l'intention de rester quelques jours à La Paz pour préparer les auditions. D'ailleurs, ce serait bien que j'assiste à l'une d'elles. Occupe-toi de ça, Ramón. Et, par la même occasion, trouve-moi un fauteuil roulant plus maniable que celui-ci !

***

Dans le taxi qui les ramenait à leur hôtel, Mirella fut la première à exprimer son soulagement.

— Au bout du compte, on est parvenus à un accord, dit-elle. À un moment donné, j'ai cru que Bonifacio allait tout envoyer promener.

— Il aurait eu tort. Et s'il l'avait fait, il nous aurait vite rappelées. Il sait où est son intérêt. Néanmoins, je comprends qu'il se méfie de ton choix.

— Quel choix ?

— Tes musiciens. Même moi, je suis sceptique. Ces jeunes du conservatoire…

— Ils sont bons. Je les ai écoutés. Ils sont vraiment bons.

— En tant que musiciens ou en tant que choristes ?

— Les deux.

— Quatre débutants, objecta Charlotte.

— Je te dis qu'ils ne sont pas débutants. Dirigés par Milos, ils deviendront de vrais professionnels. Quand peut-il nous rejoindre ?

Comme chaque fois qu'on évoquait le guitariste, Charlotte sentait monter en elle une vive émotion. Après sa tournée en Grande-Bretagne, il pouvait exiger de prendre quelques congés. Mais il lui avait promis qu'il serait toujours là pour elle, qu'il la rejoindrait dès qu'elle ferait appel à lui. « Je ne désire rien d'autre que de vivre avec toi le plus souvent possible. »

— Tu ne m'écoutes pas ! protesta Mirella.

Charlotte retrouva ses esprits.

— Que me disais-tu ?

— Je suggérais de passer au conservatoire.

— Maintenant ?

— On va fixer un rendez-vous à Guillermo.

Charlotte acquiesça, se pencha en avant pour demander au chauffeur de les y conduire.

Le Conservatoire National de musique était un bâtiment à trois étages en pierres de taille claires, barré d'un long balcon de bois. La porte à deux battants était largement ouverte et des flots de musique sans aucune cohérence ni harmonie s'en échappaient. Dans la cour intérieure, elles durent se renseigner plusieurs fois avant de trouver un responsable.

— Guillermo Sanchez Murillo ? Il est sans doute parti à cette heure. Mais je peux lui laisser un message. C'est de la part de qui ?

Charlotte nota le nom de Mirella et le sien sur un papier ainsi que l'adresse de leur hôtel.

— Dites-lui de consulter Internet avant de venir nous voir.

L'homme prit l'injonction pour lui. D'un naturel curieux, il pianota sur son ordinateur, fit défiler articles, photos et reculant sur sa chaise, jeta la tête en arrière, complètement abasourdi.

— Ben ça alors ! répéta-t-il plus de vingt fois. Elle était là devant moi.

* * *

Mirella reconnut aussitôt le fils de Ricky, dès qu'il poussa la porte du restaurant. Comment n'avait-elle pas remarqué la ressemblance extraordinaire avec son père ? Charlotte, qui tartinait joyeusement un petit pain de confiture, suivit son regard.

— Guillermo, je présume.

— Exactement.

À cette heure du petit déjeuner, il n'y avait pas grand monde dans la salle. Le jeune homme parcourut des yeux les quelques tables occupées. Son regard s'arrêta sur elles. Mirella lui fit signe. Il s'avança ; l'incrédulité se lisait sur son visage.

— Guillermo, je suis heureuse de vous revoir, lui dit Mirella en lui tendant la main.

— Vous êtes vraiment la chanteuse Mirella ?

— En personne, et voici Charlotte Montero, mon manager.

— Jusqu'à cet instant, je ne voulais pas y croire. Mon père m'avait parlé d'une Française venue s'installer au village. Si j'avais su que c'était vous…

— Je vous aurais interdit d'en parler. C'était mon secret. Asseyez-vous… Thé ou café ?

Le regard du musicien allait de l'une à l'autre, sans réaliser pleinement ce qui lui arrivait. Charlotte lui servit une tasse de thé, poussa l'assiette de pâtisseries dans sa direction, tout en observant ses cheveux ébouriffés, ses yeux noirs inquiets, cette carnation sombre de jeune Indien en pleine santé.

— Je vous ai applaudi lors de la fête donnée en l'honneur de votre petite sœur, Maria-Salva, commença Mirella. Vous et vos amis formez un bel ensemble. J'ai été à la fois surprise et impressionnée.

Il balbutia un remerciement, leva sa tasse, ne sachant pas s'il fallait boire ou la reposer. Hésitation remplie d'incrédulité.

— Ce qui m'a donné une idée, poursuivit la chanteuse d'une voix tranquille.

Si la salle avait été plus silencieuse, elles auraient pu entendre battre son cœur. Mirella décida de ne pas tergiverser plus longtemps et proposa sur le ton d'une banale conversation :

— Ça vous dirait de faire une tournée avec moi ?

***

Milos arriva trois jours plus tard. À l'aéroport, les retrouvailles furent chaleureuses. Mirella le trouva rajeuni, avec, dans les yeux, une lumière nouvelle qui ressemblait à du bonheur. Ce premier soir, à table, elle surprit plusieurs fois le regard passionné qu'il posait sur Charlotte. Avec un pincement au cœur, elle se souvint que Leandro avait posé sur elle ce même regard. L'expression sévère qu'elle lui connaissait lors des répétitions avait totalement disparu pour faire place à des sourires enjoués et des remarques amusantes. D'un commun accord, ils remirent au lendemain l'élaboration du projet. Milos accusait la fatigue. Il avait hâte de monter se reposer. Dans l'ascenseur, il entoura de son bras les épaules de Charlotte. Une fois devant leur chambre, Mirella leur souhaita une bonne nuit. Elle s'éloignait quand elle entendit Charlotte rire, et dans ce rire il y avait l'impatience et la joie de se retrouver seule avec lui.

Les jours qui suivirent se déroulèrent dans la fièvre et l'agitation. Les compositions musicales de Mirella furent adaptées, retravaillées pour chaque instrument. Milos était là pour superviser, éventuellement corriger. Il reconnut que ce qu'avait composé Mirella pendant ses mois de maladie était admirable. À croire que les volcans et les vigognes l'avaient inspirée, à moins que ce ne soit la peur de mourir et la volonté de laisser quelque chose après sa mort. Il fit seulement remarquer que l'orchestre avait besoin d'être renforcé. Charlotte proposa de faire appel aux professionnels que Bonifacio Verdi avait notés dans le contrat.

Mirella réfléchit.

— Il y aura des tensions entre les anciens et les jeunes.

— Pas si c'est toi qui chantes.

— Pas si c'est moi qui dirige, compléta Milos.

Mirella se retrouva bientôt entourée de huit musiciens et de trois choristes. Le producteur, accompagné de son fidèle Ramón, vint assister à l'une des répétitions dans la salle du *Gran Teatro.* Il demeura parfaitement immobile et raide dans son fauteuil roulant. À la fin, il se contenta de hocher la tête. Ce devait être là le seul signe de satisfaction qu'il connût.

— J'espère que vous allez vous occuper de ce jeune à la flûte, glissa-t-il à Montero. Comment l'appelez-vous déjà ? Guillermo ? Il est prometteur.

— J'y ai songé, figurez-vous.

— Alors, notre collaboration ne se terminera pas avec la fin de la tournée. J'en suis très heureux. Comment se passe la cohésion entre les professionnels et les débutants ?

— Tous sont terrorisés à l'idée de déplaire à Mirella. L'unité s'est faite grâce à son talent, à son charisme. Ils ne reculent devant aucune de ses exigences et se feraient couper en quatre plutôt que de subir une de ses remontrances.

— J'aime ce genre de cohésion !

Le jour vint où la date du concert fut fixée, les affiches imprimées, les places mises en vente.

— J'ai comme l'impression de ne plus chanter comme avant, avoua Mirella à son amie.

— C'est bon, tu es prête.

— Non, il y a quelque chose… comme une fêlure, un voile.

— Tu veux mon avis ? Ce voile sur ta voix est un bon atout. Il adoucit les sons, apporte de la gravité tout en renforçant la puissance. Les gens vont aimer ce côté un peu rauque. Il te donne… comment dire… de l'authenticité. Rassure-toi, Mirella, tu es bien, vraiment bien.

— M'accordes-tu quelques jours ? Le temps d'aller dire au revoir à Chiquena.

***

Comme chaque année, la saison des pluies annonça le renouveau. Les averses tombaient dru, parfois violentes, toujours en fin de journée. Au village, les saisonniers étaient de retour. Avec les anciens, les femmes aussi, on les voyait travaillant aux champs, retournant le sol, semant, désherbant, érigeant des barrières de protection contre les bêtes sauvages.

Les graines montaient vite. Déjà, le vert tendre des jeunes pousses succédait au brun rougeâtre de la terre. Tapis de velours, restaurant trois étoiles pour camélidés qu'il fallait repousser. On attendait Noël avec l'espoir d'une belle récolte.

En France, il doit neiger, songea Mirella.

Elle caressa une dernière fois l'encolure de la jeune vigogne, promena son regard sur l'ensemble du troupeau.

— Je reviendrai.

Les nuages s'accumulaient autour des sommets. Sur les pentes, la brume avalait la roche. Parfois, un pic couronné de blanc surgissait dans le ciel telle une île au milieu d'un océan de gris. La splendeur l'étonna comme au premier jour. Les larmes lui vinrent aux yeux.

— Je vous le promets, je reviendrai.

Elle récupéra son sac près de la source d'eau chaude et marcha vers le village. De loin, elle aperçut Ricky, tirant une charrette de vieux piquets qu'il abandonna devant la maison de Jhonatán. Elle rejoignit le chef de village au moment où Wendy ouvrait la porte.

— Jhonatán est dans l'atelier. Il vous attend.

Mirella s'assit sur le banc en face de l'établi. Ricky préféra rester debout. Le chamane préparait un onguent avec de l'huile de quinoa, des graines pilées et une macération d'herbes, qu'il pétrissait à la main dans une calebasse. Il leva les yeux, son regard s'arrêta sur elle une fraction de seconde.

Il voit mon chagrin.

— C'est le moment du départ, dit-il simplement.

— J'ai rendu mes clés à Carla et Manuel. La séparation est toujours difficile.

— Je sais. Vous êtes allée sur le chantier ?

— Non, je me suis ravisée. Les techniciens sont en plein travail. Je n'ai pas voulu les déranger.

— Ça se précise, maintenant. Des machines sont arrivées. Il y a beaucoup d'allées et venues chez les Italiens.

Elle regarda la fenêtre, dissimulant ses sentiments. Si Leandro était parmi eux, serait-il venu lui parler ?

— Je suis retournée voir les vigognes, les flamants, la source… avant de les quitter.

— Vous allez faire ce que vous avez toujours rêvé de faire : chanter, poursuivit Jhonatán. Combien de temps va durer votre tournée ?

Ricky répondit à sa place.

— Six mois. Guillermo me tient au courant. Grâce à vous, Mirella, il a une carrière devant lui.

Elle hocha la tête, tenta un sourire. Seigneur ! Que ces adieux étaient pénibles !

— C'est un bon musicien. Plus tard, il m'accompagnera en Europe.

La gorge nouée, elle se hâta de sortir de son sac une liasse de feuilles, refoulant les larmes qui menaçaient.

— J'ai une dette envers vous, Jhonatán, une dette que je n'ai pas encore payée. Voilà. Ce sont les papiers de la Ford avec le nouveau contrat d'assurance à votre nom. Elle est à vous maintenant. Je n'en aurai plus besoin. Un seul véhicule pour tout le village, c'était insuffisant, vous en conviendrez. Et puis le Toyota n'est plus tout jeune, n'est-ce pas, Ricky ? Je sais bien que le bus passe de temps en temps. Mais il suffit de rien, une panne, une urgence…

Elle parlait, parlait trop vite pour ne pas succomber à son émotion devant l'étonnement des deux hommes. La joie, la gratitude éclairaient leur visage ébahi, ajoutaient à son déchirement. Était-il possible d'éprouver à la fois des sentiments aussi contradictoires que le bonheur d'être guérie et la tristesse de se dire adieu ? Jhonatán prit les papiers, y jeta un coup d'œil. Quand il fit le tour de la table et vint la prendre dans ses bras, elle éclata en sanglots.

* * *

Longtemps avant la date prévue, toutes les places avaient été vendues. Les camions des télévisions boliviennes et étrangères témoignaient de l'importance de l'événement. Une foule de jeunes et de moins jeunes espéraient encore devant le portique du *Gran Teatro.* La plupart avaient apporté leur tablette pour suivre le concert retransmis en direct. Sur l'esplanade noire de monde, des journalistes et des techniciens brandissaient leurs micros, interrogeaient, commentaient. Bonifacio

Verdi n'avait pas lésiné sur la publicité. Si les amateurs de musique ignoraient que la chanteuse Mirella était de retour, c'est qu'ils étaient sourds et aveugles. D'immenses affiches placardaient les murs de la ville et l'arrière des autobus. Partout, le sourire de Mirella rayonnait. Ses cheveux coupés court rehaussaient l'éclat de ses yeux. Radios et télévisions s'étaient relayées pour relater sa carrière, sa maladie, sa guérison.

— Heureusement que ma relation avec Leandro est restée inconnue. Ils l'auraient mise en pâture après l'avoir étalée au grand jour, commenta Mirella en reposant un des journaux apportés le matin.

Ses parents arrivèrent la veille du grand jour. Elle bouscula un emploi du temps minuté à l'extrême pour les accueillir à l'aéroport. Les retrouvailles furent chaleureuses, chargées en émotions. Caroline laissa couler ses larmes en caressant les cheveux de sa fille. Le docteur Abrial la serra dans ses bras en murmurant :

— Mirella, ma fille chérie. Ta mère et toi êtes les personnes les plus chères que j'aie au monde.

Un aveu de tendresse dont elle ne l'aurait jamais cru capable. Elle serait volontiers restée plus longtemps avec eux s'il n'avait pris l'initiative d'abréger leur rencontre.

— Laisse-nous, maintenant, insista-t-il devant leur hôtel. J'imagine que tu as beaucoup de travail et nous devons nous reposer du décalage horaire.

— Je suis heureuse que vous soyez venus. Sans vous, je me serais sentie orpheline.

Ricky et Yok avaient aussi fait le voyage. Après avoir confié la petite Maria-Salva à Wendy et Jhonatán, ils avaient pris le bus de nuit, bien moins onéreux que l'avion. Ils n'étaient pas peu fiers de voir leur fils dans l'orchestre d'une célèbre artiste et la cousine qui logeait

Guillermo n'avait pas rechigné à les recevoir considérant qu'elle n'était pas étrangère à sa réussite.

Dans la loge qu'occupait Mirella, Charlotte lisait les télégrammes, triait les cartes de visite, dictait à la jeune fille qui lui servait de secrétaire la liste des personnes à remercier, des journalistes à contacter. Il ne se passait pas une minute sans qu'un coursier du nom de Mikael n'apporte des fleurs ou des cadeaux, au point que Charlotte avait fini par lui dire d'entrer sans frapper. L'heure approchait.

— Il faut commencer, indiqua la maquilleuse en déployant ses boîtes de fards.

Assise devant un miroir qui occupait tout le mur, Mirella acquiesça.

— Allons-y !

« Tu es un peu pâle, lui avait dit sa mère et tu as minci. Mais cela te va très bien. »

Elle avait refusé l'habilleuse que lui proposaient les services du théâtre, ainsi que le coiffeur. Vu la longueur de ses cheveux, c'eût été parfaitement inutile.

— Bonifacio Verdi a réservé tout le premier rang du balcon pour lui et les sommités de la ville : le maire, le gouverneur, leurs épouses... Je ne sais pas si le ministre de la Culture a accepté l'invitation.

— Est-ce pour me détendre que tu me dis ça ?

— Tu retrouveras tout ce beau monde à la réception après le spectacle. Avec une foule d'invités, des journalistes triés sur le volet et des flots de champagne.

Charlotte espérait que l'insouciance de son ton dissimulerait sa propre inquiétude.

Pour la première fois de sa vie, elle se sentait aussi tendue que son amie.

— Ricky vient d'arriver avec Yok. Devine ce qu'ils t'envoient ? Une gerbe de quinoa. La première avant la récolte… Et cette corbeille de fleurs, accompagnée d'une photo de Rouen, signée Denis et Caroline… Tes parents sont dans la salle…

« Tes parents sont dans la salle. » Le souvenir surgit brutalement. Elle avait déjà entendu cette phrase dans la bouche de Charlotte. C'était à son dernier concert à Paris, la première fois que ses parents étaient venus l'écouter. À cette époque, le cancer ne s'était pas encore déclaré. Elle en était à éviter son père et, quand il lui adressait la parole, ne répondait que par monosyllabes avec un sourire de façade. Elle avait fait l'expérience de la colère et de la rancune. Depuis, de l'eau avait coulé sous les ponts. Une vie était passée. Une autre se profilait. *Una vida a otra.* C'était des mois plus tôt. Un siècle. Une éternité.

— Mirella…

La maquilleuse avait terminé. Excellent travail ! Ses lèvres, ses joues, ses yeux étaient différents, mais c'était elle : nouvelle femme, nouvelle chanteuse.

— Mirella…

Perdue dans ses pensées, elle regardait la jeune femme ranger ses fards, s'éloigner. Le ton appuyé de Charlotte la tira de ses réflexions. Dans son miroir, elle la vit se lever, le visage grave, une enveloppe entre les doigts. Pas une carte de visite ou de félicitations, mais une lettre apportée par le coursier d'un hôtel, un établissement devant lequel elle était passée en arrivant. Pas d'adresse ni de timbre. Juste un nom, le sien, suivi d'une signature :

Leandro.

— Je n'ai pas ouvert, murmura Charlotte.

D'abord, Mirella se heurta au noir total, puis peu à peu ses yeux s'accommodèrent, acceptèrent l'évidence : Leandro était en Bolivie, à deux pas de là. D'une main tremblante, elle ouvrit le rabat, sortit une simple feuille, couverte d'une écriture hâtive, fébrile.

« *… J'arrive dans une ville où votre visage déchire les murs. Dois-je vous dire que votre guérison me comble de joie ? Et pendant ce temps mes lettres vous cherchaient à travers la France… Ai-je rêvé cette nuit-là ?… J'ai laissé une Française qui parlait aux vigognes. Je retrouve une star que je ne connais pas… Je n'irai pas à votre concert. Je n'en ai pas le courage. Mais j'allumerai le téléviseur… La porte restera ouverte. Votre choix sera le mien.*

Leandro. »

Elle resta foudroyée.

— Mirella ? Est-ce que tout va bien ?

Sans un mot, Mirella lui tendit la lettre, la reprit, la relut.

« *Votre choix sera le mien.* »

— Je dois lui envoyer une invitation.

— Mirella, on n'a pas le temps de chercher une place.

— Un mot, juste un mot.

On frappa à la porte. Le régisseur.

— Entrée en scène dans vingt minutes ! tonna-t-il.

— Mirella, il faut t'échauffer la voix.

— Donne-moi un stylo !

Charlotte secoua la tête.

— Il est trop tard. Milos doit nous attendre.

— Je lui envoie un mot ou je n'entre pas en scène ! cria-t-elle d'une voix hystérique.

— Tu n'es qu'une tête de mule, lâcha Charlotte en lui tendant un dépliant publicitaire.

« *Attendez-moi, je viendrai* », griffonna-t-elle sur sa photo. Puis elle se tourna vers Charlotte.

— Arrange-toi pour qu'il l'ait très vite.

Elle respira un grand coup.
— Et maintenant, allons-y !

Plus tard, quand elle penserait à ce premier concert à La Paz, elle constaterait avec une sorte de jouissance qu'elle se souvenait de chaque minute, de chaque instant avec une clairvoyance extraordinaire.

D'abord hésitant, puis surpris, le public se laissa peu à peu conquérir. Le charme, la mélodie, la musique. Tout le captiva. Mirella chanta l'amitié, les larmes, le rire. Elle chanta la douleur et la soif de vivre. Sa voix, tantôt profonde, tantôt bouleversante, jouait avec les notes. Les aigus cristallins comme l'eau de roche, les graves sombres et intimes. Le regard tourné vers la caméra, elle s'adressait à Leandro. Il la regardait et elle chantait pour lui l'amour. L'orchestre et les chœurs la portaient, l'obligeaient à se surpasser. Et elle se surpassa. Les paroles de ses chansons revêtaient, sur cette musique des Andes, une puissance qui transcendait la foule. Elle garda pour la fin la chanson de l'oiseau. Fermant les yeux, elle vit le grand condor :

Je suis l'oiseau qui vole au-dessus des tempêtes...
Dessous, la turbulence et la peur...
Dans le ciel, la sérénité et la paix...

Ode à la liberté. Flûte indienne qui pleure. Il se fit comme un silence. Moment magique où le temps est suspendu. Puis ce fut le déferlement, l'ovation finale... interminable...

— Ma chérie, ma fille, c'était sublime !
— Mirella, quelle prestation !
— Bravo !

— Félicitations !

Au cours de la réception. Mirella se vit entourée, choyée, embrassée. De toutes les bouches, les éloges pleuvaient. Elle accepta une coupe de champagne, serra des mains, reçut, sourire aux lèvres, les compliments des personnalités de la ville, ceux de Bonifacio Verdi qui jubilait, du directeur de la maison de disques, répondit à quelques questions des journalistes et, quand la fièvre commença de retomber, elle s'approcha des musiciens, les embrassa l'un après l'autre, leur témoigna avec émotion sa gratitude.

— Vous avez été formidables.

— C'est vous, Mirella, qui êtes formidable.

— Et nous avons encore un long chemin à parcourir.

Ils étaient prêts à aller au bout du monde avec elle.

Puis elle alla dire au revoir à ses parents et fit un signe discret à Charlotte.

Le moment était venu pour elle de quitter la scène.

Elle s'esquiva par l'entrée de service. Un garde du corps, petit, râblé, jean de toile noire, baskets, large blouson, l'attendait à la porte avec un imperméable.

— Nous avons de la chance. Il tombe quelques gouttes. Mettez ça !

Il rabattit la capuche sur sa tête, ouvrit un large parapluie, glissa son bras sous le sien.

— Allons-y !

Ils traversèrent la foule incognito, un couple banal qui rentrait après le spectacle. La luxueuse voiture mise à sa disposition attendait devant l'entrée principale, cernée par des fans enthousiastes.

L'homme ne desserra son étreinte que lorsqu'ils furent devant l'hôtel.

— J'entre avec vous ou je vous laisse ici ?

— Vous pouvez y aller. Merci. Tout ira bien.

Il eut un bref sourire. Il n'avait fait que son métier.

Le hall de l'hôtel était désert à l'exception de quelques personnes âgées de retour d'une excursion. Derrière le comptoir, l'employé leva les yeux sur elle. Son visage s'éclaira.

— Vous êtes Mirella ? La chanteuse ?

— C'est bien moi. M. Sforza m'attend.

Il acquiesça, lui indiqua le numéro de la chambre, proposa de la faire accompagner. Elle refusa l'ascenseur.

Elle tremblait de tout son corps en marchant dans le couloir et ce n'était pas la volée d'escalier montée à vive allure qui l'avait mise dans cet état d'agitation. Devant la chambre, le silence. Elle ferma les yeux, frappa. « *La porte restera ouverte.* » Elle compta deux, trois secondes, tourna la poignée. Leandro était là debout, devant elle.

— Vous êtes venue !

Une lumière de stupéfaction alluma son visage, immédiatement remplacée par une foule de sentiments les plus divers dont la colère n'était pas le moindre. Il ne fit pas un pas vers elle.

— Pourquoi êtes-vous venue ?

— J'avais envie de vous revoir.

— Pour me dire que vous êtes Mirella, la grande chanteuse dont on s'arrache les disques !

— J'avais besoin de vous revoir.

Il la regardait avec intensité et ce qu'il lut dans ses yeux apaisa un peu sa véhémence, mais il n'était encore sûr de rien.

— J'ai écouté votre concert. Vous êtes une merveilleuse artiste.

— Merci, Leandro. Mais je ne suis pas venue pour être félicitée.

Il laissa passer un silence, s'approcha sans la toucher.

— Que suis-je pour vous ? parvint-il à dire sur un ton presque désespéré.

— Celui qui m'a choisie quand je n'étais plus rien.

Pendant ce bref échange, leurs regards ne s'étaient pas quittés. Il y passait un flot d'émotions qui paraissaient les consumer l'un comme l'autre.

— Je suis venue car je n'ai pas oublié cette nuit-là. Je ne vous ai pas oublié un seul instant.

Elle toucha la médaille suspendue à son cou.

— Comment aurais-je pu ?

— Moi non plus, je ne vous ai pas oubliée.

Il l'attira contre lui, effleura ses lèvres, animé d'un désir qu'il ne contenait plus.

— Mirella, je pars demain pour Chiquena.

Elle sourit.

— J'ai promis aux vigognes de revenir.

REMERCIEMENTS

Je suis toujours infiniment reconnaissante envers mes amies Françoise et Anne-Marie qui sont les premières à lire mon manuscrit et à m'encourager. Je remercie tout spécialement Christine Cameau pour son amitié, ses conseils et ses compétences.

J'ai une pensée toute particulière pour Pepe, mon guide francophone en Bolivie qui m'a fait découvrir non seulement les sites, Los Lipez, Uyuni, La Paz... mais aussi les coutumes de son pays. Je remercie Rinaldo, le chauffeur quechua, qui répondait avec patience à toutes mes questions. Je remercie ma sœur, Annie, qui m'a entraînée dans cette aventure.

Enfin, je suis infiniment redevable envers mes éditrices qui continuent à me faire confiance. J'espère ne jamais les décevoir.

Jeanne-Marie

Certifié PEFC

Ce produit est issu de forêts gérées durablement et de sources contrôlées.

PEFC™ 10-31-3068

pefc-france.org

Cet ouvrage est composé de matériaux issus de forêts gérées durablement certifiées PEFC™. Le Programme de reconnaissance des certifications forestières (PEFC™) est le plus grand organisme mondial indépendant de contrôle pour une gestion durable des forêts. Pour en savoir plus, consultez le site www.pefc-france.org

Achevé d'imprimer en mai 2022
par CPI Bussière
À Saint-Amand-Montrond (18)
Dépôt légal : juin 2022
N° d'impression : 2064656
Imprimé en France